홀리 앨리스

그리고 앨리스는 눈을 감았다

홀리 앨리스 1

그리고 앨리스는 눈을 감았다

초판 1쇄 발행 2015년 6월 15일
초판 2쇄 발행 2016년 1월 18일

지은이 차혜진
발행인 오영배
기획 박성인
책임편집 김규영
표지 디자인 공간42
제작 조하늬

펴낸곳 (주)삼양출판사 · 단글
주소 서울특별시 강북구 도봉로 173
대표 전화 02-980-2112 **팩스** / 02-983-0660
블로그 blog.naver.com/dan_gul
출판등록 1999년 3월 11일 제9-00046호

ISBN 979-11-313-0365-8 (04810) / 979-11-313-0364-1 (세트)

은 (주)삼양출판사의 로맨스 문학 브랜드입니다.

홀리 앨리스

그리고 앨리스는 눈을 감았다

차혜진 로맨스 판타지 장편소설
ROMANCE & FANTASY STORY

달

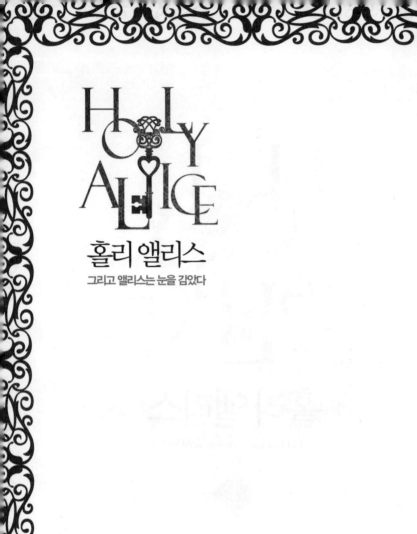

홀리 앨리스

그리고 앨리스는 눈을 감았다

Contents

이제는 받아들일 때가 되었다.
나는 미치광이 황제가 살고 있는,
이른바 호랑이 굴에 제 발로 들어왔다.
그리고 나는 황제란 놈에게 납치되었다.

놈에게서 벗어나려면 이 세상에서 벗어나야 했다.
놈은 곧 세계였으니까.

프롤로그

결론부터 말하자면, 나는 납치당했다.

그것도 미친놈에게.

이러한 사실을 인정하게 된 것은, 그가 '내 방'이라며 지정해 준 곳에서 눈을 뜬 지 4일째 되는 날의 일이었다.

나는 이미 이곳과 놈에게서 벗어나기 위해 몇 번인지 모를 도주도 시도해 봤다.

그러나 그 노력들은 모두 물거품이 되었고, 나는 지금도 이렇게 놈의 병사들에게 붙잡혀 그의 앞에 서 있다.

"오늘은 뭐 했어?"

방금 붙잡혀 온 나를 바라보던 놈이 싱긋 웃더니 물었다.

또 한 번의 처절한 실패를 경험한 나를 비웃고 있는 게 분명했다.

이럴 때는 그저 노려보는 게 최선이다.

눈앞에 도망치다가 붙잡혀 끌려온 사람이 있는데 그러거나 말
거나 녀석은 여유롭게 식사 중이시다.

우리는 이미 이런 상황에 익숙해져 버렸다. 그 때문인지 이제
놈은 내가 도망을 가도 동요조차 하지 않았다.

내가 죽어라 도망을 가도 말 한마디로 지시할 뿐이었고, 결국
나는 그의 명령에 따라 움직이는 수십 명의 병사들과 씨름하는 꼴
이었다.

어쨌거나 지금 중요한 건 오늘의 탈주 시도 역시 실패로 끝이
났다는 사실이다.

그것도 대실패다. 대실패.

"뭐해? 얼른 앉지 않고."

어째서인지 녀석은 식사 시간만 되면 꼭 이렇게 나와 함께 밥을
먹으려고 했다. 그러고는 항상 묻는다. '오늘은 뭐했어?'라고.

어차피 그런 거 묻지 않아도 내 일거수일투족을 감시하고, 보고
받고 있으면서.

"……."

도망치느라 식사 시간의 절반 이상을 놓쳤기 때문에 어느새 디
저트 타임이었다.

내 몫으로 나온 케이크의 생크림이 처참하게 무너지든 말든, 나
는 지금 그를 노려보고 있다.

아니, 생긴 건 멀쩡한데 말이야. 아니지, 남자에게 이런 말을 해

도 될지 모르겠지만 그는 멀쩡하다 못해 아름다운 사람이었다.

아무리 봐도 이런 정신 나간 짓을 할 인간으로는 보이지 않았다. 이래서 사람은 겉모습으로 판단하지 말라는 말이 생겼나 보다.

나를 바라보는 그의 눈은 블루 토파즈(Topaz)처럼 맑고 투명하게 빛나고 있었고, 도자기 같은 새하얀 피부와 그에 어울리는 금발은 황금처럼 밝게 빛나고 있다.

보석 같은 남자. 그래. 아름답다, 아름다워.

그야말로 누구나 한 번쯤 상상 속에서 그려 봤을 전형적인 '왕자님'의 이미지였다. 물론 하는 짓으로 보면 영락없는 범죄자지만.

"엘리샤."

내가 아무런 대꾸도 하지 않자, 결국 그가 다시 내 이름을 불렀다.

귓가에 들려오는 그의 목소리가 지나치게 다정하다.

하지만 나는 넘어가지 않았다. 지금 이건 친해서 부르는 게 아니라, 자신의 말에 빨리 대답하라는 재촉이자 일종의 협박이었으니까.

나는 입을 다물었다. 그의 말 하나하나에 대답할 생각은 없다.

지금 내 시선은 그가 아닌 그의 뒤에 있는 문을 향하고 있었다.

"엘리샤. 날 봐."

계속되는 요구에 짜증이 난 나는 그의 말대로 고개를 돌려, 그의 얼굴을 바라봐 주었다. 놈은 내가 말을 잘 듣는다며 웃었지만 그것도 잠시, 표정이 미묘하게 일그러졌다.

곱지 않은 내 눈빛이 거슬렸던 게 분명하다.

그럼 내가 널 사랑스럽다는 눈으로 바라봐 주길 바란 거야, 지금?

다시 한 번 식당 문을 바라봤다.

마음 같아선 당장에라도 뛰쳐나가고 싶은데, 이미 몇 번의 도주 전과가 있는 나를 경계하고 있는 시녀들이 문 앞에 일렬로 줄을 서 있는 게 보인다.

망할. 망했어. 그냥 이 시간이 빨리 지나가기만을 바랄 수밖에 없는 건가.

"빨리 먹어."

밥이 넘어 가겠냐, 지금!

아무래도 녀석은 지금 이 상황이 범죄라는 걸 모르는 모양이었다.

계속해서 음식을 권하는 것도 분명 이유가 있을 것이다. 예를 들면 나를 포동포동하게 살찌워서 잡아먹을 계획이라든가.

"싫어."

나름대로 패기 있게 말했다.

그러나 그러한 나의 행동에도 놈이 놀라기는커녕, 괜히 식당 안 고용인들만 숨을 멈추고 서로 눈치 보기 바빴다.

그래, 나는 이곳에 붙잡혀 있는 불쌍하고 죄 없는 평범한 인간 이었고, 그들의 주인은 나를 납치한 납치범.

쯧. 우리는 서로 위치부터가 달랐다. 그럼에도 불구하고 이리 대들고 있다니, 나도 참 간이 배 밖으로 나왔나 보다.

"먹어."

"싫다고."

"그럼 먹여 줄까?"

마음 같아선 앞에 놓인 이 빈 접시를 그를 향해 던지고 싶었지만, 그럴 수 없다는 게 정말이지 안타까웠다.

괜히 저놈의 성격을 건드렸다가는 내 목이 날아갈지도 모르니까.

그래, 놈이라면 충분히 가능했다. 이런 범죄를 저지르고도 그 어떤 죄도 추궁받지 않잖아. 나에게는 그만한 힘이 없으니 그를 이길 수 없다는 것쯤은 잘 알고 있었다.

하필이면 나를 납치한 그는 정말로 엄청난 사람이었다.

생긴 것만 왕자님인 줄 알았는데, 알고 보니 황제시란다. 장난스럽게 갖다 붙인 '왕자'라는 호칭이 우스울 정도였다.

그는 우리가 살고 있는 이 세계, 일명 제3의 세계 '원더랜드(Wonderland)'의 통치자이자 모든 마법사들의 위에 서 있는 황제. 그리고 시간을 지배하는 능력자이기도 하다.

도대체 그렇게나 대단하신 분께서 왜 나에게 이런 관심을 보이는 건지, 나로서는 도무지 이해를 할 수가 없었다.

우리들의 지도자 되시는 분이 이렇게 정신 나간 사람이라는 걸, 성 밖의 백성들은 알고 있을까?

나에게는 아무런 힘이 없다. 돈도 없고, 그와 같은 화려한 배경도 없다. 심지어 나는 고유 마력조차도 없었다.

마법사들의 세계에서도 나는 특이하게 '무능력자'로 태어났다. 아니, 특이하다고 하기보다는 쓸모없다고 해야겠지. 마법사의 세계에서 마법을 사용하지 못하는 사람보다 더 쓸모없는 사람은 없을 테니까.

이런 나인데. 도대체 왜? 왜 그는 나를 필요로 하는 걸까?

지난 2주 동안 계속 그것에 대해 생각을 해 봤지만, 나는 이렇다 할 답을 찾지 못했다.

그냥 저 녀석이 미친 거지. 정신이 나간 거야.

"엘리샤?"

놈이 또 내 이름을 부르기 시작했다. 왜. 또 뭔데. 뭐.

그는 항상 웃었다.

내 앞에서만 그러는 건지는 몰라도, 그가 웃으면 종종 주위에 있는 성 안의 고용인들이 놀라고는 했다.

아니, 사람이 얼마나 안 웃으면 미소 한 번에 저렇게들 놀랄까.

빨리 먹으라는 건지, 이번에는 제 손에 쥐고 있던 포크로 접시를 톡톡 치기 시작했다.

안 먹어! 차라리 굶어 죽는 게 낫겠어.

이 정도 얼굴 도장 찍어 줬으면 충분하겠지 싶어서 자리에서 벌떡 일어났다. 그리고 나름대로 무서운 눈빛으로 그를 노려보기 시작했다.

그래, 목을 베려거든 베어라. 그게 훨씬 나을 거 같기도 하네.

하지만 놈은 자신을 노려보고 있는 나를 바라보고 있을 뿐, 칼을 뽑아 들거나 그와 비슷한 위협을 가하지는 않았다.

역시. 놈은 나에게 손을 대지 못했다.

기회다 싶어 재빠르게 돌아섰다. 동시에 녀석의 포크와 그릇이 부딪치는 소리가 끊어졌지만, 나는 신경 쓰지 않고 앞을 향해 전

진했다. 그리고 유유히 식당을 빠져나왔다.

　아무래도 안 되겠다. 최후의 수단을 사용하는 수밖에.

＊　　＊　　＊

　― 그만해, 엘리샤. 이건 미친 짓이야.

　한 여인의 다급한 목소리가 머릿속에 울려 퍼졌다.

　그녀의 얼굴은 모른다. 이름도 모른다. 알고 있는 것이라고는
이렇게 간간히 내 머릿속에 울려 퍼지는 그 목소리뿐.

　이 말도 안 돼는 거대한 감옥에 갇힌 뒤부터, 나에게는 계속해
서 이상한 일들이 일어났다.

　그중의 하나가 바로 이 목소리.

　처음에는 갑자기 들리기 시작한 이 수상한 목소리에 대꾸하지
않으려고 했지만, 어느샌가 나는 그녀와 아무렇지 않게 대화를 하
고 있었다.

　분명 지독한 스트레스로 인해 발생한 병일 것이다. 정신이 여러
갈래로 분열이 되었다든가 뭐 그런.

　쉽게 말해 한 마디로 미쳤다는 거다.

　"시끄러워."

　내가 작게 말했다.

　그래, 나도 알고 있다. 적어도 지금 내가 제정신이 아니라는 것
쯤은. 나는 이성을 잃은 게 분명하다.

제정신으로 할 수 없는 짓이기는 하지, 지금 이게.

나는 지금 아주아주 높은 곳에 서 있었다. 그러고는 멍하니 아래를 내려다보고 있다.

저 멀리서부터 달려오던 파도가 결국에는 벽에 부딪혀 산산이 부서지는 게 보였다. 그것을 보고 있자니, 갑자기 마음속 저 깊은 곳에서부터 무언가가 울컥하며 치밀어 올랐다.

드넓고 푸른 바다. 새하얀 건물들. 그리고 싱그럽게도 푸른 하늘과 새하얀 구름!

정말 아름다운 광경이 지금 내 눈앞에 펼쳐져 있었지만 내 마음은 그저 답답하기만 했다.

일단 여기까지 올라오기는 했지만, 사실 이제부터가 문제였다.

이렇게 풍경이나 감상하고 있을 여유는 없었다. 발밑으로 보이는 아래쪽에는 벌써 사람들이 몰려들고 있었다.

그들에게 붙잡혀 끌려가는 건 시간문제였기 때문에, 지금은 침울해 있기보다 서둘러 결단을 내려야 했다.

"이걸 확 뛰어내려, 말아?"

물론 이곳에 올라온 목적과 이유는 뛰어내리기 위함이었지만, 막상 지금 이 순간이 내 삶의 마지막이 될지도 모른다고 생각하니까 갑자기 많은 것들이 머릿속에 떠오르며 내 발목을 붙잡았다.

지금 내가 있는 이곳은 바다 한가운데에 있는 섬.

섬 하나가 통째로 황제의 주거(住居)를 목적으로 하고 있는 장소. 바로 '카일룸'이라 불리는 곳이었다.

덧붙여 나는 지금 바다와 카일룸을 나누고 있는 경계인 높은 성벽 위에 있다.

"엘리샤 님! 내려오세요! 위험합니다!"

칼을 들고 그렇게 외쳐 대는데, 참 잘도 내려가겠다.

뛰어내리나 걸어서 내려가 그들에게 붙잡히나, 어차피 죽을지도 모른다는 점에서는 별반 다를 게 없어 보였다.

바람 때문에 엉망이 된 긴 금발을 쓸어 넘기며 한숨을 내쉬고 있는데, 망할. 눈이 마주쳐 버렸다.

저놈이 왜 저기에 있는 거야?

그새 또 내 이야기를 들은 건지, 성벽에서 조금 떨어진 높은 탑에서 나를 바라보고 있는 놈이 보였다.

그 역시 구경꾼 중 한 명이라는 사실에 괜한 오기가 생겼다.

망설이던 나는 자리에서 벌떡 일어났다. 그리고 그를 향해 한번 씨익 웃어 주었다.

내가 웃자, 놈의 표정이 순간 일그러진다.

— 떨어지면 정말 죽을지도 몰라.

아, 이 시끄러운 목소리. 방해된다.

"나도 알아. 그러니까 말리지 마."

내 말을 알아들은 건지, 나를 막아서던 목소리가 더 이상 들리지 않았다.

지금 내 머릿속에는 그의 놀란 표정뿐. 그에게서 그런 반응을 이끌어 냈다는 데에 자신감이 생긴 나는 용감하게 걸음을 뗐다.

그러고는 보란 듯이 엄청난 속도로 지금 내가 서 있는 이 짧은 평지의 끝을 향해 달리기 시작했다.

더 이상 나에게 망설임 따위는 없었다. 그러니 잘 봐 둬라.

"꺄아아아악! 엘리샤 님!"

누군가의 찢어지는 목소리가 귓가에 울려 퍼지기 무섭게, 내 두 다리는 평지가 아닌 허공을 휘젓기 시작했다.

아주 잠깐 날카로운 바람을 즐기며 자유낙하를 하던 나는, 곧이어 넓은 하늘에 '풍덩!' 하고 빠졌다. 아니, 정확하게 말하자면 넓은 하늘이 비친 잔잔한 바다의 품으로.

아, 내 길었다면 길고 짧았다면 짧다고 할 수 있는 17년의 인생이 이렇게 막을 내리는 모양이다.

사소한 것까지 포함해 봤을 때 400번이 넘는 시위와 200번이 넘는 탈출 시도는 모두 헛수고로 돌아가고, 이제 나에게 남은 방법은 이것뿐.

놈은 곧 세계이다.

놈에게서 벗어난다는 것은 이 세상에서 벗어나는 것과 마찬가지였다.

안녕. 얼마 살지 못한 내 세상이여.

제1장
나는 황제란 놈에게 납치되었다

—Elisha

2주 전
원더랜드의 중심 도시

내 인생에 있어서 가장 멋졌던 날을 꼽으라면, 나는 망설이지 않고 '그 날'을 말할 것이다.

그 날은 새하얀 눈이 내리는 날이었다. 그리고 나는 그 새하얌 속에 누워 있었다.

몸에는 힘이 들어가지 않는다.

힘겹게 들어 올린 손으로 추정하건대, 대충 내 나이는 6살 정도 되는 거 같았다.

이곳이 어디인지. 나는 누구인지. 하늘에서 내리고 있는 눈과 같이 정말 새하얗다.

그렇게 나는 가만히 누워 있었다. 그저 누워서 누군가가 나에게 말을 걸어 주기만을 기다리고 있었다.

그렇게 얼마의 시간이 지났을까?

눈앞의 하얀 세상과는 대조되는 검은색이 내 눈앞에서 일렁거리기 시작했다.

갑작스럽게 등장한 그녀가 나를 내려다보며 말했다.

"……드디어 찾았다."

나는 그녀를 모른다. 우리는 분명 처음 만난 사이일 것이다. 그럼에도 불구하고 들려오는 그녀의 말로 보아, 아무래도 이 검은 여자는 나에 대해 알고 있는 거 같았다.

내가 물었다.

"……이곳은 어디지요?"

"이곳은 원래부터 네가 있어야 했던 곳."

중심 도시. 아라벨라.

"저는 누구예요?"

내 질문에 여인은 부드럽게 미소 지었다. 그리고 나를 향해 허리를 숙였다.

덕분에 나는 그녀를 좀 더 자세히 볼 수 있었다.

분명히 처음 보는 사람인데, 그녀의 특이한 눈에서는 알 수 없는 묘한 익숙함이 느껴졌다.

"네 이름은 '엘리샤'야."

엘리샤……. 그것이 내 이름이라고 했다.

나도 모르는 내 이름을 그녀가 어떻게 알고 있는지 궁금했다. 그래서 물었다.

"그럼 나를 알고 있는 당신은 누구지요?"

계속되는 내 질문에 지친 건지, 여인은 잠시 말이 없다. 그저 가만히 나를 바라보고 있을 뿐.

그녀는 지금 생각 중인 게 분명했다. 그러다 마음에 드는 무언가를 떠올리기라도 한 걸까.

다시 부드럽게 미소 지으며 여인이 내 앞에 바짝 다가왔다. 그리고 속삭이듯 말했다.

"그레이스(Grace). 그래, 그레이스라고 해 두자."

"그레이스?"

"그래. 자, 엘리샤. 나와 함께 가자."

나는 그녀가 내민 손을 가만히 바라보다가 잡았다.

눈처럼 새하얀 손이었지만, 차갑지 않았다. 온기가 느껴지는 것이 따뜻했다. 꽤 오랜 시간 눈밭에 누워 있던 내 몸 전체가 따뜻해지는 것 같았다.

"너를 오래전부터 기다리고 있던 사람이 있어."

앞으로 우리가 함께 지낼 곳이라는 파란 지붕의 집에 들이시며 그녀가 뜬금없이 말했다.

"그게 누군데요?"

"글쎄……."

그녀는 잠시 대답하기를 망설이고 있었다.

"때가 되면 만나게 되겠지."

그녀가 뒤따라 들어오는 나를 바라보며 씩 웃었다.

운명이니까.

나는 그렇게 그레이스와 만났다.

새하얀 눈이 내리던 어느 날. 아무것도 기억하지 못한 채 설원에 누워 있던 나를 그녀가 찾아내 주었다.

그날 이후 그레이스는 늘 내 곁에 있었고, 우리는 늘 함께였다.

10년이라는 시간이 지난 오늘까지도…….

뎅— 끼릭, 뎅— 끼릭, 뎅— 끼릭, 뎅— 끼릭.

아, 저놈의 시계.

기껏 아름다운 옛 추억에 잠겨 있는데, 도무지 도움이 되질 않는다.

옛날에 우리 집에 있었던 엄청나게 큰 시계의 소리인데, 고장이 난 건지 제대로 된 시간도 나타내지 못하면서 항상 집 안이 떠나갈 듯 무겁게 울어 대고는 했다.

종소리가 맑으면 뭐라 안 하겠는데 종에도 문제가 있는 건지 소리마저 좋지 않았다.

참 신기한 건, 어느샌가 그 시계를 집에서 찾아 볼 수가 없게 되었다는 것이다.

그레이스에게 물으니 그저 미소 지을 뿐이다. 분명 그녀 역시 그 시계를 안 좋게 생각한 것이다. 그래서 갖다 버린 게 분명하다.

더는 시계 소리에 고통받는 일 없겠지, 했지만 그 스트레스가 상당했기 때문일까. 꼭 이렇게 악몽처럼 나를 괴롭힌다.

그러나 나를 괴롭히는 건 여기서 끝이 아니었다.

"엘리샤, 그만 안 일어나!"

머릿속에 울리는 엄청난 시계 종소리의 뒤를 잇는 여인의 외침에 두 눈이 번쩍 떠졌다.

눈을 뜨기 무섭게 눈앞에는 화가 나 있는 여인의 얼굴이 보였다.

이런, 큰일이다. 오늘같이 중요한 날에 늦잠이라니.

"좋은 아침. 그레이스!"

활짝 웃으며 인사했지만 그녀는 여전히 인상을 찌푸리고 있었다.

잠시 눈에 힘을 주고 눈빛으로 날 훈계하던 그녀가 포기한 건지 한숨을 내쉬더니, 중얼거리며 먼저 아래층으로 내려갔다.

"빨리 내려와서 아침 먹어. 오늘은 중요한 날이잖아."

"알았어."

굳이 그레이스의 인내심을 시험할 필요는 없었다.

재빠르게 침대에서 벗어난 나는 방 한가운데에 서서 기지개를 켜며 주위를 둘러봤다.

조금 전까지만 해도 눈앞의 배경은 온통 하얀색이었는데 지금 내가 서 있는 이곳, 내 방은 노란 파스텔 톤의 밝고 가벼운 느낌이었다.

그렇다고 해서 딱히 특별한 게 있는 건 아니었다. 방 안에 있는 거라고는 노란빛의 벽과 어울리는 갈색의 작은 책상. 내 키의 절반 정도밖에 오지 않는 낮은 책꽂이, 그리고 방금 내가 일어난 침대. 딱 이 정도.

별거 없는 방이었지만 나에게는 이 세상에서 가장 편안한 곳이었다.

"엘리샤?"

이런. 아침 스트레칭치고는 너무 많은 시간을 소모했나.

점점 커지는 그레이스의 목소리로 보아, 안 그래도 약한 그녀의 인내심이 한계에 다다르고 있는 게 분명했다.

방에 딸려 있는 화장실에 들어가 대충 씻고 옷을 갈아입었다.

잔뜩 헝클어진 머리를 정리하는 데에만 10분을 소요한 것을 감안하면 엄청난 속도였다.

모든 준비를 끝낸 나는 요란하게 1층으로 내려갔고, 이미 아침 식사 준비를 끝낸 그레이스가 계단 아래에서 날 기다리고 있는 게 보였다.

"정말…… 이런 날까지 늦잠이라니."

"미안. 미안."

사과는 했지만, 그녀의 불만 가득한 시선에서는 쉽게 벗어날 수가 없었다.

재빠르게 식탁에 앉아 우유를 한 모금 마시던 나는 힐끔, 그녀를 바라봤다.

오드아이. 그녀의 눈은 아름다웠다.

붉은색과 푸른색이 어우러진 눈. 넋을 놓고 바라볼 정도로 아름다운 눈이었다.

그 신비로움 때문에 가끔씩 이렇게 화를 낼 때면 몇 배는 더 무섭게 느껴진다는 것이 약간의 흠이라면 흠이었지만.

그레이스의 눈치를 보며 평소보다도 더 빠른 속도로 아침 식사를 끝냈다. 마무리로 양치질까지 한 내가 문 앞에 서자, 식탁 위를 정리하던 그녀가 배웅을 위해 다가오며 마지막으로 물었다.

"그럼 준비는 다 한 거지?"

"응."

벌써 몇 번째인지 모를 확인이었다. 오늘따라 집요했다.

"좋아. 그럼 조심하고."

"응. 다녀올게!"

여느 날과 마찬가지로 밝게 웃으며 그녀에게 인사했고, 아카데미를 향해 힘찬 걸음을 내디뎠다.

사실 나는 오늘 있을 특별한 외출에 들떠 있었다.

때문에 앞으로 나에게 닥칠 일 따위, 조금도 눈치채지 못했고 결국 나는 제 발로 호랑이 굴에 들어가는 처지가 되고 말았다.

세계는 3개로 나누어져 있다.

그중 우리가 있는 이곳은 '제3세계'라 불리는 세계, '원더랜드'다.

마법을 원동력으로 돌아가는 이 세계의 아이들은 모두 기본적인 마력을 가지고 태어나며, 일정한 때가 되면 저마다 다른 성질의 고유 마력에 눈을 뜬다.

9살에 입학한 아카데미에서는 이를 다루는 능력을 배웠고, 분기별로 각각의 능력을 체크해 루이스 1, 루이스 2, 루이스 3으로 나누었다. 이중 루이스 3이 가장 뛰어난 집단이다.

나 역시 다른 아이들처럼 평범한 마법사로서 이 나라에 태어났다. 그리고 다른 아이들과 마찬가지로 평범하게 아카데미를 다니며 공부했고, 평범하게 그들과 어울리며 자랐다.

하지만 시간이 지나면 지날수록, 나는 다른 아이들과 내가 다르다는 사실을 받아들여야만 했다.

나는 결코 평범하지 않았다.

"안녕. 엘리샤."

작은 방 안에 멍하니 앉아 있는데 문가에서 목소리가 들렸다.

재빨리 고개를 돌리니 그곳에 하얀 가운을 입은 중년의 여성이 서 있는 게 보였다.

"안녕하세요. 닥터 클로에."

앞에 자리 잡고 앉은 그녀가 내 이름이 적혀 있는 차트를 펼쳐

들더니 고개를 갸웃하며 물었다.

"음…… 기분이 별로인 거 같은데……."

"그럴 리가요. 기분 탓이겠지요. 이렇게 특별한 날에."

늦잠을 자는 바람에 그레이스에게 잔소리를 들은 거 빼고는 꽤 괜찮은 하루였다.

특히나 오늘은 아주아주 특별한 외출이 있는 날이었으니까 더더욱!

원더랜드에 태어난 아이들에게 평생에 한 번 있는 중요한 의식이 있는 날.

그래, 오늘은 우리들이 정식으로 마법사 인정을 받는 날이었다.

물론 우리들 '모두'는 아니었지만.

"그럼 이제 시작할게."

하얀 위생 장갑을 낀 닥터의 손에는 주사기가 들려 있었다.

그것을 바라보던 나는 고개를 끄덕이며 눈을 감았다. 꼭 눈을 감아야 하는 건 아니지만 습관이었다.

차마 두 눈으로 고통의 과정을 볼 용기가 없어, 차라리 보지 않는 게 나을 거 같았기 때문이었다.

그 고통이란 것이 언제 찾아올지 모른다는 단점이 있었지만, 그것은 아주 잠깐. 순식간에 지나갈 테니 그나마 다행이었다.

그래, 한두 번 해 보는 것도 아닌 데 뭐.

"아얏."

붙잡혀 있던 왼쪽 팔에서 따끔한 느낌이 들었다. 이럴 거라는 건 알고 있었지만, 정말 적응할 수 없는 느낌이다.

"이제 눈 떠도 돼. 엘리샤."

차분한 그녀의 목소리에 나는 고집스럽게 감고 있던 눈을 떴다.

"조금 어지러울지도 몰라. 아무래도 마지막이다 보니까 평소보다 더 많이 뽑았거든."

여인의 손에 들려 있는 작은 유리병에는 붉은 액체가 찰랑거리고 있었다.

좀 전까지만 해도 내 몸 안에서 흐르고 있던 혈액이다.

유리병 안에 초록빛의 이상한 액체를 몇 방울 떨어뜨린 뒤 그것을 열심히 흔들던 닥터가 고개를 갸웃거린다.

"결과 나왔나요? 어떤가요?"

"여전히 푸엘라(Puella. 고유 마력이 없는 사람)야."

차트에 무언가를 재빠르게 적어 내려가던 그녀의 움직임이 멈췄다. 그녀는 이해가 안 간다는 표정으로 나를 바라보고 있었다.

"특이하단 말이야. 보통 아이들이 마력을 인지하는 건 10살 무렵인데…… 지금까지 보고된 사례 중에서도 가장 늦은 건 13살이었어."

"제가 좀 많이 특이한가 보지요."

내 말에 동의하는 건지, 닥터가 고개를 끄덕였다.

"하지만 이렇게까지 안 나타나는 것도 힘든데…… 일단 마력이 없는 이상, 오늘 의식에는 참가할 수 없겠네. 다음 의식 때를 기대하자."

"네."

아무런 능력이 없는 특이 체질인 내가 의식에 참가할 수 없을 거라는 건 이미 알고 있었다. 그럼에도 불구하고 이렇게 마지막에 마지막까지 재검사를 요구하며 따라나선 건 단순한 호기심에서였다.

사실 의식은 중요하지 않았다. 이제는 어느 정도 포기한 감도 없잖아 있었다.

다만 그 의식이 행해지는 '장소'는 더없이 중요했다. 황제가 살고 있는 섬. 전체가 궁으로 이루어져 있는 카일룸.

들러리면 어떠냐. 그렇게 해서라도 이곳에 꼭 와 보고 싶었는걸.

하지만 아무리 그렇다고 해도.

"힘들어 죽겠네."

아무래도 바다 한가운데에 있는 섬이다 보니 이동 수단은 다양하지 않았다. 심지어 카일룸 주변의 바다는 웬만한 마력을 무효화시키는 성분이 녹아 있어, 순간 이동을 사용할 수도 없어 배를 타고 들어가야 했다.

흔들리는 배가 익숙하지 않은 나를 포함한 아카데미의 학생들은 육지를 밟기 무섭게 하나둘 주저앉아 버렸다.

여러모로 힘들 수밖에. 이곳까지 오는 데에만 자그마치 반나절이나 걸렸으니까 말이야.

심지어 그 반나절이라는 시간의 대부분이 순간 이동이 불가능한 바다 위에서 보낸 시간이었으니 더더욱.

금색과 흰색이 어우러진 제복 차림의 병사들이 매서운 눈빛으로 우리를 내려다보고 있다.

멀리서 봤을 때도 웅장했지만, 이렇게 가까이서 보니 황제가 살고 있다는 성은 정말 엄청났다.

어느새 힘든 걸 잊은 아이들이 탄성을 자아내고 있을 때.

카일룸의 큰 정문이 요란한 소리를 내며 열렸다. 그리고 그 안에서 머리끝부터 발끝까지 새하얀 남자가 다급히 뛰어나와 우리들 앞에 섰다.

"미리 마중을 나왔어야 했는데 죄송합니다. 올해의 의식을 치를 아카데미 학생 여러분들의 입장을 허가하겠습니다. 모두 이쪽으로 오시지요."

드디어 성 내부로 들어가는구나.

이 순간만을 기다리고 있던 건 나뿐만이 아니었다.

겨우 몇 걸음 뗐을 뿐인데, 마음 급한 다른 아이들의 걸음과 함께 엉키면서 문 앞은 들어가기 전부터 난장판이 되어 버렸다.

그때, 하얀 남자의 목소리가 울려 퍼졌다.

"질서를 지켜 주세요! 다들 루이스별로 줄을 서 주시기 바랍니다!"

아, 이런. 왜 하필 그거야.

아무런 능력이 없는 나는 당연히 루이스 등급에도 끼지 못했다.

아카데미에서 유일하게 푸엘라인 나였기에 내 자리는 항상 정해져 있었다.

맨 뒤. 이 줄의 가장 끝.

그래, 앞에서 엉키는 것보다는 차라리 맨 꼴찌가 마음 편하고 더 좋을지도.

"다들 알고 계시겠지만, 이곳은 원더랜드의 황제가 살고 있는 '카일룸'이라는 성입니다. 이 큰 섬 전체가 황제께서 머무시는 성의 역할을 하고 있지요."

저 앞에서 하얀 남자가 무슨 말을 하고 있는 거 같기는 한데, 루이스 서열상 맨 뒤에 위치해 있는 나에게는 그 말이 제대로 전달되지 않았다.

할 수 없이 앞줄에 서 있는 친구들에게 물어물어, 도움을 받아가며 대충 알아듣고 넘겼다.

"지금부터 제 뒤를 잘 따라오세요. 절대! 무리에서 이탈하시면 안 됩니다. 아시겠지요? 워낙 넓어서 길이라도 잃으면 찾기 어려우니까……."

하긴. 섬 전체가 성인데 여기서 길이라도 잃으면…….

"자. 그럼 이제 정말 안으로 들어가겠습니다."

정문을 지난 지가 한참인데, 눈앞에는 또 다른 문이 보였다. 아무래도 저 문이 정말 카일룸의 내부로 들어가는 문인 거 같았다.

이제 끝이겠지 싶던 학생들도 배에서 내리기 무섭게 계속해서 걷고 있으니 짜증이 나는 거 같았다.

하지만 그것도 잠시. 정말 마지막이라는 문에 들어서기 무섭게, 니를 포힘해 투덜기리기 바빴던 학생들의 입은 일마 동인 다물이지질 않았다. 그만큼이나 눈앞에 펼쳐진 광경은 엄청났다. 이 정도면 이렇게까지 고생하면서 온 보람이 있다는 생각이 들 정도로.

내부는 엄청나게 넓었다.

50명이라는 인원이 한 줄로 서서 들어왔음에도 불구하고, 아직 공간이 넉넉하게 남을 정도였다.

넓기만 한 게 아니었다.

정말 눈에 띄지 않는 부분까지 섬세하게 세공을 한 벽이며 천장이며, 말이 필요 없을 정도로 대단했다.

모든 테두리에는 수많은 보석들이 총총 박혀 있었고, 원더랜드를 상징하는 세 가지. 하얀색과 황금, 그리고 시간을 표현하려는 건지 온 벽이 대리석과 금박의 장식들로 뒤덮여 있었다.

벽과 벽이 만나는 모서리마다 커다란 석상들이 서 있었고, 바닥에는 붉은 카펫이 깔려 있었다.

"자. 이곳을 봐 주세요."

잠시 동안 우리들에게 실내 장식에 감탄할 시간을 준 하얀 남자가 품 안에서 시계를 꺼내 시간을 확인하더니 서두르기 시작했다.

하얀 남자를 선두로 한 행렬이 다시 움직이기 시작했고, 꼬리 역할인 나는 그 뒤를 따랐다.

곧 그가 걸음을 멈춘 곳은 새하얀 벽의 앞.

지금까지 지나친 벽들과 별반 다를 게 없어 보였지만 하얀 남자가 가리키는 건 벽이 아닌, 벽에 걸려 있는 여러 개의 초상화들이었다.

그것들을 한 번 쭉 훑으며 지나가던 남자의 걸음은 곧, 오른쪽 가장 끝에 있는 그림에서 멈췄다.

"지금 보시는 이분이 바로, 현 원더랜드의 황제이신 리 샤이칸 에이드 님이십니다."

하얀 남자의 말이 끝나기 무섭게, 맨 앞줄에 서 있던 여학생들 사이에서 탄성 소리가 시끄럽게 울려 퍼졌다.

하긴, 그들이 이런 반응을 보이는 것도 어느 정도 이해가 갔다.

아무나 만날 수 없는 황제를 이렇게 초상화를 통해서라도 그 모습을 볼 수 있다는 건 엄청난 일이었으니까.

하지만 서로 조금이라도 더 보겠다며 점점 앞으로 나아가는 학생들 때문에, 어느새 앞쪽은 난리가 나 버렸다.

통제 불가능한 이 상황에 두 손 두 발 다 든 하얀 남자는 할 수 없이 다음 장소로 가자고 외쳤고, 덕분에 맨 뒤에 서 있던 나에게도 잠시나마 그 초상화를 가까이서 볼 수 있는 기회가 주어졌다.

조금씩 벽에 가까워졌다.

멀리서 봤을 때는 머리카락이 금색이라는 것 정도만 알아볼 정도로 희미했는데, 가까이 다가가면 다가갈수록 초상화 속의 얼굴이 선명해졌다.

예상대로 금발이다. 다만 오래 산 만큼 어느 정도 나이는 먹었겠지 싶었는데 그의 외모는 예상 밖이었다. 그는 생각보다 젊었다.

나와 별 차이가 없어 보이는 나이. 새하얀 피부와 푸른 눈. 초상화 속의 남자는 아주 예쁜 남자였다.

아까 왜 그런 탄성이 들려왔던 건지 이해가 될 정도였다.

그런데 이상하다. 어쩐지 낯이 익었다.

뭐지? 이렇게 잘생긴 남자와 만난 적이 있었다면 내가 기억을 하고 있을 텐데.

이상한 기분에 휩싸인 나는 멍하니 초상화를 향해 손을 뻗었다.

뭐랄까? 굉장히 그리운 느낌이 들었다. 그리고 슬펐다.

조금이라도 웃으면 더 멋져 보일 텐데. 이런 쓸데없는 생각을 하며, 조용히 초상화 속 남자를 응시하고 있을 때였다.

"어?"

그러고 보니 지금 내가 이렇게 넋을 놓고 있을 때가 아닌데.

고개를 절레절레 젓고 제정신을 차린 나는 다시 무리를 따르기 위해 돌아섰다.

그런데 애들은커녕, 사람 그림자 하나 보이지 않는다.

"미치겠네……."

사태를 깨닫는 데에는 그리 오랜 시간이 걸리지 않았다.

나는 지금 이 넓디넓은 대합실에 혼자 덩그러니 남아 있다.

무리에서 이탈해 버린 건가? 이거 큰일이네. 나는 이곳 길도 모르는데……. 다른 것도 아니고 그저 넓다는 이유로 조심하라던 그 희멀건 남자의 충고가 뒤늦게 마음에 와 닿을 줄이야.

무리를 찾기 위해 한참을 이리저리 돌아다니던 나는 금방 지쳐 버렸다. 오전에 마력 측정을 이유로 많은 양의 혈액을 뺀 탓일 거야, 분명.

머리가 어지럽다. 이제 더는 돌아다닐 기운도 없어서 그냥 벽에 기대어 주저앉았다.

그래, 그레이스가 그랬었지. 일행에서 떨어지면 무작정 돌아다니기보다는 그 자리에서 얌전히 기다리는 거라고.

나는 말을 잘 듣는 아이였다.

그나저나 이렇게 넓고 탁 트인 곳에 달랑 혼자 있으니까 심심해서 죽을 거 같았다. 거기에 어차피 나는 의식과는 상관이 없었기 때문에 더더욱 시간이 남아돌았다.

그래서 그런가, 이제는 별의별 생각이 다 들었다.

이곳에서 아무에게도 발견되지 못하면 어떻게 하지? 이대로 방치되면 어쩌지?

충분히 가능성이 있는 말이었다. 워낙 넓으니까.

다시 생각해 보니 이거 정말 큰일이네!

"누구 없어요?"

정말 이상하다. 이렇게나 넓은 곳에 어떻게 사람 그림자 하나 안 보이는 거지? 이 정도 규모면 그에 맞게 일하는 사람들도 많을 텐데 말이야.

"저기요!"

목이 찢어져라 외쳤다.

하지만 내 외침은 이 넓은 대합실을 뱅글뱅글 돌아, 결국에는 내 귀로 돌아올 뿐이었다.

한참을 큰 소리로 외치던 나는 결국 포기를 선언했다. 그런데 그때.

— 내가 도와줄까?

응? 갑작스러운 목소리에 놀란 나는 재빠르게 주위를 둘러보았다.

그러나 아무리 확인을 해도 역시나 지금 이 넓은 대합실에는 나혼자였다.

보이지는 않아도 그 목소리의 주인이 여자라는 건 알 수 있었다. 그것은 부드러웠고, 마치 노래를 부르고 있는 것 같기도 했다.

아무래도 내가 진짜 미쳤나 보다. 이 넓은 곳에 홀로 남아 있다보니 정신에 문제가 생긴 게 분명하다.

그렇지 않고서 이렇게 정체 모를 환청과 대화를 하고 있을 리가없지.

"어떻게 도와줄 건데?"

혼자 중얼거리듯 대답했다.

그러자 환청이라고 확신하고 있던 그 목소리가 다시 한 번 대합실 안에 가득 울려 퍼졌다.

— 이렇게?

응? 갑자기 들려온 정체불명의 목소리는 맑고 경쾌하기까지 했지만, 나는 왠지 모르게 불안했다.

그런데 갑자기 내 등 뒤에서 밝은 빛이 환하게 일어났다. 뒤라고 해도 등을 기대고 있던 벽밖에 없을 텐데.

깜짝 놀라 돌아본 새하얀 대리석의 벽이 이제는 황금색으로 눈부시게 빛나고 있었다.

"잠깐. 이게 뭐야!"

목숨에 위협을 느낀 내가 재빨리 일어났지만, 이미 너무 늦어 버렸다.

빛이 확장되는 속도는 내 예상을 뛰어넘을 정도로 빨랐다. 미처 손을 쓸 새도 없이 나는 순식간에 황금색 소용돌이에 휩쓸려 버렸다.

'엘리샤……'

정신이 몽롱해지는 그 순간, 누군가의 슬픔이 가득 담긴 목소리가 들려왔다.

아주 잠깐 그 목소리의 주인이 누군지 궁금했지만, 너무 어지러웠다.

결국 나는 그냥 포기하는 심정으로 두 눈을 감았다.

* * *

집으로 돌아가면 그레이스에게 오늘 하루가 얼마나 피곤한 하루였는지, 네 시간 정도는 떠들 수 있을 거 같았다.

그만큼이나 힘들었다. 정말 다시는 이런 곳에 오고 싶지 않을 정도로.

물론 이 모든 건 내가 무사히 집으로 돌아갔을 때의 이야기겠지만.

이상한 금색 빛에 휩쓸려 몽롱해졌던 정신이 서서히 또렷해지기 시작했다.

나는 용감하게 감고 있던 눈을 떴고, 곧 내 눈에 들어온 풍경에 당황했다.

지금 내가 있는 이곳은 조금 전까지만 해도 홀로 있던 대합실이 아니었다.

그냥 방이다. 평범한, 누군가의 방이다.

바닥에는 새하얀 양탄자가 깔려 있고, 넓은 창문에는 새하얀 커튼이 살랑이고 있었다.

갑작스럽게 바뀐 풍경이 익숙하지 않았지만 굳이 따질 생각은 없었다. 따질 사람도 없고.

나는 이제 이 모든 상황을 긍정적으로 받아들이기로 마음먹었다.

"좋아. 그래도 그 차가운 대리석 바닥에 앉아 기다리는 것보다는 이편이 훨씬 편하고 좋겠네. 따듯하고 포근하고. 뭔가 안심되고."

나는 방심하고 있었다. 고개를 끄덕이며 스스로 만족스러워하고 있던 그 순간.

"마지막 건 빼야겠네."

"응?"

누군지는 모르겠지만, '그'의 말은 맞았다.

마지막에 추가한 '안심'이라는 단어는 빼야겠다. 포근한 분위기와 어울리지 않는 물건 하나가 지금 이곳에 있으니까.

서늘한 느낌이 목에서 느껴졌다.

그 물건의 정체를 알아차리는 데에는 그리 오랜 시간이 걸리지 않았다.

그것이 닿아 있는 목에서부터 소름이 돋아났다.

도대체 왜? 어째서? 왜 시퍼렇게 날이 선 칼이 지금 내 목에 겨누어져 있는 거지?

"누구냐."

내가 묻고 싶은 게 바로 그것이었다.

등 뒤에서 들려오고 있는 한 남자의 목소리는 쇠붙이만큼이나 차가웠다.

나에게 칼을 겨누고 있는 이의 정체를 파악하기 위해 고개를 돌리려는데, 그와 동시에 내 목에 겨누어져 있던 칼에 힘이 실렸다.

"움직이지 마. 허튼 짓 하면 그대로 베어 버리겠어."

뭐 이렇게 폭력적인 인간이 다 있어? 아무렇지도 않게 사람의 목을 베겠다니.

"여긴 어떻게 들어온 거지? 침입자인가? 도대체 뭐가 목적이냐."

어쩐지 일이 점점 커지는 거 같았다. 일단 빨리 이 오해를 풀어야겠다.

"아니요. 저는 학생이고…… 그…… 오늘 이곳에서 있을 의식 때문에……."

아주 틀린 말은 아니었다. 물론 그렇다고 아주 맞는 말도 아니었지만. 정확하게 말하면 난 그 의식의 '들러리'에 불과했으니까.

"의식이라고?"

"네."

아주 힘차게 고개를 끄덕였다.

이제 됐겠지 하는 마음에 긴장이 풀려 몸에서는 힘이 빠져나갔다.

그런데 이번에는 비웃음이 가득 담긴 목소리가 들려왔다.

"내가 그 말을 믿을 거 같나?"

왜 못 믿는 건데? 못 믿을 이유 역시 없지 않나?

"한창 진행 중인 의식에 참가해야 하는 학생 한 명이 사라졌는데, 이렇게 조용할 리가 없잖아?"

그의 말에도 어느 정도 일리가 있었다.

"어…… 그게 조금 복잡한데, 의식 때문에 온 건 맞는데 저는 의식에 참가하지 않거든요."

"……"

이번에는 대답이 돌아오지 않았다.

순간 나는 깨달았다. 이런, 내가 실수했구나. 풀 수 없는 오해만 더 쌓여 버린 것만 같아 불안했다. 이걸 어쩌지?

그때, 등 뒤에 서 있던 남자가 도대체 무슨 결정을 내린 건지 내목에 닿아 있던 칼이 아주 약간 떨어졌다.

제길. 이건 결코 좋은 상황이 아니었다.

"침입……."

"푸엘라예요! 제가 푸엘라여서 그렇다고요!"

나의 외침에 칼의 움직임이 허공에서 딱 멈추었다. 머리끝이 쭈

뻣하고 설 정도로 오싹했다.

지금 이 남자는 나를 베려고 했다. 정말로!

"……푸엘라였어?"

지금까지 중에서 가장 마음에 안 드는 목소리로 그가 물어왔다.

내가 푸엘라라는 걸 밝히면 꼭 이런 반응들이 돌아왔다. 마치 나를 나쁜 병에 걸린 사람처럼 취급하는 반응.

"척 봐도 이미 10살은 넘어 보이는데 푸엘라라니. 이것 참 수상하군."

말은 그렇게 하지만 그래도 푸엘라라는 내 외침이 닿은 건지, 다행히 내 목을 향하고 있던 칼이 치워졌다.

하지만 아무리 그래도 여전히 그의 의심에서 벗어날 수는 없는 모양이다.

"출입자 명단 조회를 해 봐야겠어. 이름이 뭐지?"

"엘리샤입니다."

제발. 제발. 뭐든 좋으니 빨리 확인하고 나를 좀 내보내 달라고.

이렇게 뒤돌아 벽을 보고 대답하고 있으니 슬슬 짜증이 났다.

이제 내 생명을 위협하던 칼도 치워졌겠다, 뒤돌아 당당하게 그의 얼굴을 보며 말해도 되지 않을까?

그런데 조회니 뭐니 한다던 남자가 이상하게도 너무 조용하다.

"……뭐라고?"

무슨 일이 생긴 건가 싶어 뒤를 돌아보려는데, 그의 목소리가 들려왔다.

그 짧은 이름도 한 번에 제대로 듣지 못한 건지 그가 다시 내 이름을 물었다.

"엘리샤입니다!"

나는 큰소리로 외쳐 주었다. 이번에는 듣지 못했다는 말을 할 수 없을 정도로, 아주 크게.

그런데 너무 큰 소리로 외쳤던 게 문제였을까? 이름을 대기가 무섭게, 내 몸은 어떠한 강제적인 힘에 의해 빠르게 돌려졌다.

곧 내 눈에는 나 못지않게 놀라 크게 흔들리고 있는 어느 푸른 눈동자가 들어왔다.

물론 내 뒤에 있을 그 누군가를 궁금해하고 있던 건 사실이었지만, 굳이 이렇게까지 가까운 거리에서 볼 필요는 없었다.

필사적으로 몸을 뒤로 빼려고 했지만 불가능했다. 어느새 내 허리에는 그의 팔이 둘러져 있어, 나는 옴짝달싹도 할 수 없었다.

내가 지금 할 수 있는 거라곤, 코앞에 있는 상대를 노려보는 게 전부였다.

상황상으로 볼 때 당황하거나 두려움에 떨어야 하는 건 나인데, 어째서인지 남자의 푸른 눈이 심하게 흔들렸다.

불안하게 흔들리는 그 눈을 뚫어져라 바라보고 있자니 신기하게도 왠지 익숙한 얼굴 같다는 느낌이 들었다.

도대체 이 카일룸에는 이유 모를 익숙함이 왜 이렇게 많은 건지 모르겠다.

신기하다고 생각하며 여전히 미동조차 않는 그를 바라보고 있는데, 이런. 이 남자의 얼굴이 익숙한 이유가 생각났다.

"……황제?"

큰일이다.

아까 대합실에서 넋 놓고 바라보았던 초상화 속의 남자가 분명했다. 그렇다면 지금 눈앞에 있는 이 사람이 황제라는 말인데.

"죄송합니다."

다른 생각을 할 새도 없이 내 입에서는 바로 사과부터 나왔다.

내 목숨은 한 개다. 일단 빌고 봐야 한다.

그런데 사과를 했는데도 아무런 반응이 없다. 그는 그저 나를 뚫어져라 바라보고 있을 뿐.

너무 무례했나? 그래서 화가 많이 났나? 사실 생각해 보면 그렇게 화를 낼 것도 없는데.

물론 방에 몰래 들어온 건 내 잘못이기는 하지만, 사실 나도 지금 이곳에 어떻게 들어왔는지 모르고 위협을 당한 건 그가 아니라 내 쪽이었으니까.

사람의 목숨을 위협할 만한 물건 하나 갖고 있지 않은 나와 달리, 그의 손에는 긴 칼 하나가 들려져 있지 않은가.

"저기…… 제가 수상한 사람이 아니라는 건 명단을 확인해 보시면 되니까요. 그럼…… 저는 알아서 돌아가 볼……."

응? 잠깐만. 그러고 보니 나는 분명 이 방에 들어온 이후로 한 발자국도 움직이지 않았다.

아니, 할 수가 없었지. 정신 차리기 무섭게 바로 내 목에 저 칼이 겨누어 졌으니까. 그리고 조금이라도 움직이면 목을 베어 버릴 거라는 살벌한 경고도 있었고.

어쨌거나 그렇다는 건 이 가까이에 내가 들어오는 데 사용했을 '문'이 있어야 한다는 건데, 왜…… 도대체 왜 내 눈에는 그 흔한 문하나가 보이지 않는 거냐고!

"가긴 어딜 가?"

그럼 계속 여기에 있을까요? 있어 봤자 서로 불편할 거 같은데, 꼭 그래야만 하나요?

간절해 보이기까지 하는 그의 눈빛에 잠시 마음이 흔들렸지만, 그의 손에는 여전히 무시무시한 칼이 들려 있다는 사실을 잊어서는 안 된다.

재빠르게 그의 품 안에서 벗어난 나는 다급히 문고리를 찾았다.

그런데 진짜 문은 어디에 있는 거지? 어딘가로 들어왔을 테니까, 나가는 문도 있어야지!

방 안의 벽이란 벽은 다 훑어본 거 같았다.

베려거든 진즉에 벨 수도 있었을 텐데, 황제는 가만히 서서 나를 바라보고 있다.

"일리야!"

갑자기 그가 외쳤다. 깜짝 놀라 그를 돌아보는데 곧 믿을 수 없게도 내 귀에 '벌컥' 하고 문이 열리는 소리가 들려왔다. 설마. 그럴리가.

그렇게 찾을 때는 없었던 문이 어느새 버젓이 내 옆에 나타나 있었다. 그리고 그 문을 아무렇지 않게 열고 등장한 하얀 남자까지.

오늘 참으로 많이 놀라고 가는구나.

아, 심지어 이 하얀 남자도 익숙하다 싶었는데 아까 정문에서부터 대합실까지 우리를 안내했던 그 하얀 남자였다.

어디서 갑자기 등장했냐고 물으려는데, 뒤에서 황제의 목소리가 다시 들려왔다.

"지금 당장 아카데미 학생들, 모두 카일룸에서 내보내."

"예?"

"전부 내보내고, 외부인의 출입을 막아라."

황제의 명령에 하얀 남자는 당황한 거 같았다. 잠시 바보같이 입을 벌리고 멍하니 있다가 고개를 절레절레 젓더니 말했다.

"하, 하지만 에이드 님…… 지금 한창 의식이 진행 중…….."

"연기시켜."

가만히 듣고 있자니 정말 너무하다는 생각이 들었다.

평생에 한 번 있는 의식이건만 그것을 아무것도 아닌 것처럼 가볍게 여기는 그의 태도가.

"그깟 의식, 어차피 형식일 뿐이잖아."

"에이드 님, 아무리 그래도…….."

"……알았어. 신관 놈들만 있으면 되는 거지? 그럼 나중에 아카데미로 신관들을 보내겠다고 해."

그의 고집을 꺾는 건 힘들어 보였다. 결국 하얀 남자가 고개를 끄덕였다.

어느새 눈앞에 있는 나를 잊은 건지, 그들의 움직임이 분주해졌다.

갑자기 바빠진 금발과 백발을 번갈아 바라보던 나는, 뒤늦게 지금 처해 있는 상황을 깨달았다.

그러고 보니 나는 이곳에서 나가야 하는 사람이었고, 그렇게나 찾아 헤매도 보이지 않던 문이 바로 옆에 있다. 그것도 활짝 열린 채로.

이건 기회였다. 이곳에서 벗어날 수 있는 찬스였다.

"그리고 모든 출입구를 봉쇄하고."

"예. 알겠습니다."

갑자기 사람 불안하게, 또 조용해졌다.

슬쩍 돌아보니 금발과 백발의 시선이 나를 향하고 있었다.

하지만 안타깝게도 나는 아직 완벽하게 이 방에서 벗어난 게 아니었다.

나를 바라보고 있던 금발의 눈썹이 사납게 꿈틀거렸다. 그가 말했다.

"……그 전에 일단, 저기 도망치려는 녀석부터 잡아 오고."

"……알겠습니다."

고개를 끄덕인 백발이 한 걸음 내딛기 무섭게, 나는 냅다 달렸다. 정말 미친 듯이 앞만 보고 달렸다.

그러나 젠장. 나는 얼마 못 가 붙잡혀 버렸다.

　　　　*　　　*　　　*

　아침 햇살에 눈을 뜨기 무섭게 나는 그대로 굳어 버렸다.

　아침이라니!

　정리가 필요한 상황이었다. 그래, 나는 어제 카일룸에 왔고 황제를 만났다. 그리고 도망을 치려다가 붙잡혀서 지금 이 방에 갇혔고, 멍하니 창밖을 바라보던 것까지는 기억이 났다.

　그런데 깜빡 잠이 들었던 건지, 감겨 있던 눈을 뜨니 아침이었다.

　그렇다면 이대로 하루가 지났다는 이야기인데, 그럴 리가! 설마 아카데미에서 나를 내버려 두고 출발한 건 아니겠지?

　벌떡 일어나 일단 눈에 보이는 '문'을 향해 전속력으로 달렸다. 그리고 그 커다란 문에 달려 있는 금빛 장식을 두른 문고리를 있는 힘껏 돌렸다.

　하지만 이놈의 문은 열릴 생각을 않았다. 아무리 돌리고 잡아당겨 봐도 꿈쩍도 하지 않았다.

　그런데 그때.

　"어디 가게?"

　일어나기 무섭게 문을 향한 나는, 지금 이곳에 나 이외의 사람이 있다는 사실을 미처 알아차리지 못했다. 때문에 갑자기 들려온 침입자의 목소리에 소스라치게 놀라며 주저앉아 버렸다.

　털썩 주저앉아 공포와 불안감에 휩싸인 마음을 애써 진정시키며 고개를 돌려 보니, 침대 옆 의자에 앉아 여유롭게 독서 중인 남자가 보였다.

금발에 푸른 눈. 원더랜드의 황제!

"화, 황제……."

"에이드라고 불러."

아니, 내가 당신을 그렇게 친근하게 불러야하는 이유는 없는 거 같은데 말이지.

당황해하는 내 표정이 재미있는 건지, 아니면 우스운 건지. 그는 웃는 얼굴로 읽고 있던 책을 내려놓았다.

"다른 애들…… 아카데미 학생들은 어떻게 된 거지요? 저도 돌아가야……."

좀 더 똑 부러지게 말하고 싶었지만, 너무 놀라 불가능했다.

횡설수설 말을 늘어놓고 있는데, 내 말은 들리지도 않는 모양이었다.

한동안 생글거리는 얼굴로 나를 바라보고 있던 그가 자리에서 일어나더니 나를 향해 다가오기 시작했다.

지금 이게 도대체 무슨 상황인지 이해가 가지 않았지만, 어느새 눈앞까지 다가온 그가 위험인물이라는 건 확실히 알 거 같았다.

"엘리샤."

그의 입에서 내 이름이 흘러 나왔다.

분명히 내 이름인데. 뭐랄까, 기분이 이상하다.

굳이 표현하자면 마음속 저 깊은 곳에서부터 무언가가 끓어올라 머리를 뜨겁게 데우는 그런 이상한 느낌이었다.

그래, 지금 이 감정의 이름은 분명 '분노'일 것이다. 조금 다르다고 해도 어느 정도 약간의 차이는 무시해 버리기로 했다.

"잠깐 나 좀 봐 봐."

"……."

"엘리샤."

또다. 또 내 이름이 불려졌다. 그리고 또 그 이상한 기분이다.

점점 강압적으로 변하는 목소리에, 그나마 남아 있던 자존심을 지킬 용기마저 사라지고 말았다.

그래, 인정하기는 싫었지만, 아닌 척하려고 노력했지만, 사실 놈이 무서웠다. 지금 이 상황도 무서웠다. 혼자 이곳에 남아 있는 건 아닌가 엄청 걱정되고 두려웠다.

제길. 분해라.

고분고분 놈의 말을 따르고 싶지는 않았지만 돌아가기 위해서는 살아야 했다.

결국 나는 두 눈을 딱 감고 새침하게 돌리고 있던 고개를 돌려 그를 바라봤다.

"풋. 눈은 뜨고."

아니 아까부터 왜 이렇게 요구사항이 많은 거야?

"지금 짜증 내는 거야?"

눈으로 마음을 들여다 볼 수 있다더니 그가 그런가 보다. 이럴 줄 알았으면 그냥 감고 비틸걸 그랬다.

뒤늦게 작은 목소리로 아니라고 했지만, 그는 믿지 않았다.

"지금 눈이 흔들리고 있어, 엘리샤. 거짓말 못 하는 건 여전하네."

여전하네?

내가 언제 또 그에게 거짓말을 한 적이 있었나? 아니, 애초에 그와 만났던 적이 또 있었나?

아니, 그럴 리가 없다. 그가 정말 나를 알고 있다면 나 역시 그를 알고 있었을 테니까.

단 한 번의 스치듯 가벼운 만남이었다고 해도 명색이 이 세계의 황제인데 내가 기억 못 할 리가 없다.

멍하니 그를 바라보고 있는데, 무슨 생각 중인 건지 그의 눈가가 촉촉하다. 그리고 그 푸른 바다 같은 눈동자가 일렁이고 있다.

설마 그가 그런 표정을 지을 거라고는 생각지도 못했기 때문에, 오히려 내가 더 당황스러웠다.

"저기……."

무슨 말을 하려고 했다. 아무거나 상관없으니까 이 어색한 공기를 바꾸고 싶었다.

그러나 마음만 앞서 무슨 말을 할지 생각하지도 않고 말을 건 것은 내 실수였다.

나를 뚫어져라 바라보고 있던 그가 피식 웃었다. 그러고는 아직까지도 긴장이 풀리지 않은 나의 머리를 부드럽게 쓸어 넘겨 주었다.

그가 문을 열었다. 분명 내가 그렇게나 돌렸을 때는 열리지 않던 문이 이번에도 너무나 쉽게 열렸다. 그가 방을 나서며 마지막으로 말했다.

"문은 밖에서 잠글 거니까 괜히 힘 빼지 마."

"뭐라고요? 잠깐만요!"

"그럼 안녕. 내일 또 보자."

너무 놀라 잠시 멍하게 있는 틈을 타, 재빨리 방에서 나간 그가 문을 닫았다. 곧 '짤각'하는 불안한 소리가 내 귀에 들렸다.

그렇게 또 하루가 지났다.

내가 이 망할 곳에 온 지도 벌써 이틀째라는 말이다.

그 시간이 어떻게 지났는지, 왜 나는 아직도 이곳에 있는 건지, 그리고 내 앞에 있는 이 황제는 나에게 왜 이러는 건지 여전히 아무것도 알아내지 못했다.

"혹시 괜찮다면 뭐 하나만 물어봐도 될까요?"

"얼마든지."

내가 먼저 대화를 시도하자, 놈이 웃었다. 나도 따라 웃고 싶은데 불가능했다.

지금 내가 처한 이 상황이 너무나도 기가 막혀서 불가능했다.

아직도 내가 이곳, 카일룸에 있다는 것과 아무렇지도 않게 내 앞에 앉아 책을 읽고 있는 그. 지금 이 상황이 그저 기가 막혔다.

한 가지 덧붙이자면, 뭐 잘한 게 있다고 나를 힐끔힐끔 바라보며 웃고 있는 그가 이제 황제가 아니라 사악한 악마로 보이기 시작했다.

"저는 지금 왜 여기에 있는 거예요?"

"글쎄."

네가 모르면 누가 알아! 마음 같아서는 한바탕 외치고 싶었지만 꾹 참을 수밖에 없었다.

괜히 성질 돋우었다가 정말 돌아가지 못할 수도 있으니까.

"……."

"편하게 있어."

편하게? 웃기고 있네. 무슨 이유에서인지 내 집으로 돌아가지 못하고 있는데 편할 리가 있나.

"원더랜드의 황제들은 영원한 시간을 산다고 들었어요."

내 말에 그가 고개를 끄덕였다.

원더랜드에서 태어난 사람이라면 누구나 다 알고 있는 사실이었다.

시간을 다스리는 황제들은, 인간들이 미처 사용하지 못하고 남긴 시간을 자신들의 수명으로 이을 수가 있었다.

한마디로 그들은 영생(永生)에 가까운 삶을 살 수 있다는 뜻이었다.

그런데 초상화 앞에서도 생각했지만, 오래 산 사람치고는 그의 외모에서 연륜이 느껴지지 않았다.

"그럼 당신도 오래 살았나요?"

"그래."

"몇 살이세요?"

"몇 살로 보이는데?"

아니, 내가 먼저 물어봤으니까 내 대답에 먼저 대답해 주는 게 예의 아닌가?

그는 나와 친해지고 싶다고 했지만, 친근감은커녕 그를 향한 불쾌감만이 나날이 늘어나고 있었다.

"……20살?"

조심스럽게 추측을 했는데 그가 웃었다.

"하하. 20살이었던 게 벌써 몇백 년도 전의 일이지."

"……200살도 넘었어요?"

"300살도 넘었는데?"

솔직히 조금 많이 놀랐다.

그래도 놀란 마음을 숨기고 조심스럽게, 나름대로 많이 잡는답시고 200살을 불렀는데 아니란다. 그러고는 아주 가볍게 그것보다 100년도 더 살았다고 대답했다.

"할아버지네."

이런, 너무 솔직하게 말했나.

그의 표정이 바로 굳어졌다. 왜? 솔직히 외모만 20대지 할아버지는 맞으면서. 아니, 전 세계의 할아버지들에게 미안해해야 할 정도다.

그나저나 나이도 충분히 드실 만큼 드실 분이 도대체 이게 무슨 짓인지 모르겠다.

"다시 묻겠습니다. 저는 왜 이곳에 있는 건가요?"

"내가 원하니까?"

뭐 이런…….

"안타깝게도 저는 원하지 않는데요?"

"앞으로 원하게 될 거야."

아니, 절대 그런 일은 없을 거 같은데. 그리고 있어서도 안 되고.

나에게는 돌아가야 하는 곳이 있다. 나를 기다리는 사람도 있다.

지금 이런 곳에 멍하니 앉아, 자진해서 감시자 역할을 하고 있는 300살도 더 넘은 황제와 입씨름하고 있을 때가 아니란 말이다.

……그레이스가 걱정 많이 할 텐데.

"……아카데미라면 걱정하지 마. 내가 알아서 다 정리했으니까."

"정리?"

정리할 게 뭐가 있나. 내 짐을 정리했다는 건가? 아니, 왜 굳이 그렇게까지 해 주는 건데.

정리라는 말을 바로 이해하지 못하고 있던 나는, 뒤이어 들려온 그의 말에 경악했다.

"너라는 사람이 아카데미에 있었다는 건, 아무도 기억하지 못할 거야."

"……뭐라고요!"

내가 지금 제대로 들은 게 맞나? 잘못 들은 거지? 그러니까…… 지금 저 인간이 했다는 그 '정리'가 나에 대한 정리라는 거야?

순간 정신이 멍해졌다. 머릿속이 백짓장처럼 새하얗게 변해, 무엇을 먼저 생각하면 좋을지 몰랐다.

새하얗던 머릿속은 곧 까맣게 물들었다. 뒤이어 붉은빛과 푸른

빛이 보였고, 그것은 잘 다녀오라며 배웅해 주던 그레이스의 모습으로 이어졌다.

자리에서 벌떡 일어났다.

"지금 당장 돌아가야겠어요."

"엘리샤."

문으로 향하고 있는데 그가 나를 불렀다.

정말 이상하지. 내 이름을 부르는 게 상당히 자연스럽다.

"잠깐 나 좀 봐 봐."

익숙한 패턴이었지만, 고개를 돌려 버렸다. 그러자 그가 재빠른 걸음으로 다가오더니 내 얼굴을 덥석 잡아 자신을 향하게 했다.

"내가 누군지 모르겠어?"

질문이 참 우습다. 분수를 알고 까불지 말라는 말이라도 하고 싶은 걸까.

하지만 그렇다 하기에는 목소리가 차분하다. 아니, 걱정? 슬픔? 그런 어울리지 않는 것들이 복잡하게 녹아 있었다.

"……이 세계의 황제이십니다."

"아니, 그거 말고."

"……숨겨 둔 직업이라도 있으신 건가요?"

내 대답에 그가 웃는다.

도대체 이 남자가 무슨 생각을 하고 사는지, 그게 조금 궁금해지기 시작했다. 저 번쩍이는 금발을 헤친 머릿속에는 뭐가 들었을까? 도대체 나를 뭐라고 생각하는 걸까? 나에게 왜 이러는 걸까?

그리고…… 가끔씩 나와 대화를 할 때 나오는 그 슬픈 표정의 의미는 뭘까?

"……혹시 우리 예전에도 만난 적이 있었나요?"

"왜? 그런 기분이 들어?"

그가 기대하듯 물었지만, 나는 그의 기대에 찬물을 아낌없이 끼얹어 주었다.

"전혀 들지 않지만, 혹시나 싶어서요."

내가 당신을 알 리가 없잖아.

우리는 만난 적이 없다. 그럴 일이 없다.

그는 함부로 접할 수 없는 황제였고, 나는 아주 평범한, 아니 평범에서도 조금 떨어지는 '푸엘라'였으니까.

애초에 내가 그를 처음 본 건, 의식이 있던 날 긴 복도에 걸려 있던 초상화에서였다.

내 대답에 그는 아쉬운 듯 옅게 미소 지었다. 그러고는 저 혼자 알 수 없는 말들을 중얼거렸다.

"좋아. 그래, 좋아. 약간의 하자가 있지만, 그 악명 높은 마녀에게서 이렇게까지 멀쩡하게 돌려받은 게 어디야. 난 만족해. 정말이야."

아, 또다.

일단은 '분노'라고 이름 붙인 알 수 없는 감정이 또다시 머릿속을 뒤집어 놓고 있다.

그는 그 뒤로도 도통 알아들을 수 없는 말들을 중얼거리더니,

멍하니 자신을 바라보고 있는 나를 보며 싱긋 웃었다. 그리고 뭐라 할 새도 없이 밖으로 나가 버렸다.

쾅.

그렇게 방 안에서의 의미 없는 또 다른 하루가 지나갔다.

세 번째 날 역시도 그는 나를 찾아왔다. 이번에는 혼자가 아니었다. 그는 '헬가'라는 여인을 나에게 소개시켜 주었다.

그녀는 주황빛이 도는 짧은 곱슬머리의 귀여운 아가씨였다.

나보다 나이가 어린 거 같았는데, 웬걸. 그녀 역시도 황제처럼 꽤 오래 살았다고 했다. 아마 나의 몇 배나 되는 삶을.

대화를 통해 알게 된 사실인데, 그녀는 '추적자'라는 특이한 고유 능력을 갖고 있어 타깃으로 정한 것들의 위치를 파악할 수 있다고 했다.

그 때문인지 그녀를 소개한 다음부터 황제는 내 방문을 잠그지 않았다.

덕분에 나는 이제 얼마든지 원하면 밖을 돌아다닐 수 있게 되었는데, 그 대신 내가 방에서 나올 때면 헬가가 귀신같이 나타나서는 내 뒤를 따랐다.

아, 그리고 이때부터였다.

일전에 대합실에서도 들렸던 '목소리'가 또다시 들리기 시작한 건.

말이 성이지 사실상 감옥에 불과한 이곳, 심지어는 아는 사람 하나 없는 나에게 그 목소리와의 대화는 지루할 수 있는 시간들을 달래는 데 큰 도움이 되었다.

하지만 다른 사람에게 들켰다가는 정신 나간 여자라고 오해를 살 수도 있으니까 정체불명의 친구에 대해서는 철저하게 비밀로 붙여야 했다.

그리고 네 번째 날이 되었다.

나는 더 이상 아침에 눈을 뜨며 놀라지 않았다.

익숙하지 않은 천장에 놀라 벌떡 일어나 창밖을 바라보지도 않게 되었다. 멍하니 천장을 바라보고 있을 여유까지 생겼을 정도로, 이 모든 상황들이 익숙해져 버렸다.

이제는 받아들일 때가 되었다.

나는 미치광이 황제가 살고 있는, 이른바 호랑이 굴에 제 발로 들어왔다.

그리고.

나는 황제란 놈에게 납치되었다.

그 날 이후, 나는 놈에게서 벗어나기 위해 온갖 몸부림을 쳤고 번번이 실패했다.

그리고.

나는 결국 이 세상과의 안녕을 선택했다.

제2장
어리석은 황제

—Elisha

다시 현재(現在)
황제의 궁, '카일룸'의 어느 방

원더랜드에는 아주 오래전부터 내려오는 이야기가 하나 있다.
그 내용은 대충 이렇다.

아주 먼 옛날, 원더랜드라는 마법 왕국에 어리석은
황제가 살고 있었다.
황제는 인간들이 미처 쓰지 못하고 남기는 시간들

을 수명으로 받을 수 있는 '시간의 능력'을 지닌 덕분에 영원한 삶을 살 수가 있었지만, 늘 고독했다.

이를 가엾게 여긴 '운명'은 황제에게 반려자 '하트'라는 자리를 마련해 주었고, 이에 조건을 걸었다.

'황제는 자신이 가진 영원의 시간 절반을 하트에게 준다. 단, 영원의 시간은 단 한 사람에게만 줄 수 있다.'

한 여인만을 영원이란 시간 동안 사랑할 자신이 없던 황제는, 단 한 번밖에 없는 선택을 쉽게 할 수가 없었다.

결국 그들은 언제 마음이 변해 버릴지 모른다는 불안감에 자신들의 영원의 시간을 대신해 하트들에게 시간을 공급할 '제물'을 선택했다.

하트를 위해 자신의 시간을 내놓는 것으로 생을 비참하게 마감하는 그녀들은, 그동안의 삶의 기억을 모두 잃고 '앨리스'라고 불렸다.

그러나 이 모든 것을 내려다보고 있던 운명은 황제의 이기심에 분노하여 저주를 내렸다.

첫째, '하트'는 황제 본인의 의지로 선택할 수 있지만, '앨리스'는 운명이 고른다.

둘째, 황제는 '앨리스'를 사랑해서는 안 된다.

이것이 누군가에 의해 지어진 허구적인 이야기인지, 아니면 사실을 기록한 이야기인지는 알 수 없지만, 지난 17년간 하트와 앨리스라는 이름으로 카일룸으로 보내졌다는 여인들의 이야기는 들어 본 적이 없었다. 때문에 나는 자연스럽게 그것이 전설이라고만 생각했다.

원더랜드의 황제들은 그 역사가 길었으니까.

살아 있는 역사인 그들에게 전설 한두 개쯤 있다고 해도 이상할 게 전혀 없었다.

나는 이 이야기를 꽤 좋아했다. 어째서일까? '어리석은 황제'라는 대목이 내 마음에 들었던 게 아니었을까.

'엘리샤.'

눈앞이 깜깜하다. 내가 눈을 감고 있기 때문일지도 모르지만, 다른 끔찍한 이유 때문일 수도 있었다.

익숙한 목소리가 들려왔지만, 어둠 때문에 아무것도 보이지 않았다.

아, 혹시 이건 꿈인가? 그럴 리가. 나는 분명, 그 높은 성벽에서 뛰어내렸다. 아무리 운 좋게 바다에 듬성듬성 고개를 내민 바위들을 피했다고 해도, 그 날카로운 파도에서 살아남았을 리가 없다.

그럼 이건 죽기 전 자신의 인생을 돌아본다는 일종의 주마등(走馬燈) 같은 건가?

잘 모르겠다. 내 인생 17년. 그동안 '죽음'이라는 것을 경험해 본 적도, 깊이 생각해 본 적도 없었으니까.

죽는다는 게 어떤 느낌일지 내가 알고 있을 리가 없다.

그래서 결론은, 지금 내가 죽은 건지 산 건지 모르겠다는 것이다.

"엘리샤 님!"

아, 방금 한 가지는 확실해졌다. 이 목소리는 헬가의 목소리였다. 그렇다는 건 내가 아직 살아 있다는 뜻인데. 아니면 내 죽음을 너무나도 불쌍히 여긴 그녀가 슬픔을 견디지 못하고 저승길까지 따라와 동행하고 있다거나. 그런데 그럴 리가 없지.

내가 뭐라고. 안 지 얼마 되지도 않은 사람을 위해 목숨을 던지는 건 그렇게 간단한 일이 아니었으니까.

"엘리샤 님! 괜찮으세요? 정신이 드셨어요?"

또 한 번, 현실은 나를 배신했다.

조심스럽게 눈을 떴다.

우선은 밝은 빛에 아무것도 볼 수가 없었다. 어느 정도 빛에 적응이 된 다음에 가장 먼저 눈에 보인 건, 도대체 얼마나 운 건지 안타까울 정도로 흉한 헬가의 얼굴이었다.

예쁘장하던 그 얼굴이 이렇게 변할 때까지 울 줄이야. 심지어 나를 위해서.

놀라서 아무 말도 못 하고 있는 나는 얌전히 그녀의 품 안에 안겨 있어 주었다.

그런데 또 뭐가 문제인 건지, 그녀가 다짜고짜 내 어깨를 붙잡더니 흔들기 시작했다.

아무리 내가 스스로 몸을 던졌다고는 하지만, 그 높은 곳에서 떨어지면서 받은 충격은 무시할 수가 없었다.

몸은 아픈 곳 하나 없었지만, 머리가 심각하게 어지러웠다. 그리고 이렇게 그녀가 흔들고 있으니 더더욱 죽을 거 같았다.

죽기 위해 바다에 몸을 던졌던 나는, 이제 살기 위해 그녀의 손을 뿌리쳤다.

그 대신 나를 위해 한바탕 울었다는 그녀에게 미안해서 한참 동안 그녀의 수다를 말없이 들어 주었다.

워낙에 말이 많던 그녀가 시동이 걸리니 정말 쉴 틈이 없었다. 그렇게 얼마나 지났을까.

똑똑.

노크 소리와 함께 하얀 정장 차림의 희멀건 남자가 불쑥 들어왔다.

방 안에 들어선 그는 잠시 내 상태를 살피듯 뚫어져라 바라보더니, 곧 내 상태가 나쁘지 않다는 결론을 내린 건지 저 혼자 고개를 끄덕였다.

그의 등장에 헬가는 어쩔 줄 몰라 했지만, 나는 담담했다.

사실 그의 등장은 어느 정도 예상하고 있었다. 그리고 곧 그의 입을 통해 전달될 놈의 명령도.

맨 처음, 그러니까 이곳에 온 지 4일째 되던 날. 나는 기념할 만한 첫 번째 탈출을 시도했다가 너무도 쉽게 붙잡혔다.

당시 황제, 그 녀석은 당황한 표정이었다.

그는 나를 어떻게 해야 할지 모르겠다는 난감한 얼굴로 한참을 내 앞에 서 있었다. 그리고 몇 시간을 고민하다가 결국 탈출 시도에 대한 벌이랍시고 내린 명령이 하루 동안 방 안에서 나오지 못하게 하는 것이었다.

그때 역시 그의 명령을 전하러 온 건 일리야였고, 지금의 표정은 그때의 표정과 같았다.

자세히 기억은 나지 않지만, 아마 다섯 번째의 탈출 시도까지는 방 안에서 나오지 못하게 하는 정도의 가벼운 벌이었던 거 같다.

하지만 여섯 번째, 일곱 번째…… 계속되는 내 탈출 시도에 하루였던 형벌 시간은 이틀, 삼 일, 이렇게 늘어나기 시작했고 결국 이 지경에 이르렀다.

"왜요. 그 녀석이 또 들어가래요?"

앞으로 닥칠 일을 예상한 내가 날카롭게 말하자, 일리야가 우물쭈물하더니 곧 한숨을 내쉬며 고개를 끄덕였다.

그는 자신도 이러한 상황이 되어 마음이 편치 않다는 표정이었다.

"엘리샤 님…… 그게……."

그럼 그렇지.

분명 이번이 절대 마지막일 거라고 생각했는데, 하늘도 무심하시지. 신께서는 내가 죽는다는 것도 반대하시는 모양이다.

죽는 것조차 내 마음대로 안 돼는 이 마당에, 이번 일로 놈의 화라도 제대로 돋우어 놔야 성질이 풀릴 거 같았다.

그래, 이 정도는 해야 내가 얼마나 진심인지 저도 뼈저리게 느낄 거 아닌가?

"일리야."

침대에서 기어 나온 나는 얼굴마저 하얗게 질린 그를 불렀다.

"당신도 내가 잘못됐다고 생각하나요?"

내 질문에 그는 잠시 고민에 빠졌다. 곧 내 눈치를 보며 대답하길.

"……이번에는 엘리샤 님이 잘못하셨습니다."

그래. 그렇게 대답할 줄 알았어.

황제의 보좌관 중 한 명이라는 그는, 말 그대로 항상 그 녀석의 곁에 붙어 다니는 신하.

그런 그가 내 편을 들 리가 없다. 그래, 알면서도 물어본 거다. 혹시나 싶어서.

"반성하세요."

"네, 네. 반성하고 있습니다. 아무렴요."

그의 앞을 유유히 지나, 열린 문으로 나가며 말했다.

"한 번에 확실하게 죽는다는 게 이렇게 어려운 일이었군요. 제가 너무 만만하게 봤어요. 다음에는 좀 더…….."

"엘리샤 님!"

"빨리 앞장이나 서시지요?"

짜증 난다. 짜증 나.

내 마음대로 할 수 있는 게 아무것도 없다는 게 짜증이 났다.

앞장서는 일리야를 따라 화려한 카일룸의 복도를 지나고 또 지났다.

처음 이곳에 왔을 때는 그 웅장함에 감동했지만, 이제는 아무런 느낌도 들지 않았다.

아무리 크고 넓다고 해도 벗어날 수 없는 이상 답답한 건 답답한 거다. 그리고 아무리 아름다워도 매일 보면 지겹다.

커다란 문을 지나, 나선으로 되어 있는 계단을 밟았다.

많이 가 봤던 위가 아닌 아래를 향하고 있는 그 계단을 밟아 내려가면 내려갈수록, 주위의 배경이 점점 어두워지기 시작했다.

어느 정도 익숙해진 저 위와 달리, 아래의 이곳은 여전히 익숙해지지 않는 공간 중 하나였다.

사실 맨 처음 이곳에 왔을 때는 놀랐다.

새하얗고 아름다운 걸 좋아하는 카일룸에 이렇게나 어두운 곳이 있었을 줄이야.

어둡기만 한 게 아니다. 지금 이곳은 축축했다. 그리고 으스스했다.

양쪽으로 촘촘하게 박혀 있는 검고 낡은 창살은 그 서늘한 기운을 음산하게 만드는 데에 한 몫 했다.

흔히 말하는 '감옥'이라는 곳이다. 그것도 한술 더 떠 '지하 감옥'이다.

"들어가시지요."

그래도 한 번 와 본 적 있다고 내 걸음에는 망설임이 없었다.

예전에도 신세를 졌던 커다란 감옥을 올려다보고 있는데, 내 앞을 지나친 일리야가 정말 친절하게도 문까지 열어 주며 재촉했다.

그 모양새가 마치 스위트룸을 안내하는 안내원 같기도 했다.

가볍게 고개를 끄덕인 나는 안으로 들어섰다. 그리고 익숙하게 자리를 잡고 털썩 앉았다.

사실 말이 감옥이지 이것저것 신경 쓴 덕분에 내부는 여느 감옥과는 달랐다.

일단 진짜 죄수들은 상상도 못 할 만큼 푹신한 매트와 따뜻한 이불이 마련되어 있는 것부터가 그랬다.

이럴 거면 그냥 이런 곳에 가두지를 말든가. 아니면 방에 가둬 놓든가. 진짜 방이랑 별반 다를 게 없잖아.

"그럼…… 혹시 어디 불편하시거나, 뭔가 필요하신 게 있으시면……."

감옥인데 당연히 불편할 거고, 필요한 걸 말하는 대로 전부 마련해 주는 일은 있어서는 안 되지.

내가 대답을 하지 않자, 일리야는 머쓱하게 웃으며 조용히 자리를 떠났다. 그가 돌아갔다는 걸 확인하기 무섭게 나는 한숨을 내쉬었다.

사실, 아무리 이곳에 와 본 적이 있다고 해도 감옥이다. 감옥에 들어가는데 두렵지 않다고 하면 거짓말이겠지. 그냥 센 척이 하고 싶었다. 괜히 무시당하고 싶지 않아서.

"신경 많이 썼네. 살다 살다 이런 감옥은 처음 본다. 안 그래, 헬가?"

돌아가라고 해도 말을 듣지 않고, 결국에는 감옥까지의 여정에 함께한 그녀에게 말했다.

이제 헬가는 울먹이기까지 했다. 정말 눈물이 많다니까. 감성이 풍부한 건지, 아니면 쓸데없이 눈물이 많은 건지. 아. 눈물샘에 문제라도 생긴 건 아닐까.

"에, 엘리샤 님······."

"어두운 감옥에 분홍색 레이스라······. 이 어두운 배경에 색이 잡아먹히고 있는데 말이야."

모든 여자가 분홍색을 좋아할 거라 생각한다면 큰 오산이다.

이렇게 꽉 막힌 곳에서 오래 살다 보니, 놈의 사고방식도 꽉 막힌 게 분명하다. 불쌍한 놈······.

"엘리샤 님. 이러다가 몸이라도 상하시면······."

"뭐 어때, 의외로 괜찮은데? 푹신푹신하고······ 아니다, 차라리 감기라도 걸리면 좋겠다. 그럼 감기를 핑계로 그 끔찍한 식사 시간에 함께하지 않아도 될 거 아니야."

"엘리샤 님!"

고집 부리며 자리를 지키고 있던 헬가의 잔소리가 다시 시작되었다.

내가 입을 다물고 나니 이 적막한 감옥 안에는 그녀의 목소리만이 울려 퍼졌다.

"······헬가, 진짜 돌아가. 난 아프면 쉬어도 되지만, 넌 아니잖아."

"그래도······."

그래도는 무슨 그래도야.

우물쭈물하던 헬가는 결국, 계속되는 나의 강요를 못 이기고 물러났다.

아, 이제야 조용하네.

헬가의 목소리가 사라지니, 이제 이곳에는 아무것도 남아 있지 않다. 아니, 썩어들어 가는 널빤지 사이로 들어오는 을씨년스러운 바람 소리뿐이다.

"춥긴 춥네."

입김까지 나올 정도의 추위다.

밖은 짜증 날 정도로 날씨가 좋은데, 햇빛이 안 들어와서 그런지 이곳은 완전 냉동고 안이다.

물론 놈은 그것을 미리 예상하고 이렇게 양털이니 무슨 털이니 이불을 한 무더기로 넣어 준 거 같지만, 적이 보낸 물건을 사용할 수는 없지.

가만히 있었다. 그냥 가만히. 정말 아무것도 하지 않고 가만히.

평소 그렇게 혼자만의 시간을 요구했지만, 막상 이런 식으로 갖게 되니 할 게 없다.

그냥 지루하고 답답하다. 더군다나 감옥이라는 특성상, 한정된 공간이라는 제약이 있어서 더더욱 답답하다.

아, 피곤해.

오늘은 정말 많은 일이 있었지. 한번 덤벼 보겠다고 나섰다가 괜히 정신적인 스트레스만 늘고 말이야.

난 정말 그걸로 죽는 줄 알았는데…… 이제 다음은 또 어떤 방법을 사용해야 하나…… 아니다.

일단은 여기서 그만해야겠다. 괜히 머리만 굴려 봤자 아프기만 할 테니까.

추워서 그런가? 정신이 몽롱해지기 시작했다.

버텨야지, 버텨야지 하면서도 나는 그렇게 어느샌가 잠이 들었다.

잠시 뒤.

차가운 기운이 가득하고 적막만이 맴도는 지하 감옥에 저벅거리는 걸음 소리와 함께 따스한 불빛이 보였다.

곧 그 불빛은 엘리샤가 잔뜩 몸을 웅크리고 잠들어 있는 감옥 앞에서 멈추었고, 감옥 앞에는 그 안을 들여다보고 있는 한 남자의 뒷모습이 보였다.

밤이 늦은 시간까지도 가만히. 그 정체불명의 남자는 자리에 앉아 그녀의 잠든 모습을 바라보고 있었다.

*　　*　　*

—*Aid*

정말이지…….

식사 시간이 된 지가 언제인데, 엘리샤의 모습이 보이지 않아 물었더니 곧 병사들에게 붙잡힌 채로 식당에 나타났다.

듣자 하니 또 탈출을 하려다가 붙잡혔단다. 아, 정말. 진짜. 제발…….

처음 엘리샤가 도주하려 했다는 말을 들었을 때는 놀랐는데, 이제는 익숙해져서 뭐라 말할 기운조차 없다.

그래, 시작에 문제가 있었다는 건 인정한다.

어떻게든 설명을 시키고 이해를 시켰어야 했는데 그저 다시 만났다는 사실에 기뻐 그 모든 것들을 뛰어넘은 내 잘못이 크다. 그냥 이해해 주겠지 하고 막연하게 기다렸던 내 잘못이 크다. 그래, 내가 잘못했다.

그래도 나는 아직도 그녀를 믿는다.

나는 알지만 그녀는 아직 모르는, 그런 이야기가 있다는 거 알고 있다.

하지만 나도 어쩔 수가 없었어. 언젠가는 네가 이해를 해 줄 거라고 믿어. 믿어야지 어쩌겠어.

"오늘은 뭐했어?"

나는 원래 절대 말 많은 성격이 아니다. 그럼에도 불구하고 이렇게 최대한 많이 얼굴을 마주하고 대화를 하고 있는 건 다 너 때문이야. 나는 이렇게 노력하고 있는데.

나를 바라보는 그녀의 눈빛에는 여전히 경계심이 가득 담겨 있다.

어쩔 수 없다. 말 그대로 시작에 문제가 있었으니까. 그래, 이해할 수 있어. 다만 이 머리로 한 이해로 언제까지 버틸 수 있을지가 문제지.

실망할지도 모르겠는데, 나는 예나 지금이나 참을성이 없거든.

"뭐해? 얼른 앉아."

계속해서 서 있는 그녀에게 말했다.

"엘리샤."

또 혼자만의 생각에 빠져 있는 게 분명하다.

"빨리 먹어."

"싫어."

"먹어."

지금 이 상황에 불만을 갖는 건 좋은데, 화를 내더라도 일단은 기운을 차린 다음에 내주기를 바랐다. 그런 내 마음을 아는지 모르는지 엘리샤는 나를 노려보기 바쁘다.

"엘리샤?"

재촉했더니 돌아섰다. 그러고는 쌩하니 식당에서 나가 버린다. 하여간에 저 고집을…….

"하아…… 헬가."

"네? 네!"

문가에 서서 엘리샤를 따라 나갈까 말까를 고민 중인 게 분명한 헬가를 불렀다.

"주방장에게 말해서 이따가 뭐든 먹어."

"알겠습니다."

예나 지금이나 정말 어디로 튈지 모르는 게 그녀였다.

제발 좀 얌전히 있어 주기를 바라고 또 바라며, 나는 그녀와 함께 사라져 버린 입맛에 포크를 내려놓고 자리에서 일어났다.

*　　*　　*

"뭐!"

집무실에서 일을 하고 있는데, 말도 안 되는 소식이 들려 왔다.

지금 내가 들은 게 거짓말이겠지? 아니, 무조건 거짓말이어야 한다. 반드시!

예의니 품위니 따져 대는 대신들 때문에 평소 복도에서 뛰는 일이 없는 나였지만, 지금은 상황이 다르다. 전에 없던 속도로 복도를 달리고 있었다.

이는 나뿐만이 아니다. 모두가 그랬다. 그만큼이나 긴급 상황이다.

일단은 방금 전 보고받은 말도 안 되는 어떠한 상황이 진실인지 아닌지. 내 눈으로 확인하는 게 우선이었다.

급한 마음으로 서두른 탓에 어디로 가야 할지도 모르는 채 계속 뛰어다닐 뿐. 끓어오르는 짜증이 폭발할 쯤에 반대쪽 복도에서 마찬가지로 달려오고 있던 헬가가 보였다.

"그 애물단지 녀석 어디 있어!"

그녀를 엘리샤의 감시역으로 붙인 이유가 바로 이 때문이었다. 헬가의 능력은 '추적자'다.

어디로 튈지 모르는 엘리샤를 감시하기에는 적합한 인물이라고 생각했으니까.

"……밖에 계십니다."

밖?

불안한 듯 흔들리는 헬가의 눈을 바라보다가 무심코 고개를 돌려, 복도 한쪽에 나 있는 커다란 창문 너머를 바라보았다.

젠장!

눈에 보이는 것을 믿을 수가 없어, 좀 더 자세히 보기 위해 나는 창문에 바짝 붙어 헬가가 가르쳐 준 방향을 멍하니 바라봤다.

머리가 어지럽다. 아무런 생각이 들지 않는다. 바로 그때, 내 시선을 알아차린 건지 고개를 돌린 엘리샤와 눈이 마주쳤다.

당장 내려오라고 외쳐야 하는데, 입이 움직일 생각을 안 한다.

그런 나를 바라보던 그녀의 입가에 불안한 미소가 걸린다. 그리고 설마설마하는 내 마음을 배신하고, 그녀가 뛰기 시작했다. 그리고…… 성 벽의 끝으로 그 모습이 사라졌다.

"엘리샤!"

"꺄악! 엘리샤 님!"

"뭐하는 거야. 빨리!"

……눈을 질끈 감았다. 안 좋은 기억들이 스멀스멀 올라오는 게 움직이는 것조차 힘들었다.

몇 초? 아니, 몇 분이나 지났을까. 계속 눈을 감고 있다고 해도 달라지는 건 없었다.

나는 다급히 아래로 내려갔다. 병사들의 갑옷이 부딪치는 소리와 절도 있는 걸음 소리만이 귀에 들릴 뿐, 다른 소리는 들리지 않는다.

설마 그녀가 이렇게까지 나올 줄은 몰랐다. 나를 놀래키려는 계획이었다면 성공이다.

심장이 몇 번 떨어졌는지 모르겠다.

불만이 많은 건 평소 태도로 이미 알고 있었다. 솔직히 인정한다. 오랜 시간 동안 그녀를 알고 기다렸던 나와 다르게 그녀는 아무것도 모르고 있었으니까.

그래, 아무런 설명도 없이 강압적으로 발을 묶어 놓은 감도 없잖아 있다.

"헬가!"

몰려 있는 사람들 사이를 헤치고 그 중심에 있는 헬가를 불렀다. 그녀의 품 안에 안겨 있는 엘리샤가 보인다.

"괜찮아?"

"다행히 목숨에는 지장이 없는 거 같습니다."

하아…… 진짜 미치겠다. 틈만 나면 도망가고, 다시 잡아다

놓으면 도망가고. 잡고 도망가고 끝이 없다.

"에이드 님."

어떻게 처리를 하면 좋겠냐는 듯 일리야가 다가와 조용히 물었다.

여느 때처럼 방에서 못 나오게 할까도 생각했지만, 이번에는 심해도 너무 심했다.

며칠 얌전히 있었을 뿐 언제 또 오늘처럼 대형 사고를 칠지 모르니까.

"일단 감옥에 가둬."

가둔다는 말에 헬가가 약간은 놀라는 눈치였지만, 곧 그녀도 내 결정을 이해했는지 고개를 끄덕였다.

평소에는 늘 내가 잘못하고 있다며 엘리샤 편을 들며 잔소리를 늘어놓던 헬가도 이번 일만큼은 엘리샤가 심했다고 생각하는 모양이었다.

"아, 그래도 몸 상하면 안 되니까 최대한 준비해 놓고."

"예. 에이드 님."

헬가에게서 엘리샤를 받아 안아 들었다. 차갑다. 너무 차가워.

너는 분명 날 엄청 나쁜 놈으로 몰아가겠지만, 그건 내가 감수해야 하는 일이라고 생각한다. 이게 다 지켜 주고 싶을 만큼 사랑스러운 그녀에게 내가 상처를 줬기 때문에 신께서 내린 벌이니까.

큰맘 먹고 감옥으로 보낸 건데. 나는 곧바로 후회해야 했다.

가장 따뜻한 담요와 이불을 준비해 뒀다는 일리야의 말에 안심했는데 막상 지하 감옥에 내려가 보니 너무 추웠다.

아니 그것보다도, 분명 따뜻한 이불과 담요들을 한가득 넣어 줬는데. 그 이불들은 멀찍이 밀어 놓고 홀로 오들오들 떨고 있는 그녀의 모습에 한숨이 나왔다.

고집불통. 하여간에 고집이 센 건 알아줘야 한다.

자꾸 봐주면 안 되는데. 다른 건 몰라도 절대 오늘 같은 일은 두 번 다시 없을 거라는 다짐을 받기 전에는 절대 내보내 주지 않겠다고 굳게 다짐했는데.

추위에 떠는 그녀의 모습을 보니 그러한 다짐은 너무도 쉽게 무너져 내린다.

역시나, 나는 여전히 그녀를 이길 수 없다.

할 수 없이 문을 연 나는 엘리샤를 안아 들어 방으로 옮겨 주었다.

"아프지 마, 엘리샤. 네가 아프면 내 심장 찢어져."

그러한 고통은 이미 한 번으로 족했다.

물론 그녀는 아무것도 모르고 아무것도 기억하고 있지 않겠지만.

*　　　*　　　*

—Elisha

"음······."

따듯하다.

응? 잠깐. 어째서 따듯한 거지?

분명 이불을 멀리했는데, 지금 손끝에서는 부드러운 감촉이 느껴지고 있다. 아니, 너무 추워서 감각이 무뎌진 건가?

착각이라 하기에는 너무도 생생한 느낌이었다. 이상한 느낌이 들어 눈을 뜨니, 역시나. 나는 지금 감옥의 바닥이 아니라 따듯한 침대 위의 이불 속에 있다.

뭐야, 나 또 옮겨진 건가? 아니, 무슨 사람을 이렇게 짐처럼 다루는 건지 모르겠네.

"엘리샤 님? 괜찮으세요?"

일어나기 무섭게 시끄러운 헬가의 등장이다.

아침에 눈을 뜨자마자 그녀의 칭얼거림을 들어야 하다니. 차라리 악몽이 나았고 축축하고 추운 감옥이 더 나을 거 같았다.

"······나, 방에는 어떻게 돌아온 거야?"

일단 헬가를 달래 줘야 한다. 그렇지 않으면 또 장난 아니게 내 뒤를 쫓아다니며 이 걱정, 저 걱정 하기 바쁠 테니까.

하지만 이제는 그녀를 달래는 것도 지쳤다.

"어······ 아무래도 바다에 빠지셨던 것도 있고······ 걱정이 돼서 폐하께 말씀드렸지요."

마음에 안 들어.

굳이 누가 잘못을 했냐고 하면 나일 텐데, 헬가가 무슨 죄라고. 정말 마음에 안 들어.

"에이드 님께서 한 번만 더 어제와 같은 행동을 하시면…… 다음에는 아예 방에 묶어 놓는다고 하셨……."

뭐?

아니, 애초에 그놈에게는 나를 구속시킬 권한이 없었다. 오히려 별로 문제 일으키지 않고 얌전히 있어 주는 나에게 그가 감사해야 하는 마당이건만.

"어디 해 볼 테면 해 보라고 그래! 흥. 과연 나를 막을 수 있을까?"

어차피 얼마 못 가서 풀어 주거나, 내렸던 명령을 철회할 거면서.

이미 몇 번인가의 경험으로 인해 알게 된 것들이 있다. 그는 말과 달리 나에게 꿈쩍도 하지 못했다. 매번 말로만 겁을 줄 뿐.

웃기지도 않다는 표정으로 가만히 앉아 있었다.

혼자 분주히 움직이던 헬가는 마시면 몸이 따듯해질 거라며 차를 내밀더니 푹 쉬라는 말을 남기고 방에서 나갔다.

"……아직도 욱신거리네."

문이 닫히기 무섭게 열심히 흔들던 팔을 내렸다. 그리고 다른 한 손으로 손목을 꽉 감쌌다.

아무래도 떨어지는 도중에 접질렸나 보다.

쳇. 아무리 탈출이 급했다고는 해도 이 방법은 무모하긴 했어.

"그럼 이제는 어쩐다……."

다른 방법이 필요했다. 지금까지는 없었던 새로운 방법이.

*　　*　　*

어느 거대한 문을 두드리려던 나는 차가운 기운에 고개를 돌렸다. 그리고 지금 이 복도 벽에 나 있는 커다란 창문을 향해 다가갔다.

창밖에는 눈이 내리고 있었다.

눈 하면 참 여러 가지 기억들이 떠오른다.

아니, 그런데. 지금 이 계절에 눈이라니. 이것 참 신기하네. 카일룸이라서 그런가? 계절의 영향이니 뭐 그런 거 따위 받지 않는 건가?

"엘리샤 님?"

나를 부르는 소리에 재빨리 돌아섰다.

지금 내 앞에 서 있는 일리야는 놀란 건지, 늘 반밖에 뜨고 있지 않던 그 눈이 동그랗게 확장되어 있었다.

하긴 그렇겠지. 지금 내가 있는 이곳은 다름 아닌, 그 황제 놈의 집무실 앞이니까.

녀석의 집무실이 있는 층조차 가까이 하지 않았던 내가 이곳에 떡하니 서 있는데, 안 놀라울 리가 없다.

"할 말이 있어서 왔습니다. 그놈. 아니, 황제께서는 안에 계십니까?"

"어…… 예. 안에 계시기는 하는데……."

당황한 건지 허둥대던 일리야는 잠시만 기다리라는 말을 남기고는 다급히 방 안으로 들어갔다.

내가 왔다는 것을 그에게 알리려는 게 분명하다. 잠시 기다렸다. 곧 그는 다시 밖으로 나왔고, 안으로 들어오라는 듯 문을 열어 주었다.

안으로 들어서기 무섭게 커다란 책상에 앉아 있는 그가 보인다. 어째서인지 긴장하고 있다.

오랜만에 들어온 그의 공간을 둘러보았다. 자리에 앉아 있는 그의 뒤로 보이는 방 하나가 아까부터 신경 쓰였다.

예전에 헬가에게 슬쩍 물으니, 그 방의 정체는 중요한 책들만을 모아 놓은 서재라고 했다.

도대체 어떤 책들을 모아 놓았기에 저렇게 문 앞에 자리 잡고 앉아 있는 걸까.

"오랜만이네."

미지의 서재 문을 바라보던 나는 일단 인사부터 했다.

말도 안 돼는 자살 소동 이후로 처음 보는 거였다.

어디 한 군데 정도 크게 다쳐서 나타나 줬어야 했는데. 안타깝게도 지금 나는 너무나도 멀쩡하다.

그 높은 곳에서 뛰어내린 사람이 어떻게 이렇게 멀쩡할 수가 있는 거지?

일하는 중이었던 건지, 녀석의 책상 위에는 서류들이 한가득 쌓여 있었다. 보는 것만으로도 마음이 답답하다. 동시에 의외라는 생각도 들었다. 이놈도 일을 하기는 하는구나.

생각지도 못한 성실한 모습이었지만, 여전히 내 머릿속에서 그의 이미지는 납치범이었다.

"할 말이 있어서 왔어요."

앉으라는 말도 없었지만, 나는 그의 맞은편에 있는 의자에 털썩 앉으며 말했다.

"······도대체 무슨 일인데 그래?"

"아카데미에 보내 줘요."

말이 끝나기 무섭게 놈의 표정이 바로 굳는다.

너무 급하게 말했나?

"안 돼."

한참을 말이 없던 그가 대답했다.

거절당했지만, 나는 동요하지 않았다. 그래, 사실 그가 당연히 그렇게 대답할 줄 알고 있었다.

일전에 그가 했던 말을 생각해 보면, 이제 아카데미에는 나를 기억하고 있는 사람이 없을 것이다.

하지만 나는 돌아가야 했다. 이곳은 내가 있을 곳이 아니었으니까.

바로 돌려보내 주겠다는 대답은 기대도 하지 않았다. 이것은 단순한 시작일 뿐이었으니까.

"오늘이야말로 제대로 된 대답을 들어야겠어요. 왜 나예요?"

정말 오늘이야말로 제대로 된 대답을 듣고 말 것이다. 어째서 나였어야만 했는지, 왜 나에게 이러는 건지, 기타 등등.

그의 입이 달싹하고 움직였다. 이에 불안해진 내가 재빨리 말했다.

"아. 내가 기억을 잃었다느니, 또 그런 쓸데없는 답변이라면 사양하겠어요."

그러자 아주 잠깐 열렸던 그의 입이 다시 다물어졌다.

과대망상이라느니 뭐라고 할 만도 했지만, 그는 아무 말도 하지 않았다. 그저 이상하다는 표정으로 나를 바라보고 있다.

그도 그럴 것이 사실 이 말을 먼저 꺼낸 건, 내가 아니라 녀석이었기 때문이다.

이곳에 납치된 지 얼마 되지 않아, 좀 더 정확하게 말하자면 공식적인 첫 번째 도주 시도를 하다가 붙잡혀 왔을 때.

나를 대하는 놈은 가관이었다.

늘 차분하던 그의 흐트러진 모습을 본 건 그때가 처음이었다.

그는 당황한 얼굴로 거의 하루를 꼬박 내 주위를 맴돌았다. 결국 그는 나를 직접 감시하겠다는 이유로 모든 일들을 다 팽개쳐 버리고, 며칠은 나에게 딱 달라붙어 있었다.

둘이서 한 방에 있으니 남아도는 건 시간이었고, 나와 그 사이에서 오가는 건 어색한 분위기뿐.

기나긴 침묵 끝에 내가 물었다.

"도대체 나한테 왜 이러는 거예요?"

"뭐?"

솔직히 말하자면, 납치범으로서의 그의 행동은 이상했다.

자유를 빼앗은 것을 제외하고는 한없이 다정했고, 그는 나의 말 하나하나에 귀를 기울이며 민감하게 반응했다.

어떤 때에는 그것들이 애틋하기까지 했다. 마치 사랑하는 연인들처럼.

그런데 우리는 그런 사이가 아니잖아.

"지금 화를 내야 하는 건 당신이 아니라, 내 쪽 아닌가요?"

그 말을 했을 때 그의 표정은 정말 대단했다.

정말 저 손에 죽는 게 아닐까 할 정도로. 그의 얼굴은 시뻘겋게 달아올라 폭발 일보직전의 상태였다.

한참을 씩씩거리며 방 안 이리저리를 돌아다니던 그가 어느 정도 진정한 건지 걸음을 멈췄다. 그리고 뭔가를 고민하는 표정으로 나를 향해 다가왔다.

"들어 봐. 엘리샤."

도대체 무슨 말을 하려는 건지, 바짝 긴장한 그가 깊게 심호흡했다. 그러고 나서 한다는 말이.

"믿지 못하겠지만, 너는 지금 기억을 잃었어."

"……뭐라고요?"

하도 어이가 없어서 쏘아붙였다. 이제는 하다 하다 별 이상한 이야기를 다 하는구나.

기가 막힌다는 내 표정은 보이지도 않는 건지, 그는 여전히 진지했다.

"그리고 네가 기억을 못 해서 그렇지, 너와 나는 이미 아는 사이야."

"……지금 그게 말이 된다고 생각해요?"

물론 그의 말대로. 내 기억의 일부분에는 아주 약간의 문제가 있기는 했다.

하지만 그건 그레이스와 만나기 전, 그러니까 태어나는 순간부터 7살이 되기 전까지의 기억이었다.

7살부터 17살인 오늘까지의 기억에는 아무런 문제가 없었고, 그 기억 속에 황제는 없었다.

"혹시 제가 어렸을 때 만났나요?"

기억이 없는 7년이라는 시간 속에 그와 만난 적이 있었다면, 그의 주장도 아주 불가능한 이야기는 아니었다.

"아니."

하지만 아니란다.

"그럼 당신의 말은 거짓말인 거네요."

기억을 잃었다는 건 말 그대로 공백이다. 중간이 끊겨 있어야 한다는 말이다. 만약 우리가 어렸을 때 만난 게 아니라면, 나는 그와 만났을 리가 없었다.

"당황스럽겠지만, 이게 진실이야."

이제는 붙잡아 놓으려고 별의별 짓을 다하는구나.

"너랑 나는 아주 옛날부터 운명이었어."

실생활에서 자주 사용되는 일 없는 '운명'이라는 단어를 이런 식으로 들으니 기분이 이상했다. 그리고 감동이나 설렘보다는 문득 한 가지 떠오르는 게 있었다.

"혹시 이거 작업 멘트인가요? 끌고 온 다른 여자들한테도 다 그랬어요?"

"......"

또 화를 내려는 게 분명했다.

다시 한 번 나는 내 자신이 납치를 당한 쪽이고, 스스로 목숨을 지켜야 한다는 사실을 되짚었다.

"좋아요. 제가 기억을 잃었다고 치지요. 그래서요? 우리는 부부였나요?"

그가 주장하고 있는 잃어버렸다는 내 기억 속에서의 우리 관계를 물었다.

"아니."

"그럼 연인 사이?"

"아마 아닐걸."

아니면 아닌 거지. '아마'는 왜 붙는 걸까.

만약에, 아주아주 만약에 그의 말이 맞는다고 해도 분명 나와 그의 관계는 애매했을 것이다.

부부도 아니고 가족도 아니고 연인도 아니고 그저 아는 사이였다니. 더욱더 이상했다.

아무리 지인이 기억을 잃었다고 해도 이렇게까지는 하지 않을 테니까.

"그럼 그냥 서로 모르는 사람, 하는 게 어떨까요?"

"뭐?"

곧바로 그의 얼굴이 찌푸려졌다.

"부부도 연인도 아닌 정말 그냥 단순하게 아는 사이였다면, 이렇게까지 할 필요가 없었을 거 아니에요."

"엘리샤. 너 정말……."

또 화를 내려는 건가 싶었는데, 다행히 이번에는 그냥 나를 바라보고 있다.

다만 한 가지 이상한 건, 그의 표정이었다.

그는 지금 마치 상처는 자신이 다 받고, 모든 문제는 나에게 있다는 것처럼 풀이 죽어 있다.

한참을 날 바라보던 그가 말했다.

"나를 기억해 내 달라는 말은 안 해. 네 기억은 내가 어떻게 해서든 돌려놓을 거니까."

"……."

"그러니까, 제발 좀 얌전히 있어 줘."

"내가 그 말을 들을 거 같아요?"

지금 이유도 모르고 이런 꼴을 당하고 있는데, 얌전히 있는 사람이 더 이상한 거 아닌가?

아, 그의 저런 말에 홀랑 넘어간 다른 여자들은 그랬나?

그러거나 말거나 놈은 여전히 진지하다.

"네가 죽으면 그동안의 내 노력이 물거품이 돼."

"무슨 노력을 그렇게 하셨는데요?"

하도 억울해 보여서 물었다. 뭘 그렇게 노력했느냐고. 어디한 번 기회를 줄 테니 할 말이 있으면 원 없이 해 보라고.

그랬더니 놈은 잠시 입을 다물고 고민에 빠졌다. 그리고 긴시간을 고민한 것치고는 생각보다 성의 없어 보이는 답변이 나왔다.

"살았어."

"네?"

"너를 위해, 지금까지 살아왔어."

이 남자는 끝까지 말도 안 되는 소리를 늘어놓는구나.

'우리는 운명이야.' 또는 '내가 지금까지 살아 온 이유는 너 때문이야.' 등등. 이 모든 것들이 진부한 옛날 방식의 고백이라는걸 깨달은 난 인상을 찌푸렸다.

"……방금 그 말로 확실해졌어요."

"뭐가?"

"지금 당신은 나랑 장난하고 있는 거예요."

그 말을 끝으로 우리의 대화는 잠시 중단되었다. 상처받은 그의 얼굴이 보였지만 상관없었다.

그 일이 있은 뒤 놈은 더 이상 나에게 기억을 잃었다느니 그런 말도 안 돼는 이야기를 두 번 다시 꺼내지 않았고, 같은 질문에 차라리 그냥 입을 다물어 버리는 게 낫다고 생각한 건지 침묵했다.

오늘 역시 그래서 아무런 대답도 듣지 못하고 돌아가는 건 아닐까 했는데.

"너여야만 했으니까."

응? 무슨 바람이 불었데?

놀라움에 고개를 들고 놈을 바라보는데, 녀석의 시선은 내가 아닌 서류에 고정되어 있다.

그나저나, 나였어야만 했다고?

그 말이 끝나기 무섭게 내 머릿속에는 문득 어느 이야기 하나가 떠올랐다. 설마 그럴 리가 없을 거라 생각하면서도 이상하게 내 마음은 한쪽으로 기울고 만다.

혼자 어리둥절한 표정으로 있으니, 놈이 웃는다.

"질문은 이제 끝이야?"

다정한 미소에 왠지 모르게 기분이 이상하다.

화를 내기 위해 온 건데, 화가 나지 않는다. 이건 분명 이 상황에 지쳤기 때문이야.

나는 인상을 찌푸렸다.

"물어본다고 해도 대답할 생각은 없으면서."

"그건 그렇지."

지금 장난하자는 거야, 뭐야.

"혹시 나를 죽일 생각이에요?"

아까 잠시 떠올린 어떤 문제에 대한 가능성을 확인하기 위해 물었는데, 돌아오는 반응이 이상하다.

"왜 이야기가 그렇게 되는 건데."

놈은 인상을 찌푸리고 있다. 무슨 그런 소리를 하느냐는 듯.

"……'원더랜드 이야기'라고 알아요? 어린아이들의 잠자리에 읽어 주는 책 베스트로 선정된 적도 있는데."

녀석의 표정은 이제 복잡 미묘하게 일그러져서는 그 뜻을 알 수가 없다.

어딘가 불안하다는 듯 흔들리는 눈빛에 설마설마하던 내 마음속에 조심스럽게 확신 비스무리한 게 생겨나기 시작했다. 설마, 그게 진짜야?

"그 책에 보면, 황제를 위해 선택받았지만 서로 다른 운명을 걸어야 하는 두 명의 여인이 등장해요. 황제의 반려자 '하트'와 그녀를 위한 제물, '앨리스'요."

잠자코 있던 그가 흥미로운 이야기를 들었다는 듯 피식 웃으며 물었다.

"그래서. 지금 이 상황이 그 이야기와 관계가 있다고 생각하는 거야?"

"네."

"……그럼 둘 중에 너는 뭐일 거 같은데?"

"둘 중 하나라면, 앨리스겠지요."

둘 중 하나라면, 왠지 나는 하트일 거라는 생각은 들지 않는다. 이상하게 그렇다.

"어째서?"

그렇게 묻는 녀석의 눈썹이 사납게 일그러졌다.

하지만 겨우 그런 작은 위협에 두려워할 내가 아니다. 이미 이곳에서 지내며 많은 일들을 겪은 나는 어느 정도 그에 대한 면역이 생겼으니까.

"당신이 나를 사랑할 리가 없으니까."

아, 또 웃는다. 웃는 걸 보니 지금 장난하고 있는 게 분명하다. 그럼 이게 아닌가? 역시 이 이야기는 지어낸 이야기인 건가?

"그런데 그 이야기는 사실인 거예요?"

놈을 만나러 온 것과는 전혀 상관없는 질문이었지만, 기회다 싶어 물었다.

사실은 계속해서 궁금해했던 문제이기도 했다. 마침 눈앞에 산증인이 있는데, 기회라고 생각했다.

"……하트를 들이지 않은 지 100년도 더 지났지. 누구 때문에 말이야."

맞다. 그러고 보니 이 녀석, 300살도 더 넘은 할아버지였지.

"그 말은 당신에게도 하트가 있기는 있었다는 말이네요?"

내 질문에 놈이 망설인다. 있으면 있다고, 없으면 없다고 대답하면 될 것을, 유난히 뜸을 많이 들인다.

"그래. 있었어."

하긴 300년 이상을 살아왔는데, 그 흔한 부인 한 명° 없었다면 그게 더 이상하겠지.

그런데 이상하게도 과거형이었다.

그러고 보니 이곳에서 머문 지도 어느새 벌써 몇 주일. 그동안 그의 주변을 맴도는 여인은 본 적이 없다.

"지금은 어디 있는데요?"

"전부 죽었어."

마치 오늘의 날씨를 알려 주는 것처럼, '죽었다'라는 말을 너무 담담하게 했다. 그 침착함에 오히려 듣고 있던 내가 더 당황스러웠다.

"사랑하기는 했나요?"

사랑했냐는 내 질문에 마치 불쾌하다는 듯 인상까지 찌푸린다. 왜? 부인이었잖아.

"절대."

"어째서요?"

"글쎄다."

분명 하트는 황제가 선택한다고 들었다.

그런데 제가 선택해 놓은 여인을 사랑하지 않았다니, 이건 말이 안 됐다. 아니, 그럼 그는 사랑한 적도 없는 여인을 하트의 자리에 올렸다는 말인가? 그렇다면 어째서? 왜?

"하트의 자리에 흥미 있어?"

"당연하지요. 신기하잖아요. 동화책인 줄만 알았는데 실화라니!"

"그래?"

바로 고개를 끄덕이며 대답하니 녀석이 웃는다. 뭐가 그렇게
재미있는 건지 그저 웃고 있다.

그가 말했다.

"그럼 줄까?"

"뭘요?"

"하트 자리."

나는 아무 말도 할 수가 없었다. 멍하니 그를 바라봤다. 그 어
떤 대답도 할 수가 없다. 아니, 무슨 말을 하면 좋아.

마치 별거 아닌 물건을 건네주는 것처럼, 아무렇지도 않게 말
하는 그의 태도에 나는 당황스럽다.

그런데 그게 별거 아닌 자리가 아니지 않은가. 다른 것도 아니
고 제 부인 자리를!

이건 농담이 분명하다. 그래, 모든 것이 이렇게 분명한데 내가
덥석 받을 리가 없지. 아니, 설령 진담이었다고 해도 사양이다.

그의 옆자리 따위, 아주 조금도 탐이 나지 않았다.

"알겠다. 늘 이런 식이었구나."

"뭐가?"

왜 그가 하트들을 싫다고 했는지 계속 이해가 가지 않았는데,
이제 알 거 같았다.

그는 자신이 사랑했던 여인을 하트의 자리에 앉힌 게 아니라,

그 자리를 원하는 이들이라면 누구든 상관없이 덥석 내줬던 게 분명하다. 그래서 그들이 죽든 말든 상관없었겠지.

"오는 여자 안 막고, 가는 여자 안 붙잡는구나."

"……."

대답이 없는 걸로 봐서는 아주 아닌 것도 아닌 모양이다.

"그러니까 저도 붙잡지 말고 그냥 보내 주세요."

"……난 그런 남자가 아니야."

그가 뒤늦게 부정했다.

"못 믿겠는데요."

"믿어."

잠시 동안 서로 아무 말이 없다. 삐쳤나? 하지만 그렇게밖에 안 보이는걸.

날 이렇게 가둬 두고 있는 것만 봐도 그렇다. 정상적인 인간으로 보이지 않았다.

황제들은 어리석어. 오죽하면 책에서조차 황제들을 '어리석다'라고 표현할 정도였을까.

도대체 얼마나 멍청한 짓을 하고 다니면 그런 소리까지 들을까.

아, 책 하니까 생각나는 게 또 하나 있는데.

"하나만 더 물어봐도 될까요?"

"얼마든지."

책을 읽을 때마다, 그리고 그 이야기를 들을 때마다 늘 궁금한

게 하나 있었다.

아무리 책을 샅샅이 뒤져 봐도 찾을 수 없던 이야기. 어느 이야기의 결말.

"만약에 황제가 앨리스를 사랑하게 되면 어떻게 되는 거예요?"

"……."

마치 경고문처럼 마지막에 적혀 있던 그 문구를 잊을 수 없다.

황제는 '앨리스'를 사랑해서는 안 된다.

책에서는 이것이 운명이 황제들에게 내린 '저주'라고 했다.

하지만 거기까지. 딱 거기까지만 나와 있다. 이것이 그들에게 있어서 왜 '저주'인 건지. 그리고 이를 어겼을 시 어떤 결과가 발생하는지에 대한 언급은 없다.

금기를 어기면 어떻게 되느냐는 내 질문에 그는 또다시 입을 다물었다.

고개를 돌림으로써 감추려고 했던 거 같지만 아주 짧은 순간, 나는 그의 놀란 표정을 보고 말았다.

"……죽어."

"네?"

귀에 들려오는 목소리가 지금 내 눈앞에 있는 그의 목소리가 맞는 건지 의심이 될 정도로 슬프다.

말하고 있는 사람은 아무렇지 않아 보였지만, 목소리가 울고 있다. 눈물을 뚝뚝 떨어뜨리고 있다.

"둘 중 하나가 죽는다고."

멍하니 나를 바라보던 그가 힘겹게 대답했다. 마치 무서운 기억이라도 떠올린 듯한 그의 얼굴은 창백하다.

몇 명인지 모르는 그의 하트들이 전부 죽었다고 대답할 때와는 상반된 반응이다.

그냥 넘어갈 수도 있었지만, 안타깝게도 나는 이런 쪽으로는 눈치가 빨랐다. 그리고 나는 나에게서 자유를 빼앗아간 그를 싫어한다.

즉, 나는 그의 마음을 살펴 가며 질문할 필요가 없다. 그가 슬퍼하면 어쩌나 하고 걱정할 필요가 없다.

"당신."

나는 내 감을 믿었다. 아주 작은 망설임도 없었다. 그래서 단도직입적으로 말했다.

"앨리스를 사랑했던 적이 있군요."

잠시 분위기가 이상해졌다.

평소에 쓸데없이 웃는 바람에 축적해 놓은 미소가 다 떨어진 게 분명하다.

무겁게 내려앉은 분위기가 어색해서 괜히 이리저리 둘러보고 있는데, 꽉 잠긴 목소리가 들려왔다.

"……그래."

역시나. 내 예상이 맞았다.

"그녀는 죽었나요?"

황제와 앨리스가 사랑에 빠지면 어떻게 되냐는 내 질문에, 그는 '둘 중 하나가 죽는다.'라고 대답했다. 눈앞에 그가 이렇게 멀쩡히도 살아 있는 걸 보면, 그 앨리스라는 여인은⋯⋯.

"죽었어."

"어떻게 죽었어요?"

"내 눈앞에서 죽었지."

"슬펐어요?"

"슬펐어."

아까 하트를 사랑했냐고 질문했을 때와는 전혀 다른 반응이다. 놈은 진지했다.

"엄청 사랑했나 봐요."

어느새 나는 눈앞에 앉아 있는 황제 놈의 사랑 이야기에 빠져 버렸다.

그냥 나쁜 놈일 줄 알았는데, 알고 보니 그는 의외의 상처도 갖고 있는 사람이었다.

타인의 슬픈 사랑에 즐거워하는 나를 바라보며, 그가 슬프게 웃는다.

꼬박꼬박 대답은 해 주고 있었지만, 아무리 그래도 역시 떠올리기 싫은 기억이긴 한 모양이었다.

웃고 있지만, 슬퍼 보이는 그 눈이 나를 바라보고 있다.

"그래. 그러니까 죽지 마. 엘리샤."

＊　　＊　　＊

—Aid

"미치겠네⋯⋯."

직접 들어가면 또 난리를 칠 거 같아서 방 앞에서 기다리기를 잠시, 드디어 헬가가 밖으로 나왔다. 나는 재빨리 그녀에게 다가 갔다.

"괜찮아?"

마음이 급하다 보니 나도 모르게 앞뒤 말을 다 자르고 무작정 괜찮냐고 물었는데도 용케 알아들은 헬가가 고개를 끄덕인다.

"예."

"감기는?"

"걱정하지 마세요. 멀쩡하시다 못해 펄펄 뛰시니까요."

이제야 소란스럽던 마음이 진정되는 거 같았다. 아, 정말 하루 하루가 너무 힘들다. 힘들어.

"엘리샤 님이 하루라도 빨리, 에이드 님의 진심을 알아주셨으 면 더 바랄 게 없겠어요."

"나도."

헬가의 중얼거림에 피식 웃으며 돌아섰다.

엘리샤가 방에서 나오기 전에 내 방으로 돌아가야지. 지금 마 주쳤다가는 또 충동적으로 무슨 일을 저지르려 할지 모르니까.

"폐하."

저 멀리서부터 근위대장이 달려오고 있는 게 보인다. 내 눈치를 살피고 있는 그의 얼굴이 새파랗게 질려 있는 것으로 보아, 그 어떤 벌이라도 받을 각오를 하고 온 게 분명하다.

예전의 나였다면 지금 이 자리에서 바로 피를 봤겠지만, 지금은 다르다.

"다시는 이런 일이 없도록 조심해라."

그래. 그들에게 무슨 죄가 있겠는가.

칼을 들기보다는 따끔하게 경고 한 번으로 끝냈다. 나도 참 많이 물러졌지.

엘리샤의 방 앞에는 전보다 병사들의 수가 더 늘어났고, 그들의 어깨에는 힘이 잔뜩 들어가 있는 게 보였다.

이렇게까지 경고했으니 이제 그들은 엘리샤의 곁에서 한시도 떨어지지 않으려고 할 것이다.

물론 이렇게까지 했다고 해도 마음이 놓이는 건 아니다. 뭔가 부족했다. 그것도 아주 많이.

'그때'도 분명히 그랬다. 그녀는 내가 어떤 수단과 방법을 사용해도 그 노력을 비웃듯 아무렇지 않게, 너무도 간단하게 나의 감시망에서 벗어났으니까.

"이번만큼은 절대 안 돼. 벗어날 수 없어. 그러니까 네가 포기해. 엘리샤."

＊　　　＊　　　＊

"뭐?"

며칠 전의 대형 사고 이후로 처음이었다.

아직도 그 날을 생각하면 심장이 벌렁거리고 바짝 긴장이 돼 식은땀이 흐르건만.

그 일을 잠시라도 잊고자 이렇게 일에 집중하고 있는데, 갑자기 방 안으로 뛰어들어 온 일리야는 믿기 힘든 말을 늘어놓기 시작했다.

"……엘리샤 님께서 찾아오셨는데요……."

그 말을 전하는 일리야 역시 놀란 표정이었다.

하긴, 늘 나를 피해 다니기 바쁜 그녀가 이렇게 제 발로 직접 나를 만나러 왔다니 분명 기뻐해야 하는데 이상하게도 마냥 기쁘지만은 않다. 솔직히 말하면 기쁨이 반, 그리고 불안과 걱정이 반이다. 아니, 걱정이 더 크다.

일단 그녀를 마냥 기다리게 할 수는 없으니까, 절반 이하의 기쁨에 손을 들어 들여보내라는 지시를 내렸다.

그러나 비장한 표정의 엘리샤를 보기 무섭게, 순식간에 불안과 걱정이 기쁨을 집어삼켜 버렸다.

그녀는 팔짱을 낀 채, 삐딱하게 서서 나를 내려다보았다.

"오랜만이네."

우선 엘리샤가 말했다.

사실 그녀 입장에서야 오랜만이지 나는 그렇지 않았다. 그녀가 잠든 사이에 거의 매일매일 몰래 방에 찾아갔으니까.

정말 다행히도 그렇게 심한 상처는 없었지만, 그래도 치유를 하기 위해 찾아갔다.

이럴 때 보면 시간을 다스리는 능력은 매우 편했다. 물론 할 수 없는 일들이 더 많았지만.

엘리샤는 자신이 그 높이에서 떨어지고도 상처 하나 없는 것이 본인의 놀라운 치유력 때문이라 우기고 다녔지만, 사실 그 뒤에는 내 노력이 숨어 있었다.

"할 말이 있어서 왔어요."

무슨 생각을 하고 있는 건지, 가만히 나를 내려다보고 있던 그녀가 맞은편 자리에 털썩 앉더니 말했다.

"아카데미에 보내 줘요."

예상했던 것보다, 공격은 빨리도 왔다. 그것도 내가 전혀 예상하지 못한 공격이.

원래 있던 곳에 보내 달라는 말인데 그럴 수는 없지. 이건 뭐 잠시 생각해 볼 필요도 없는 말이었다.

"안 돼."

딱 잘라서 말했다.

그런데 어라? 안 된다는 내 말에 한바탕 화를 낼 줄 알았는데 예상외로 침착했다. 아니, 반응이 없다.

그럼 어느 정도 이런 전개를 예상하고 왔다는 건데…….

"오늘이야말로 제대로 된 대답을 들어야겠어요. 왜 나예요?"

오늘은 정말 무슨 날인가.

처음으로 엘리샤가 스스로 나를 찾아왔다는 기쁨도 잠시, 하나같이 대답하기 곤란한 질문들만 늘어놓고 있으니 이것 참 난감하다.

눈빛에서 오늘만큼은 제대로 된 대답을 듣고 말겠다는 의지가 보인다. 이거 쉽게 피할 수 없을 거 같았다.

뭐라고 대답을 하면 좋을까 고민하다가 입을 열었는데, 무슨 말을 꺼내기도 전에 엘리샤가 빠르게 선수를 쳤다.

"아. 내가 기억을 잃었다느니, 또 그런 쓸데없는 답변이라면 사양하겠어요."

바로 입이 다물어졌다.

뭐? 쓸데없는 답변? 아니, 그것보다도 더 정확한 사실은 없을 텐데.

나 역시 그녀에게 솔직하게 모든 것을 말하고 싶었다. 아니, 이미 말했다.

그건 아마 엘리샤가 맨 처음 이곳에서 벗어나려고 하다가 붙잡혔을 때일 것이다.

당시의 상황을 떠올리는 것만으로도 심장이 빠르게 움직인다. 정말 지금까지 살면서 그렇게 놀란 건 손에 꼽을 정도였다.

물론 최근에 일어났던 대형 사고 역시 그중의 하나이다.

어쨌든 그때도 그녀는 나에게 비슷한 질문을 했다. 자신에게 왜 이러는 거냐고.

지금이야 어느 정도 익숙해졌다지만, 아무래도 그때는 엘리샤의 첫 도주. 그녀가 내 곁에서 멀어지려고 한다는 사실을 막 깨달은 직후이다 보니 마음이 다급했던 거 같다. 그래서 앞뒤 생각 않고 정말 솔직하게 말했다. 바로 비웃음을 샀지만.

'믿지 못하겠지만, 너는 지금 기억을 잃었어.'

'네가 기억을 못 해서 그렇지, 너와 나는 이미 아는 사이야.'

정말 털어놓고 싶었던 말이었다.

하지만 이 말을 하면 모든 게 해결될지도 모른다는 건, 너무 터무니없는 기대였던 모양이다.

'혹시 제가 어렸을 때 만났나요?'

'아니.'

'그럼 당신의 말은 거짓말인 거네요.'

아니, 어렸을 때 만난 건 아니지만 그렇다고 내 말이 거짓말인 것도 아니었다.

우리는 분명 만났다. 그녀가 생각하는 '어렸을 때'라는 과거보다도 좀 더, 아니, 아주 많이 오래전에.

'너랑 나는 아주 옛날부터 운명이었어.'

나는 '운명'이라는 말을 별로 좋아하지 않았다. 그 단어 하면 자연스럽게 떠오르는 인물이 하나 있었으니까.

'네가 죽으면 그동안의 내 노력이 물거품이 돼.'

'무슨 노력을 그렇게 하셨는데요?'

제발 얌전히 있어 달라 부탁했는데 반항 가득한 목소리로 되묻는다. 아무래도 곱게 물러날 생각이 없나 보다.

내가 무슨 노력을 했느냐 따지고 묻는 그녀에게 하고 싶은 말은 아주 많았다. 내가 그동안 어떤 시간을 견디며 살아왔는지. 그녀를 붙잡고 다 이야기하고 싶을 정도로.

'너를 위해, 지금까지 살아왔어.'

이렇게까지 말했지만 그녀는 내 말을 믿지 않기로 아예 작정이라도 한 거 같았다.

누가 뭐래도 이것이 진실이었지만, 너무 성급했나 하는 생각이 들었다. 그래서 그 뒤로는 '기억'이라는 말은 꺼내지 않으려 노력했다. 그녀가 이 모든 이야기를 받아들일 수 있을 그때까지.

그래. 받아들이기에는 너무 말이 안 되는 이야기지. 너와 나의 이야기는.

기억에 관한 이야기는 접고, 대답했다.

"……너여야만 했으니까."

사실 이것도 어찌 보면 솔직한 대답 중 하나였다.

그러나 내 대답에 엘리샤는 곧바로 인상을 찌푸렸다. 아무래도 또 믿지 못하겠는 모양이다.

"질문은 이제 끝이야?"

제발 끝이기를 바라며 물었다.

질문은 이제 됐고, 평범한 대화를 나누었으면 좋겠다.

조금 더 욕심을 부리자면 질문과 대답이 아니라 정말 아무것도 아닌, 별거 아닌 일상적인 대화를 나누면 더 좋고. 예전에 우리가 그랬던 것처럼.

"물어본다고 해도 대답할 생각은 없으면서."

"그건 그렇지."

"혹시 나를 죽일 생각이에요?"

뭐? 잠시 아무 말 없던 그녀가 갑자기 심각한 표정으로 물었다. '죽음'이라는 단어에 민감해진 나 역시 덩달아 심각해졌다.

그녀가 죽는다니. 생각만 해도 끔찍한 일이 아닐 수 없다.

"왜 이야기가 그렇게 되는 건데."

"……'원더랜드 이야기'라고 알아요? 어린아이들의 잠자리에 읽어 주는 책 베스트로 선정된 적도 있는데."

모를 리가. 어떻게 모르겠어.

"그 책에 보면, 황제를 위해 선택받았지만 서로 다른 운명을 걸어야 하는 두 명의 여인이 등장해요. 황제의 반려자 '하트'와 그녀를 위한 제물, '앨리스'요."

"그래서. 지금 이 상황이 그 이야기와 관계가 있다고 생각하는 거야?"

설마 싶어서 물었는데.

"네."

설마 했는데 들려오는 대답이 너무나도 확고하다.

"……그럼 둘 중에 너는 뭐일 거 같은데?"

그녀가 잠시 고민한다. 그러고는 대답했다.

"둘 중 하나라면, 앨리스겠지요."

뭐?

너무 아무렇지도 않게 앨리스라고 대답하는 그녀가 미웠다. 물론 아니라고는 못하겠지만, 그래도 스스로가 그렇게 생각하고 있었다니.

왜 그렇게 생각하느냐고 이유를 물었다. 그랬더니 들려오는 대답이 더 가관이었다.

"당신이 나를 사랑할 리가 없으니까."

이제는 어이가 없어서 웃음이 나온다. 내가 저를 사랑할 리가 없으니까 자신은 앨리스일 거란다.

해 주고 싶은 말은 아주 많이 있었지만 입 밖으로 내기가 힘들었다.

"그런데 그 이야기는 사실인 거예요?"

늘 경계심이 가득했던 그녀의 두 눈이 반짝이고 있다.

"……하트를 들이지 않은 지 100년도 더 지났지. 누구 때문에 말이야."

그런데 좋아하거나 흥미로워할 줄 알았던 그녀가 어째서인지 인상을 찌푸린다. 도대체 왜?

아, 알겠다. 지금 '하트 선정이 끝난 것'이 아니라 내가 말한 '100년'이라는 시간에 문제가 있는 게 분명하다.

그간의 경험을 통해 추측하건대, 그녀는 지금 속으로 나를 할아버지네 뭐네 하고 있을 것이다.

"그 말은 당신에게도 하트가 있기는 있었다는 말이네요?"

생각지도 못한 질문에 나는 잠시 정신이 멍해졌다. 있었냐고? 그래. 당연히 있었지.

하지만 뭐라고 하면 좋을까…… 아마 엘리샤는 지금 달달한 관계를 생각하고 있겠지만, 내 경우에는 그녀들과 조금 복잡한 관계였다.

그래, 서로의 마음 따위는 전혀 중요하지 않은, 그런 아무것도 없는 관계.

"그래. 있었어."

"지금은 어디 있는데요?"

"전부 죽었어."

아, 너무 빨리 대답했나? 엘리샤는 이런 거 별로 안 좋아하는데.

역시나. 시선을 돌리니 나를 이상한 눈으로 바라보고 있는 그녀가 보인다. 아, 내가 실수했다.

"사랑하기는 했나요?"

"절대."

사랑했냐니. 그럴 리가.

한 박자 정도 쉬고 대답을 하기로 마음먹었지만, 그들을 사랑했냐는 질문에는 나도 모르게 빠르게 반응하고 말았다.

그나저나 하트라는 자리에 이렇게 관심을 보일 줄이야. 혹시나 하는 마음으로 물었다.

"그럼 줄까?"

"뭘요?"

"하트 자리."

나도 알고 있다. 그녀의 입에서 받겠다는 대답이 나올 리가 없다.

말도 안 되는 소리 하지 말라며 한 소리 들을 줄 알았는데, 그녀는 지금 혼자 고개를 끄덕이며 무언가를 납득하고 있었다.

그게 뭔지는 아직 잘 모르겠지만, 나를 바라보는 그 시선에 '경멸'이 어른거리는 것이 분명 내 이미지에 마이너스가 되는 생각일 것이다.

"알겠다. 늘 이런 식이었구나."

"뭐가?"

"오는 여자 안 막고, 가는 여자 안 붙잡는구나. 그러니까 저도 붙잡지 말고 그냥 보내 주세요."

그럴 순 없지.

"……난 그런 남자가 아니야."

부정했다. 물론 돌아온 건 믿지 못하겠다는 눈빛이었지만.

"믿어."

믿어. 넌 나를 믿어야 해, 엘리샤. 이 세상 다른 누구보다도 나를 믿어야 해.

그 뒤로도 질문은 계속해서 이어졌다. 하나하나 숨 막히는 질문들로. 좋지 않은 기억들을 억지로 끄집어내는 끔찍한 질문들로.

"당신. 앨리스를 사랑했던 적이 있군요."

잔인하다. 정말 어떻게 이런 질문들만 골라서 할 수 있는 건지, 참.

"엄청 사랑했나 봐요."

그녀는 모를 것이다. 지금 내 기분이 얼마나 복잡한지.

사랑했냐고? 당연하지. 이 세상에서 내가 너보다 더 사랑했던 사람은 없었어. 지금까지도 그래 왔고, 앞으로도 그럴 거야.

두고 봐라. 기억이 돌아오고, 네가 카일룸을 기억해 내고, 나를 기억해 내고, 우리의 이야기를 모두 기억해 내는 즉시, 나는 너를 실컷 괴롭혀 줄 테니까.

"그러니까 죽지 마. 엘리샤."

제발 부탁이니까. 이번만큼은 제발.

*　　*　　*

"에이드 님."

엘리샤가 돌아가고 뒤이어 집무실 안으로 들어온 일리야는 왠지 모르게 다급해 보였다.

평소 같으면 '들어와라.'라는 말을 한 뒤에야 들어왔는데 오늘은 뭐가 그리 급한 건지 제멋대로 문을 벌컥 열고 들어오는 게 마음에 들지 않았다.

가뜩이나 방금 전 엘리샤와의 대화 때문에 기분이 별로인데.

하지만 그것을 따져 묻기도 전에, 그는 방을 가로지르더니 지금 내가 앉아 있는 자리의 바로 옆에 있는 커튼을 홱 하고 쳤다.

그러자 커튼에 가려져 있던 밝은 빛이 방 안에 들어와 내 인상을 찌푸리게 했다.

이게 뭐하는 짓이냐고 묻기도 전에, 나는 그 자리에서 굳어 버렸다. 그도 그럴 것이, 지금 밖에는 눈이 내리고 있었다.

계절상 내릴 리가 없는 눈이 내리고 있다는 건 누군가가 인공적으로 내리고 있다는 뜻. 그리고 그러한 일이 가능한 건 단 한 사람밖에 없었다.

내 입가에는 절로 미소가 지어졌다. 그런 나를 바라보던 일리야가 조심스럽게 말했다.

"……황제의 보좌관, 화이트래빗이 돌아오고 있는 모양입니다."

"타이밍 한번 기가 막히네. 곧 있으면 카일룸에 도착하겠어."

헬가, 일리야와 함께 아주 오래전부터 함께했던 인물. 그리고 헬가 못지않게 유난히도 엘리샤를 따랐던 인물.

"엘리샤가 좋아하겠네."

엘리샤라는 이름이 나오기 무섭게 옆에 서 있던 일리야가 무슨 하고 싶은 말이라도 있는 건지 움찔움찔거렸다.

"그냥 다 밝히시는 게 어떠십니까?"

그 말에는 아주 많은 것들이 빠져 있었지만, 나는 지금 그가 무슨 말을 하려는 건지 알고 있었다.

"솔직히 엘리샤 님이 저러시는 것도 이해가 됩니다. 이유도 모르고 이렇게 갇혀 살고 있는 거잖습니까?"

분하지만 녀석의 말이 맞다.

지금 내 방식이 옳든 틀렸든, 이건 내 나름대로 엘리샤를 지키기 위한 방식이니까.

못마땅한 얼굴의 일리야가 이해가 안 간다는 표정으로 나를 바라보고 있었지만, 어쩔 수 없는 일이었다.

"······하트로 삼을 거다."

100년을 훌쩍 넘는 시간 동안, 단 한 번의 언급도 한 적 없는 '하트'였다.

그럴 수밖에 없었다. 내가 그 긴 시간 동안 단 한 명의 하트라도 선택했다면 지금 이렇게 엘리샤를 만나지 못했을 테니까.

"그러면 더 정중하게 예의를 갖추어서 모시지 그러셨습니까? 아무것도 기억하지 못하는 엘리샤 님 입장에서 볼 때, 이건 엄연한 납치입니다. '지금'의 그분에게는 과거와 다른 자신만의 삶이 있었을 겁니다."

"······이게 원래 엘리샤의 삶이야. 그녀의 자리는 원래부터 내 옆이었으니까······ 100년 전이나, 지금이나."

엘리샤와 헬가랑 어울리더니 그쪽 편을 들려는 건가. 하여간에 엘리샤, 넌 참 대단해.

"······하지만 에이드 님. 그분께서 당신을 기억하지 못한다는 게 현실입니다. 그걸 받아들이셔야 합니다."

그래. 그건 나도 알아. 벌써 몇 주째 두 눈으로 확인하고 직접 느끼고 있으니까.

"지금의 엘리샤 님께 에이드 님은 생판 모르는 남이라고요. 차라리 이번 기회에 모든 걸 설명해 드리는 게 어떠세요?"

말이 쉽지.

아무것도 없는 상태에서 말해 봤자, 돌아오는 건 못 믿겠다는 반응뿐이라는 걸 너무도 잘 알고 있다. 일전에 성급하게 모든 사실을 털어놓으려 했다가 아무것도 건지지 못한 일이 있었으니까.

알아 가야 하는 일들이 많은데 그 전에 벽을 쳐 버리면 곤란하다.

"그 녀석 난리 치면, 나는 감당 못 해."

"그럼 그냥 이렇게 지켜만 보고 계실 건가요? 평생?"

오늘 따라 말이 많네. 일리야.

그동안 줄곧 생각하고 있었던 걸 한 번에 터트리고 있는 게 분명했다.

어떻게 하면 좋을까. 간만에 보는 의욕적인 모습인데 한번 의지해 봐?

나는 잠시 고민했다. 그러고는 품 안에서 작은 열쇠를 꺼내들어 일리야의 눈앞에 보여 줬다.

120년이나 고이 간직해 오면서, 그 누구에게도 보여 준 적 없었던 내 소중한 보물.

"이게 뭔지 알아?"

나의 손에 들린 열쇠를 뚫어져라 바라보던 일리야가 어이없다는 표정으로 대답했다.

"열쇠 아닙니까."

"맞아. 열쇠가 맞는데……."

설마 그냥 열쇠라면 이렇게 폼 잡고 물어보지 않았겠지.

"……같은 열쇠라도 무엇을 열 수 있느냐에 따라 특별해지기도 하지."

그래. 문제는 이것이 열쇠라는 사실이 아니었다. 이것으로 '무엇을' 열 수 있는지가 중요하니까.

잘 돌아가던 머리의 회전이 멈춘 건지 일리야가 굳어 있다. 그렇겠지. 아무래도 지금 내 손에 들려 있는 이 물건은 그보다도 더 오래된 물건일 테니까.

어이없다는 표정으로 당당하게 '열쇠'라 대답할 때부터 알아봤다. 수많은 지식을 보유한 그도 이것에 대한 지식은 갖고 있지 않다.

"무슨 열쇠냐고 안 물어봐?"

"……무슨 열쇠입니까?"

"'오클레임'이라 불리는 기억을 담는 도구야."

"기억을 담는 도구요?"

이 신비한 물건의 이름을 알려 주었음에도 불구하고 그의 표정은 여전히 혼란스럽다.

이럴 때는 정말 시대 차이를 느낀단 말이지…….

잠시 한숨을 내쉰 나는 말없이 열쇠를 바라봤다.

나와 함께 그녀를 기다린 시간만큼이나 오래된 열쇠. 군데군데 슬어 있는 녹이 몇십 년이라는 긴 시간을 기억하고 있었다.

"무슨 기억이 담겨……."

"엘리샤의 기억."

재빨리 대답했다. 역시나. 그는 내 기대에 어긋나지 않는, 내가 상상했던 그대로의 놀란 표정으로 나를 바라보았다.

놀랐겠지. 안 놀랐을 리가. 지난 120년 동안이나 비밀로 하고 있었으니까.

"……그럼 지금 뭐하고 계시는 겁니까? 빨리 엘리샤 님께 기억을 돌려드려야지요. 그래야 엘리샤 님이 에이드 님을 기억하시고, 120년 전의 '그 일'에 대한 기억도 되찾을 거고, 또…… '그 날'의 범인도 잡을 수 있지 않습니까. 혹시라도 다시 엘리샤 님이 노려지면……."

일리야, 그가 무슨 생각을 하고 있는 건지는 알고 있다. 그리고 나 역시도 할 수만 있다면 그렇게 하고 싶다.

하지만.

"안타깝게도 그럴 수가 없어."

"네?"

"이건 120년 전 '그 날'에 마녀가 세 조각으로 나누어 놓은 엘리샤의 기억들 중 하나에 불과해. 나는 여기에 어떤 기억이 들어 있는지 몰라. 그리고 사용하는 방법도 몰라."

그래. 이것은 엘리샤의 오클레임. 총 세 개 중의 하나.

문제의 그 날, 마녀가 나에게 남긴 유일한 단서.

"만에 하나를 위해, 나는 나머지 두 개의 열쇠를 다 찾으려는 거야."

"……그래서, 찾으셨습니까?"

"아니."

정말 안타깝게도.

아주 작은 단서조차 주어지지 않은 이 최악의 상황에서, 나머지 두 개를 찾아낸다는 건 매우 힘든 일이었다.

"다른 단서는 없는 건가요?"

약간의 희망을 바라는 거 같았지만, 단호하게 고개를 저었다.

"없어."

"그럼 이제 어떻게 하지요?"

"하지만 아주 희망이 없는 건 아니야. 엘리샤가 다시 돌아왔으니까."

엘리샤가 내 곁으로 돌아왔다. 물론 제 발로 왔다가 내 의지로 못 벗어나고 있는 거지만. 눈치 빠른 마녀가 모를 리가 없다.

"생글생글 웃는 얼굴로 나에게서 엘리샤를 빼앗아 간 지 벌써 120년. 엘리샤가 다시 돌아왔으니, 그때 중단되었던 '게임'도 다시 시작될 거야."

마녀와의 게임. 120년 전에 내가 엘리샤를 지키기 위해 목숨을 대가로 한 계약.

엘리샤와 함께 사라졌던 마녀는 분명 다시 나타날 것이다. 그러면 나머지 두 개의 행방에 대해서도 물을 수 있겠지.

찾을 수 있을 거야. 아니, 찾아야만 해. 나를 위해서든, 엘리샤를 위해서든.

"마음의 준비를 해 둬야겠어."

"네?"

"곧 마녀가 올 거야. 내가 엘리샤를 찾았다는 걸 알게 되면……."

다시 한 번…… 나에게서 엘리샤를 빼앗아 가려고 하겠지.

운명이 황제의 행복을 그냥 두고 볼 리가 없으니까.

제3장
Emperor's memory

—*Elisha*

"머리가 나쁘면 몸이 고생한다고 했지. 지식의 힘을 빌리자.
머리를 써야 해."

물어물어 도착한 '서재'라는 곳에는 엄청난 양의 책이 있다고
들었다.

그 수백. 아니, 수천이라고 해도 이상하지 않을 정도의 어마어
마한 책 중 한 권 정도는 이 거대한 감옥에서 탈출할 수 있는 지
혜가 담겨 있을 것이다.

예를 들면 지도라든가, 이 카일룸의 설계도면이라든가 뭐 그
런 것들.

다만 문제가 있다면 그놈이 제 방보다도 더 자주 찾는 곳이 바로 지금 이 서재라는 사실.

만약 이 안에 그가 있다면, 내 계획은 시작과 동시에 끝나는 것이나 다름없었다.

"엘리샤 님?"

윽. 일리야.

문 앞에서 한참을 고민하고 있는데, 내 쪽이 아닌 안쪽에서 문이 열렸다. 그리고 막 밖으로 나오던 중인 일리야와 딱 마주쳐 버렸다. 서로 어색한 상황이다.

머리가 재빠르게 돌아갔다. 내가 생각하는 인간관계도에 따르면 일리야는 그놈과 아주 밀접한 관계였으므로, 지금 내가 피해야 하는 사람 중 한 명이었다.

그에게 계획을 들켰다가는 놈의 귀에까지 들어가는 건 순식간이었다.

뒤늦게 방어 자세를 취하고 있는 나를 멍하니 바라보던 그가 피식 웃었다. 그것도 아주 기분 나쁘게. 어이가 없다는 표정으로 슬쩍. 더욱 열 받아!

"아. 저는 그렇게까지 경계하지 않으셔도 됩니다."

아니, 내가 네 말을 어떻게 믿어? 그놈과 한 패인데.

다시 서로 말이 없다. 그렇다고 이 자리를 뜬 것도 아니다. 그는 여전히 내 앞에 서 있다.

표정을 보니 지금 내가 이곳에 있는 이유에 대해 생각 중인 게 분명하다.

이런, 이유를 물어보면 뭐라고 대답하지? 좋은 핑곗거리 없을까?

꽤 한참을 아무 말 없던 그가 갑자기 불안하게 활짝 웃었다.

"아~. 에이드 님을 만나러 오신……."

"아니거든요. 절대 아니거든요."

무슨 그런 말도 안 되는 소리를. 그럴 리가 없잖아.

이런, 너무 정색하고 말했나? 지금 분명 '아니면 왜 이곳에 계시는 건데요?'라고 생각하겠지.

그런데 이걸 어쩌나. 나는 당신이 생각하는 그런 달달한 전개를 위해 온 게 아닌데.

기겁을 하며 부정하자, 실실 웃던 일리야가 체념한 듯 한숨을 내쉬었다.

"뭐…… 에이드 님을 만나러 오셨다고 해도, 지금은 외출 중이셔서……."

뭐? 없어? 정말? 어머나, 이런 게 바로 기회로구나.

너무 활짝 웃었나. 그런 내가 불안한 건지 일리야는 그 뒤로도 한참 동안 나를 바라봤다.

서로 어색한 웃음이 몇 번이나 더 오고 간 뒤에야 그는 바쁜 일이 있다며 자리를 떠났다.

"좋아……."

일리야의 모습은 이제 보이지 않았다. 그리고 나는 이 안에 황제가 없다는 걸 알고 있다.

그럼 더 망설일 것도 없지!

있는 힘껏 문을 열고 안으로 들어갔다. 안은 조용하다.

"우와……."

마치 이 카일룸에 처음 왔을 때와 같은 기분이다. 역시 카일룸이다. 서재까지도 웅장했다.

이제는 감탄사밖에 나오지 않았다.

나보다 몇 배나 더 큰 문이 작다는 생각이 들 정도였다. 내부는 정말 어마어마했다.

한눈에 다 담는 것조차 힘들 정도로. 눈앞에 펼쳐진 그 공간은 엄청났다. 나는 그 웅장함에 압도당했다.

서재 안은 책장들이 미로처럼 끝없이 얽혀 있었다. 그리고 도대체 저 맨 위에 꽂혀 있는 책은 어떻게 뺄까 걱정이 될 정도로, 그 높이는 천장까지 곧게 뻗어 있었다.

황제의 궁 카일룸이 원더랜드의 심장이라면, 그 카일룸의 서재는 곧 머리.

전혀 과장된 표현이 아니었다.

하지만 너무 넓고 크다는 것이 오히려 문제가 될 줄이야. 책이 너무 많다는 것도 나름대로 문제였다.

도대체 어떤 기준으로 책들을 정리해 놓은 건지, 도와주는 사람 없이는 쉽게 원하는 책을 찾을 수 없을 정도였다.

한참을 이곳저곳 뒤지고 다녀 봤지만, 지도 한 장 눈에 들어오지 않았다. 심지어 다른 대륙의 지도나, 흔한 마을 지도 한 장도.

"오늘은 그만 물러날까……."

시간상 더 이상은 불가능할 거 같았다.

잠시 외출 중이라는 그분께서 언제 돌아오실지도 모르는데 이러고 있는 모습을 들켰다가는 추궁당할 게 분명했다.

다음을 기약하며 뒤늦게 어지럽혀 놓은 책들을 정리하기 시작했다.

그런데 그때.

[안녕.]

또다시 머릿속을 파고드는 목소리가 들려왔다.

이제는 익숙해져서 당황스럽다거나 놀랍지도 않았다.

[오랜만이네.]

그러게. 무모한 탈출 시도 이후로 처음이다.

너무 오랜만에 들어서 그런가? 지금까지 들려왔던 목소리와는 아주 약간 다른 감이 없잖아 있었지만, 그건 내 착각일 수도 있으니까 그냥 넘어가고.

'안녕?' 이것만큼은 그냥 넘어갈 수가 없다.

내가 알고 있는 정체불명의 목소리에게는 예의란 게 없었다. 툭하면 불쑥불쑥 들려와서는 내 정신세계를 한바탕 휘저어 놓고, 제멋대로 사라져 버렸으니까.

또 하나, 여태까지는 직접 머릿속에 들어와 말하는 거 같았다면 지금은 조금 달랐다.

마치 멀리 떨어져서 말하고 있는 거 같았다.

그래, 차라리 이게 낫네. 머리도 안 아프고.

[그동안 잘 지냈어?]

"뭐. 그럭저럭."

잘 지내 봤자, 이곳 카일룸에 갇혀 있는 신세라는 건 변함없었
지만.

[여기서 뭐 하는 거야?]

"혹시 카일룸 성 내부 도면이나 지도 같은 게 없나 하고 찾고
있었어."

작게 중얼거리듯 대답했다. 그러자 머릿속에 그녀의 웃음소
리가 뱅글뱅글 맴돌기 시작했다.

당황한 나는 끄집어 냈던 책을 정리하는 것을 멈추고, 가만히
목소리를 기다렸다.

[헛수고했네. 그런 건 자료로 남겨 두질 않거든.]

그럼 진즉에 알려 주지 좀!

괜히 시간만 낭비했다는 생각에 짜증이 확 났다. 그러거나 말
거나, 노래하듯 들려오는 목소리는 여전히 유쾌하다.

"아니, 이 넓은 곳에 지도가 없다는 게 말이 돼?"

[나쁜 사람들 손에 그런 게 넘어가면 악용될지도 모르잖아? 일
례로 너 역시 그다지 좋은 이유로 지도를 찾고 있는 게 아니고.]

윽. 할 말이 없다.

"아무리 그래도 그렇지…… 잠깐. 그럼 다들 이곳 전체의 위치

를 다 기억하고 있는 거야? 대단하네."

겉에서 봤을 때 엄청 큰 규모를 자랑했던 카일룸이다. 내부 역시도 그러하고.

아무리 이곳에서 산 지 오래됐다고 해도, 이곳에 있는 모든 방과 시설들의 위치를 외우고 있다는 건 거의 불가능해 보이는데……

[물론 황제들도 못 외우지.]

거 봐. 그럴 줄 알았다니까.

[그래서 외울 수 있는 사람을 늘 곁에 데리고 다니는 거야.]

외울 수 있는 사람? 그런 사람이 존재하기는 하는 거야?

[황제의 보좌관이라 불리는 '화이트래빗'들은 기억력이 아주 좋거든. 그들은 대대로 황제들의 길잡이 역할을 하지.]

정말 황제들은 민폐덩어리구나. 그런 것까지 사람을 시켜 옆에 두다니.

아니, 지금 중요한 건 그게 아니었다. 그렇게 찾아 헤맸던 지도가 아예 존재조차 하지 않는다니. 이제 어떻게 하지?

마치 보이지 않는 어둠 속으로 빨려 들어가는 거 같은 기분이었다. 너무 어두워서, 희망이니 그런 작은 불빛 하나 보이지 않는 어둠 속으로.

[내가 재미있는 거 보여 줄까?]

그녀의 제안은 침체된 기분 속에 반짝하고 떠오른 작은 호기심이었다.

"재미있는 거?"

정체를 알 수 없는 자가 추천해 주는 재미라. 그것 참 흥미롭네.

대답은 하지 않았다. 그저 고개만 끄덕였을 뿐이다. 어차피 그것이 내 내면의 목소리라면, 굳이 말로 하지 않아도 알아서 알아들을 테니까.

[지금 이곳을 기준으로 4시 방향을 봐 봐. 그래, 지금 네 눈앞에 보이는 책장의 아래에서 3번째. 거기에서 오른쪽에서 8번째에 있는 책이야.]

곧 있으면 그놈이 돌아올지도 모른다는 생각에 불안했지만, 내 다리는 벌써 그 목소리를 따라 움직이고 있었다.

그녀가 말한 책을 꺼내 들었다. 이리저리 돌려도 보고 펼쳐도 봤지만, '재미있는 거'라고 하기에는 별다른 특이한 점을 찾아 볼 수 없었다. 심지어 내용도 재미있어 보이지 않았다.

속았다는 생각에 화를 내려고 했지만, 생각해 보니 애초에 이 목소리라는 것이 정확하게 대상이 존재하는 것도 아니었으니 결국 나는 혼자 화를 내는 꼴이었다.

스스로의 한심함을 느끼며 일단 책을 다시 제 위치에 꽂고는 재빠르게 뒤로 물러났다.

딸깍.

그때. 조용하거나 정체불명의 목소리만이 들려야 하는 서재 안에, 갑자기 '딸깍' 하는 불안한 소리가 들려왔다.

쿵! 드르륵.

깜짝이야.

등 뒤에 있던 책꽂이가 요란한 소리를 내며 흔들리기 시작했다. 놀라운 광경에 나는 그 자리에 얼어붙고 말았다.

그런데 불안하게 흔들리던 책장이 마치 미닫이문처럼 '드르륵' 하는 소리를 내며 저 혼자 옆으로 이동하는 게 아닌가!

지금까지 아무렇지도 않았던 책장이 갑자기 움직인 것으로 보아, 아까 집었던 그 책이 이 장치의 스위치 역할인 게 분명했다.

커다란 책장이 어떻게 스스로 이동할 수 있었던 건지는 모르겠지만, 책장이 옆으로 밀려나고 나니, 그 뒤에 가려져 있던 벽이 보였다.

워낙에 거대한 게 있다가 사라지니 이렇게나 허전하다 못해 휑하게 보일 수가 없었다.

[혹시 기억나?]

나에게 장난을 치고 그대로 도망갈 줄 알았던 목소리가 또다시 들려왔다.

"……뭐가?"

[좀 더 가까이 다가가서 봐 봐.]

그녀가 조언했다.

그 말을 따라 조금 더 벽을 향해 가까이 다가갔다. 그러자 멀리서는 볼 수 없었던 무언가가 보이기 시작했다.

한참을 떨어져서 봤을 때는 그냥 오랜 세월을 간직한 낡은 벽인 줄 알았는데, 점점 가까워지면 가까워질수록 무언가가 내 시선을 사로잡았다.

빛바랜 벽에는 마찬가지로 빛바랜 잉크로 쓰인 수많은 낙서들이 한가득 채워져 있었다.

글씨뿐만이 아니다. 글씨와 그림이 마구 섞여 있어 썩 보기 좋지는 않았다. 괜히 거대한 책장으로 가려 놓은 게 아니구나, 라는 생각이 들 정도로 지저분해 보였다.

뭐지, 이건? 꽃인가? 이건 열쇠고? 그리고 이건 컵……? 누가 그린 건지는 몰라도 엄청 못 그리네.

그림뿐만 아니라 글자도 엄청났다.

낙서의 내용은 하나하나 읽기가 어려웠으므로, 그것들은 굳이 읽으려고 하지 않았다.

그러자 이번에는 글자도, 그림도 아닌 이상한 얼룩 같은 것이 내 시선을 사로잡았다.

사람의 손바닥 모양의 얼룩. 누군가의 손도장이었다. 그것도 나란히 두 개가 찍혀 있었다.

벽을 훼손하고 있다는 점에서는 다를 게 없었지만, 정신없는 글자와 그림들 사이에서, 그것들은 그래도 신선한 낙서였다.

"이게 뭐지…… 애들의 장난인가?"

아무나 함부로 들어올 수 없는 이 카일룸에 아이들이라. 참 어울리지 않는 조합이다.

실제로 이곳에 머무르는 동안 아이의 그림자는 본 적도 없고.

그저 누군가의 장난이겠지 하며 다음으로 넘어가려는데, 문득 두 개의 손도장 아래에 적혀 있는 작은 글자가 눈에 들어왔다.

각각의 얼룩 아래에 적혀 있는 그 글자를 읽던 나는 오싹했다. 이곳에 있어서는 안 되는 글자가 쓰여 있었기 때문이다.

나는 이 믿기 힘든 사실에, 그 글자를 하나하나 손으로 쓸어가며 다시 한 번 확인했다.

"……엘리샤. 그리고 에이드."

아무리 봐도 틀림없다.

두 개의 손도장 중 작은 쪽 아래에 적혀 있는 이름은 분명 내이름이었고, 그 옆에 있는 이름은 놈의 이름이었다.

말도 안 돼. 어째서 내 이름이 여기에 적혀 있는 거지? 그리고 에이드? 황제의 이름이 왜 내 옆에, 그것도 나란히 적혀 있는 거지?

문득, 어떠한 기억 하나가 재빠르게 머릿속을 스치고 지나갔다.

'믿지 못하겠지만, 넌 지금 기억을 잃었어.'

'그리고 네가 기억을 못 해서 그렇지, 너와 나는 이미 아는 사이야.'

놈이 진지하게 말했다.

나는 말도 안 되는 소리라며 그를 비웃었다. 당시에는 너무나도 어이가 없고 화가 나서 미처 깨닫지 못했는데, 지금 와서 생각해 보니 그는 슬픈 표정이었다.

"……."

재미있는 거라더니 하나도 재미있지 않다. 오히려 기분이 이상하다.

눈가가 뜨겁다. 그리고 숨이 턱 막힌다. 가슴이 아린다. 마음속 깊은 곳에서부터 무언가가 스멀스멀 올라오는 이상한 느낌이다.

알아차리는 데 꽤 시간이 필요했지만, 나는 지금 울고 있다. 나도 모르게 울고 있다.

도대체 왜? 두려움 때문에? 아니, 그건 절대 아닐 것이다. 이유는 모르겠는데, 그냥 슬프다.

이 이상한 기분을 바로잡는 방법은 단 하나. 눈앞에 펼쳐진 것들에 복잡해진 머리를 맑게 정화시키는 방법 역시 하나다.

지금 내가 할 수 있는 건 현실을 부정하는 것뿐.

"이름이 같다는 이유만으로 이게 내 거라고 확신할 수는 없지."

멍하니 그것을 바라보다가 고개를 절레절레 저으며 중얼거렸다.

"……딱 맞네."

하지만 그 손도장의 크기가 내 손과 꼭 맞아떨어진다는 걸 확인하고 나니, 마음속은 더더욱 시끄러워졌다.

완벽하다는 말이 바로 이럴 때 쓰는 말이었나. 단 한 치의 오차도 없다.

내 나름대로 열심히 부정해 보려고 했지만, 역시 무리였다. 망했다.

"……어떻게 생각해?"

차마 지금 이 상황을 스스로 판단할 수가 없어서 목소리에게 도움을 청했다.

그런데 대답이 들려오지 않는다. 하여간에 정작 필요할 때는 나타나지 않는다니까!

그래, 일단은 방으로 돌아가자. 쉬면서 이 복잡한 머리를 정리하자.

방으로 돌아가기 위해서, 우선은 벌여 놓은 것들을 말끔히 정리할 필요가 있었다. 예를 들면 내 뒤에 잔뜩 어지럽혀져 있는 책이라든가. 지금 눈앞에 활짝 열린 채로 그 속을 드러내고 있는 책꽂이라든가.

"……어떻게 해야 다시 원위치로 돌려놓을 수 있는 거지?"

아까 스위치로 사용된 책을 원래 있던 자리에 돌려놓았지만, 옆으로 밀려난 책장은 꼼짝도 하지 않았다.

어딘가에 있을 스위치를 찾기 위해 벽에 바짝 붙었다. 위쪽도 샅샅이 훑어보고, 아래쪽도 샅샅이 훑어…….

"이건 또 뭐야."

가만 보니 아까 해석을 포기해야만 했던 수많은 낙서들이 저 아래에까지 이어져 있었다. 그리고 그것들은 일반적인 '낙서'가 아니었다.

자세히 보니 두 개의 글씨체가 번갈아 가며 아래로, 아래로 내려가고 있었다.

그래. 이것은 대화였다.

　나 에이드는 영원히 엘리샤를 사랑할 것을 맹세합니다.

　또다시 등장하는 나와 같은 이름.
　아, 새로운 가능성 하나가 떠올랐다.
　어쩌면 그 황제 놈이 나를 놓아 주지 않는 건, 바로 이 이름 때문이 아닐까?
　그래, 충분히 가능성 있는 이야기다. 맨 처음 만났을 때도 그는 내 이름을 듣기 무섭게 놀란 반응을 보였으니까.
　그 밑으로도 둘의 대화는 계속해서 이어졌다. 그리고 맨 마지막.

　약속 못 지켜서 미안해요.

　그 글을 마지막으로 벽을 통해 이루어진 둘의 대화는 끝이 났다. 아니, 자세히 보니 아래에 한 줄이 더 있다.
　아주 작고, 너무 흔들린 탓에 눈에 띄지 않았지만, 확실히 그것 역시 대화의 일부였다.

　기다릴게. 영원히.

　"……."

더 놀라거나 할 줄 알았는데, 생각보다 마음이 침착하다.

좀 더 이상할 줄 알았는데, 정말 신기하리만큼 침착하다.

그냥 다른 의미로 조금 두근거릴 뿐이었다. 아, 그리고 기분이 따듯했다. 표현상에 문제가 있는 거 같았지만, 나는 정말 그렇게 느꼈다.

한 가지 더. 머리가 조금 어지러운 거 같다. 아니, 조금보다는 많이. 아니…… 조금 심각하게…….

이런. 또다시 정신이 몽롱해진다. 얼마 전에 미수로 끝이 난, 그 사건의 후유증이 아직까지 남아 있었던 걸까?

일어나려고 했지만, 내 눈에 들어오는 건 벽이 아닌 바닥. 나는 지금 쓰러져 있다.

이상하게도 몸이 움직일 생각을 하지 않았다. 나에게 무슨 문제가 생긴 게 분명하다.

[생각보다 반응이 격렬하네.]

"……."

아. 도망간 줄 알았던 목소리가 또다시 들려왔다.

[하긴, 기억하고 있을 리가 없겠지. 나도 알아. 그냥 한번 시험해 본 거야.]

또각또각.

이번에는 대리석 바닥에 부딪치는 걸음 소리도 함께 들려온다. 곧 내 시선에는 검은 리본이 매여져 있는 검은 구두 한 쌍이 들어왔다.

[아직은 감당하기 힘든 모양이네. 이거, 황제가 꽤나 고생하겠는걸?]

"누구……."

힘겹게 목소리를 내 봤지만, 대답은 들려오지 않았다.

마음대로 움직여 주지 않는 몸을 탓하며, 필사적으로 고개를 조금 들어 올렸다. 그제야 나는 내 앞에 몸을 숙이고 앉아 있는 한 여인을 볼 수 있었다.

알 수 없는 이야기를 하고 있는 정체불명의 여인.

이상하게도 얼굴은 눈에 들어오지 않았지만, 그 눈동자 하나만은 제대로 내 심장에 박혔다.

그녀의 눈은 웃고 있었다. 동시에 나는 몇 가지 확신이 생겼다.

우선, 서재 안에서 나에게 말을 건 목소리의 주인공이 바로 지금 내 앞에 있는 이 여인이라는 것. 그리고 그동안 나에게 말을 걸어 왔던 그 정체불명의 여인과는 다른 인물이라는 것.

지금 와서 생각해 보니 목소리가 미묘하게 다른 거 같기도 했다.

[오랜만이야. 엘리샤.]

오랜만?

그러고 보니 그녀가 처음 내뱉은 말도 이것이었다.

마치 오래전부터 알고 지냈던 친구에게나 건네는 듯한 인사를 마지막으로, 나는 정신을 잃었다.

두 눈이 감기기 전에 내가 마지막으로 본 건 그런 나를 응시하고 있는 눈이었다.

왠지 모르게 익숙한 붉은색과 푸른색의 오드아이.

그 눈이 어떠한 그리운 기억과 이어지려고 했지만, 일단 나는 지금 아무것도 떠올릴 수가 없었다.

그때였다.

멀어져 가는 정신을 겨우겨우 붙잡고 있는데, 조금 떨어진 곳에서 묵직한 서재의 문이 열리는 소리가 들려왔다. 그리고 이어지는 걸음 소리.

누군가가 서재에 들어온 모양이었다.

*   *   *

이제는 굳이 눈으로 확인하지 않아도 알 수 있었다.

손에 느껴지는 감촉만으로도 현재 내 위치를 파악할 수 있는 지경에 이르게 된 것을 기뻐해야 할지 말아야 할지, 참.

"……내 침대……."

아무렇지 않게 '내 것'이라는 말을 사용하게 된 스스로가 슬프다.

내가 기억하는 마지막 장소는 서재였는데 지금은 방인 걸 보니, 또 짐처럼 옮겨진 게 분명하다.

가만. 만약 나를 옮긴 게 에이드라면, 내가 서재에 갔었다는 걸 이미 들켰다는 건데?

이런, 큰일이다. 큰일 났어. 멋대로 침입(?)한 이유를 캐묻는 거 아니야?

그건 그렇고.

"……."

정신을 잃기 전의 기억들이 서서히 선명해짐과 동시에, 내 머릿속은 다시 뒤죽박죽으로 엉켜 버렸다.

우선 지금 나에게 가장 중요한 것은 아까 본, 그 말도 안 돼는 '벽'이다.

아, 그리고 서재에 나타났던 검은 옷을 입은 정체불명의 여자.

오랜만에 머리를 좀 굴려 보려고 눈을 감았는데 방문이 열리는 소리가 들렸다.

누군가가 나를 향해 다가오고 있다.

아. 헬가겠지. 나를 찾아올 사람이면 그녀밖에 없으니까. 또 말없이 방에서 나간 것에 대해 한바탕 잔소리를 늘어놓으려고 온 게 분명하다.

아, 귀찮아라. 어딜 갈 때마다 위치를 보고해야 한다니.

잔소리를 피하기 위해 일단 계속해서 자는 척을 하기로 했다.

아무리 헬가라고 해도 자는 사람을 깨워 가며까지 잔소리를 늘어놓을 인물은 아니었으니까.

그래도 역시 신경이 쓰여, 그녀가 어느 정도로 화가 났는지를 확인하기 위해 살짝 눈을 뜨고 상황을 스캔했다.

그런데 이게 웬걸? 아니, 잠깐만. 왜? 진짜 왜? 어째서 헬가가 아니라 네가 여기, 지금 내 방에 있는 건데?

헬가의 밝은 갈색 머리카락이 아닌, 눈부시게 밝은 금발이 흔들리고 있는 게 보였다.

혹시라도 잘못 본 건가 했는데 눈동자 역시 헬가의 초록빛이 아닌, 틈만 나면 노려보기 바빴던 푸른빛이다.

놈이다.

잠시 방 안을 이리저리 둘러보던 놈은 구석에서 의자 하나를 끌어오더니, 내 앞에 자리를 잡고 앉았다. 그러고는 한참을 잠든 (자는 중이라고 생각하겠지) 나를 바라보고 있다.

젠장. 망했어! 차라리 헬가의 잔소리를 3시간이고 듣는 게 더 나을 거 같았다.

헬가를! 헬가를 불러와!

이거 정말 난감했다.

일단 놈의 등장으로 잠은 다 깼다. 하지만 일어날 타이밍마저 놓쳐 버려서 일어날 수도 없었다.

할 수 없지. 녀석이 나갈 때까지 계속해서 자는 척을 하는 수밖에. 빨리 가라, 이놈아.

"……었어?"

열심히 속으로 중얼거리고 있는데, 그가 갑자기 말했다.

갑작스러운 중얼거림이었던 데다가 워낙 그 목소리가 작았던 탓에 나는 그의 말을 절반 이상이나 듣지 못했다.

물론 그에게 관심은커녕 증오만이 넘쳐흘렀던 예전이라면 신경 쓰지 않았겠지만, 지금은 다르다.

도대체 무슨 말을 한 건지 너무나도 신경 쓰였다.

답답해 죽겠네. 도대체 무슨 말을 한 거야? 다시 말해 봐!

"……왜 거기에 있었어?"

내 마음을 읽기라도 한 건지, 놈이 같은 말을 또 한 번 들려 주었다.

그가 말한 '거기'라는 건, 내가 정신을 잃고 쓰러졌던 서재를 뜻하는 게 분명했다.

완벽하게 정신을 잃기 전에 들은 걸음 소리의 주인이 하필이면 이 녀석이었나 보다.

"거기서 뭘 본 거야?"

그의 목소리는 아주 약간이었지만, 떨리고 있었다. 왜? 서재에 뭐 숨기는 거라도 있나?

내가 그곳에서 본 거라고는 낙서가 많은 수상한 벽이나……갑자기 나타났다가 아는 척 조금 하고 사라진 수상한 여자. 그래, 확실히 수상하네. 서재에 뭔가가 숨겨져 있는 게 분명해.

"혹시 기억난 거야?"

'기억'이라. 그는 내가 기억을 잃었다고 말했고 나는 그것을 농담으로 받아넘겼지.

조용히 생각에 잠겨 있는데 갑자기, 정말 갑자기 그의 숨결이 목덜미에서 느껴졌다.

너무 놀라서 하마터면 소리를 빽 하고 지를 뻔했지만, 다행히도 어떻게 잘 넘어갔다.

이제 슬슬 한계였다. 계속해서 자는 척을 해야 하나 일어나야 하나, 어떻게 하면 좋을지 몰라서 그냥 얼어붙어 있는데, 곧 촉촉하고 부드러운 것이 내 볼에 닿았다가 떨어졌다.

아주 짧은 순간이었지만, 나는 숨 쉬는 것조차 잊어버릴 정도로 바짝 긴장했다.

그러한 사실을 알 리 없는 그는 내 귓가에 부드러운 목소리로 속삭였다.

"기억이 나면 나한테 말해 주기야. 알았지?"

자는 척을 선택한 나는 그의 말에 대답할 수가 없었다.

덧붙여 내가 잊어버렸다는 그 기억이 도대체 어떤 기억인지 너무나 궁금해졌다.

물론 믿지 않으려고 했지만, 지금 상황을 보면 너무 모든 것이 딱 들어맞지 않는가. 이제는 믿고 안 믿고 할 문제가 아니었다.

"……예전처럼 혼자 너무 많은 비밀을 만들면 안 돼."

이 남자가 하는 말은 도통 이해를 할 수 없는 것투성이였다. 이 역시, 그의 주장대로 내가 기억을 잃었기 때문일까?

아니, 무슨 설명이라도 좀 해 주든가. 이렇게 일방적으로 저 혼자 하고 싶은 말만 하면 어떡해?

나 혼자 이런저런 고민을 하거나 말거나, 여전히 나에게 찰싹 달라붙어 있는 그는 혼잣말을 중얼거리기 바빴다.

"아니지. 분명 너라면, 기억이 돌아와도 먼저 말하거나 하지 않을 거야."

평소에도 말이 없는 건 아니었지만 평소보다도 더 수다스럽다.

"좋아. 먼저 말하는 거까지는 바라지 않을게. 그 대신에 내가 눈치챌 수 있게 신호를 줘."

그의 이런 모습을 본 적이 없는 나로서는 저 혼자 말하며 뭐가 웃긴지 큭큭 웃고 있는 그가 매우 낯설었다.

"그럼 내가 재빠르게 알아차릴 테니까."

아무래도 안 되겠다. 그냥 일어나자. 벌떡 일어나서, 그와 똑바로 얼굴을 마주한 상태에서 진지하게 이야기를 나누어 보자. 그럼 서로 해결책을 발견할 수 있을지도 모르니까.

"에이드 님."

막 일어나려는데, 또 다른 목소리가 등장했다.

나는 재빨리 다시 눈을 감았다.

목소리와 걸음걸이로 보아, 일리야가 방 안에 들어온 모양이었다.

"무슨 일이냐."

혼자만의 '대화'를 방해받았기 때문인지, 그 부름에 대답하는 에이드의 목소리는 상당히 날카로웠다.

분명 그는 지금, 나가라는 눈빛으로 일리야를 노려보고 있겠지. 그리고 일리야는 그 자리에 얼어붙어 있을 테고. 아, 불쌍한 일리야. 저런 놈을 상사로 두다니.

곧바로 문이 닫히는 소리가 들릴 줄 알았는데, 나가는 발소리는 물론 방문이 여닫히는 소리도 들리지 않았다.

그렇다는 건 일리야는 아직 이 방에서 나가지 않았다는 것이고, 그만큼이나 급한 일이란 뜻인데…….

"……'데우스'가 나타났습니다."

그 뒤로는 아무런 소리도 들리지 않았다.

도대체 무슨 일이지? 데우스가 누구야? 너무 궁금해서 슬쩍 눈을 떴다.

그러나 내 앞에 자리 잡고 앉아 있던 에이드는 뭐가 그렇게 급한 건지, 이미 방에서 나가 버린 뒤였다.

"……데우스…… 데우스라……."

아무리 생각해 봐도 모르는 이름이다. 아니면, 알고 있었지만 날아가 버린 기억과 함께 사라졌다거나.

아, 몰라. 그냥 더 자자. 어떤 중요한 손님이라도 찾아왔나 보지. 그래, 나와는 관련 없는 일이다.

다시 눈을 감았다. 그리고 곧바로 떴다. 아니, 내 생각에는 바로 떴다고 생각했는데 그게 아닌가 보다.

나는 지금 그 방에 서 있다.

다만 아까와의 차이점이라면 나는 지금 여기에 이렇게 서 있고, 문제의 벽 앞에는 내가 아닌 다른 누군가가 서 있다는 것.

서재에서 만났던 정체불명의 검은 여인인가 했지만, 그것도 아니다.

하얀 옷과 금발로 추정하건대, 에이드다.

이제는 꿈에까지 나타나 나를 괴롭히는구나.

아무리 꿈속이라고 해도 그가 내 존재를 눈치채면 달려와서 말을 걸 거 같아서 잠자코 구경했다.

한 손에 펜을 든 그는 벽에 바짝 붙어, 무언가를 열심히 적고 있었다. 글이라고 하기에는 너무나도 순식간이었다. 짧은 시간과 적은 움직임.

곧 그는 만족스러운 건지 고개를 몇 번 끄덕였다. 그러고는 나를 향해 돌아섰다.

숨어야 한다는 생각이 들었지만, 나는 그 자리에서 꼼짝도 할 수 없었다.

금발에 하얀색의 황제 의상을 입고 있었지만, 그는 에이드가 아니었다. 거의 비슷하지만 한 가지 차이점이 있다. 푸른색이어야 하는 그의 한쪽 눈이 완벽하게 붉다.

요즘 들어 자주 보는 오드아이.

나와 마주친 오드아이의 에이드는 의미심장한 미소를 짓고 있었다.

곧, 그는 숨을 죽이고 있는 나를 바라보며 입을 열었다.

"May the grace of God be with you.(신의 은총이 당신과 함께하길 빕니다.)"

*　　*　　*

―Aid

'운명'이란 실제로 존재한다. 그리고 그들의 예언, 충고, 조언.
이것들을 모두 포함한 목소리를 전하는 사자(使者).

언젠가부터 황제들은 그 사자를 '데우스'라고 부르기 시작했
다.

마지막 만남으로부터 120년 만의 등장이었다. 지금 만나지 않
으면, 또 언제 만날지 모르는.

묻고 싶은 게 한두 가지가 아니었다.

나를 찾아왔다는 건, 이미 엘리샤의 등장을 알고 있다는 의미
겠지. 하긴, 데우스는 모든 것을 알고 있을 테니까. 이제는 놀랍
지도 않다.

"데우스."

방문을 열자, 넓은 방이 눈에 들어왔다. 그리고 그 방의 한가
운데에는 그녀가 있었다.

이름을 부르기 무섭게, 방 한가운데에 얌전히 앉아 있던 검은
고양이 한 마리가 귀를 쫑긋거리며 일어났다.

딸랑딸랑.

고양이 목에 걸린 방울 목걸이를 가만히 바라보던 나는 익숙
하지 않은 그녀의 모습에 인상을 찌푸리며 다가갔다.

마찬가지로 나를 향해 다가오던 고양이는 어느새 사라지고
없었다. 대신 그 자리에는 조그마한 5살 정도의 여자아이가 서

있었다.

바닥까지 내려오는 고전풍의 검은 드레스. 새하얀 피부. 허리춤까지 내려오는 길고 검은 머리카락. 그리고 모든 것을 꿰뚫어보는 푸른색과 붉은색의 눈.

오드아이(ODD—EYE).

그녀가 말했다.

[오랜만입니다. 시간의 황제이시여.]

겉모습은 어린아이였지만, 말은 어른 못지않게 또박또박 잘했다.

다른 것들보다도, 꼬마아이 주제에 사람을 내려다보는 저 무표정이 정말 마음에 들지 않았다.

"운명의 목소리, 데우스. 120년 만인가? 예나 지금이나 변한 게 없군."

데우스.

황제에게 운명의 목소리를 전하는 사자. 검은 마녀.

언제부터 그녀가 존재했고, 황제들을 감시하는 사명을 받들어 왔는지는 나 역시 모르는 일.

다만 기록에 따르면 초대 황제인 '리 샤이칸 이안' 때도 그녀는 황제의 곁을 맴돌았던 것으로 추정되었다.

"그동안 어디에 있었지?"

120년이라는 긴 시간 동안 코빼기도 보이지 않다가 이제 와서 이렇게 불쑥 등장하고 말이야.

내 질문에 검은 마녀가 시선을 피했다.

[……소중한 사람과 함께 있었습니다.]

소중한 사람? 천하의 데우스에게도 소중한 사람이 있었다니, 그것 참 누군지 정말 궁금해지네.

아니, 하지만 지금 중요한 건 그게 아니지.

[120년 전의 앨리스를 다시 찾으셨더군요.]

"……."

역시. 벌써 냄새를 맡은 건가.

두 손을 가만히 모으고 있던 데우스는 이제 나를 바라보고 있다. 정말 보면 볼수록 소름이 끼치는 눈이다.

[환생이든 뭐든 간에, 그녀가 살아 있다는 걸 확인했으니 120년 전의 게임의 연장전을 시작하겠습니다.]

내 앞까지 다가온 그녀가 손을 들었다. 그리고 아까부터 계속해서 손에 쥐고 있던 무언가를 내 앞에 내밀었다.

지극히 평범한 물건이었지만, 그녀의 것이라는 이유만으로 그것은 특별해졌다. 그리고 불쾌했다.

못마땅한 시선으로 그 작은 물건을 바라보고 있자니 마녀가 웃었다.

[규칙은 안 잊으셨겠지요?]

"어떻게 잊겠어. 목숨이 걸려 있는데."

재빨리 그녀의 손 위를 굴러다니고 있는 검은 주사위를 집어 들었다.

[천하의 원더랜드의 황제께서도 죽음이 두려우신 모양이지요?]

"……."

[아, 자신의 죽음보다도 더 두려운 게 있으셨지요. 참.]

"……쓸데없는 말은 이제 그만해라."

마음에 안 들어.

또다시 표정 없는 얼굴로 나를 바라보던 마녀가 이제는 내 손으로 넘어온 주사위(Die)로 시선을 옮겼다.

이렇게 마녀와 마주하고, 마녀의 주사위가 내 손 안에 있으니 정말 120년 전으로 돌아간 거 같은 기분이 들었다.

그때와 다를 게 하나 없다. 아, 아니지. 한 가지 달라진 게 있었지, 참.

엘리샤가 나를 기억하지 못하고, 이곳 카일룸을 모르고, 지난 일들을 모두 잊어버렸다는 것. 너무나도 큰 한 가지였다.

나무를 깎은 듯 까끌까끌한 표면이 느껴졌다. 도대체 얼마나 오래된 건지 이곳저곳 닳은 부분도 있었다.

하지만 이것들은 우리의 게임에 아무런 영향을 끼치지 않을 것이다.

애초에 이 주사위는 보통의 것들과는 달랐다.

일반적인 주사위와 같이 여섯 개의 면에 1부터 6까지의 숫자가 새겨진 대신, '0'이 하나, '1'과 '2'가 두 개씩, 그리고 '3'이라는 숫자가 하나 새겨져 있다.

'데우스 게임'

주사위(Die)를 사용하는 게임이란 것에서 말을 따와 '죽음 (Die)의 게임'이라고도 불리는 이 게임은 여러 사람이 정말 '목숨'을 담보로 내놓고 벌이는 게임이었다.

게임의 참가 자격은 '목숨을 걸 정도로 간절한 소원이 있는 자.'

데우스는 오직 그들의 앞에서만 자신의 진짜 모습을 드러냈다. 그리고 게임의 참가 의사를 물었다.

나 역시도 지금으로부터 120년 전에, 같은 과정을 밟았고 참가자 중 한 명이 되었다.

게임의 방법은 간단했다. 게임의 주최자인 데우스가 내는 문제를 맞히면 된다.

문제와 함께 제시되는 두 가지의 선택지 중에서 답이라고 생각하는 것을 선택하는 것이다.

이 뒤부터는 간단하다.

정답을 선택한 참가자는 승리자로서 소원이 이루어지고, 오답을 선택한 참가자는 탈락자로서 담보로 걸었던 목숨을 잃게 된다.

탈락자가 발생하면 게임이 끝난다.

단, 게임 도중에 탈락자가 한 명이라도 나오면 게임이 종료되며, 나머지 참가자들의 소원은 자동적으로 이루어진다.

탈락의 기준은 참가자가 더 이상 게임에 참가할 수 없는 상황이라 판단되었을 때. 예를 들면 심장이 뛰지 않는 순간이 이에 해당된다.

참가자들은 원하는 정보를 얻기 위해 데우스에게 질문을 할수 있으며, 데우스는 이에 모두 진실만을 답해야 했다.

단, 한 번에 할 수 있는 질문은 주사위를 던져 나온 숫자만큼이며, 직접적인 힌트가 될 만한 질문은 피할 수가 있다.

또한. 참가자가 자신의 차례를 지나치게 오래 끌 경우에는 데우스의 권한으로 바로 다음 상대에게 기회가 넘어가고, 한 번 했던 질문은 두 번 다시 할 수 없었다.

1

방금 던진 주사위의 윗면에 새겨진 '1'이라는 숫자가 밝게 빛나고 있다.

말없이 결과를 바라보고 있던 데우스가 고개를 들더니, 나를 바라봤다.

[……질문을 해 주십시오.]

그래, 내가 바란 게 바로 이것이다.

"좋아. 엘리샤의 나머지 오클레임. 그것들은 어디에 있지?"

슬슬 본론에 들어가야지.

지금 나에게 있어서 중요한 것. 하루라도 빨리 엘리샤의 오클레임을 찾아야만 했다. 눈앞의 '마녀'가 숨겨 놓은 오클레임…….

내 질문에 데우스의 오드아이가 심상치 않게 번뜩였다. 곧 그녀의 입이 열렸다.

[첫 번째 오클레임은 황제, 당신에게 있습니다. 두 번째 오클레임은 이 성 안에 제가 숨겨 놓았는데, 제가 어디에 숨겨 놓았는지 본 목격자가 있습니다. 참고로 목격자 역시 이 성 안에 있습니다.]

그것을 끝으로 데우스는 입을 다물었다. 무언가를 계속해서 기다리고 있던 나에게는 심각하게 실망스러운 행동이 아닐 수 없었다.

"잠깐. 세 번째 오클레임의 위치는?"

설마 이게 끝이냐고 물었더니 돌아오는 반응이 이상했다.

당연히 대답이 들려오겠지 하며 기다리고 있는데, 그녀는 아예 고개를 돌려 버렸다.

[제가 말씀드릴 수 있는 건 모두 말씀드렸습니다.]

그럴 리가. 세 개 중에 두 개만 알려줘 놓고, 어떻게 전부를 찾으란 말인가.

뿐만 아니라 장소에 대한 힌트를 달라는 질문이었는데, 그녀는 마치 수수께끼를 내듯 대답했다. 덕분에 내 머릿속은 엉망진창이다.

내가 혼란스러워하든 말든, 모든 질문들에 대답을 끝낸 데우스는 어느새 다시 고양이의 모습으로 바뀌어 있었다.

그녀를 붙잡는다고 해도 정보를 더 얻을 수 없을 테니까 그냥 이대로 보내는 게 낫겠지.

일단 지금은 그게 문제가 아니었다.

데우스가 말한 첫 번째 오클레임은 분명 나에게 있는 이것이다. 두 번째는 '목격자'가 있다고 했다. 그리고 그 목격자는 이 성 안에 있다고 했다.

그렇다는 건 내가 알고 있는 인물 중 하나일 가능성이 높다는 건데.

문제의 그날부터 오늘까지, 약 120년이라는 긴 시간을 함께 지내 온 인물. 그렇게 생각하면 떠오르는 건 딱 세 사람이다.

헬가와 일리야, 그리고 현재 여행 중인 아이린. 그들 중 한 명이 데우스가 오클레임을 숨기는 장면을 봤단 말인가?

"······도대체 누구지······."

아무리 그 수가 줄어들었다고 해도, 누군가 한 명을 특정하는 것은 쉬운 일이 아니었다.

며칠 밤을 새며 생각해 봤지만, 역시 당사자에게 묻지 않고서는 알아낼 수 없다는 결론밖에 나오지 않았다.

"헬가, 뭐 생각나는 거 없어? 사소한 것이라도 상관없으니까."

엘리샤의 오클레임. 첫 번째는 내 손에 들려 있는 이 열쇠. 두 번째는 이 성 안 어딘가에 숨겨져 있는데 그것을 본 목격자가 있다.

내 질문에 헬가는 고민에 빠졌다. 그러나 곧바로 고개를 끄덕이며 대답했다.

"네. 없습니다."

그래도 조금은 생각해 보고 대답을 하지.

내 속이 타들어 가든 말든. 헬가는 그저 해맑게 웃을 뿐이었다.

"도대체 머리에 뭐가 들은 거야, 헬가?"

내 말에 화가 난 건지, 그녀가 발끈했다.

아, 이럴 시간 없는데.

"아니, 솔직히 120년 전에 제가 뭘 했는지 일일이 어떻게 다 기억을 합니까?"

부른 건 일리야였는데, 멋대로 그를 따라온 헬가 때문에 귀찮게도 오클레임에 대한 설명을 처음부터 다시 해 줘야 했다.

하긴, 120년 전의 기억이라……. 평범한 사람들의 기억력으로 무리이기는 하다. 그래서 그것이 가능한 유일한 사람을 부른 건데, 왜 따라와서는…….

"일리야."

이미 자신의 차례가 올 것을 알고 준비 중이던 일리야가 한 걸음 앞으로 다가왔다.

"지금으로부터 딱 120년 전 이 시간에 너는 뭘 하고 있었지?"

일리야에게로 시선을 옮겼다. 그러자 멍하니 서 있던 그가 내 질문에 잠시 시계를 들여다보더니, 곧 안 좋은 기억이라도 떠오른 건지 인상을 찌푸렸다.

"일반 서재에서 '윗사람을 다루는 법'이라는 책을 읽고 있었습니다. 정확하게 264페이지의 3번째 줄을 읽고 있을 때, 서재 밖이 소란스러워 책을 덮고 밖에 나갔는데 때마침 기분이 안 좋으신 에이드 님께서 난동을 부리시는 바람에 정확히 3분 24초 뒤,

제가 읽고 있던 책은 창밖으로 던져져 분수대에 빠져 버렸고, 아직까지도 그 뒷내용을 다 읽지 못했습니다."

이런, 괜히 물어봤네.

나를 노려보고 있는 일리야의 시선을 피해, 그나마 만만한 헬가를 바라보며 말을 이었다.

"봤지? 헬가."

"일리야는 메모리아(Memoria), 모든 것을 기억하는 능력자인데 저를 그와 비교하시면 안 되지요!"

그 말대로. 일리야의 능력은 메모리아라는 모든 것을 기억하는 특이한 능력.

지금까지 자신의 눈으로 본, 모든 것과 상황들을 비디오를 보듯 머릿속에서 재생시키거나 되감기할 수 있는 등. 아주아주 편리한 능력이었다.

영생에 가까운 삶을 살고 있는 나에게 있어서는 없어서는 안되는 존재.

다만 몇 가지 불편한 점이 있다면, 정말로 모든 것을 기억하고 있기 때문에 조금 전과 같이 잔소리도 배가 된다는 것과, 이론적 말싸움에서는 이길 수가 없다는 것.

그런 사람과 비교당하는 거 자체가 불공평한 게 아니냐며 날뛰기 시작한 헬가를 애써 무시했다.

저 혼자 목소리를 높이던 그녀가 갑자기 멈칫했다. 그러고는 조용히 한숨을 내쉰다. 묻지 않아도 그녀가 왜 그러는지 알 수 있었다. 나 역시 한숨이 나온다.

"에이드 님, 아무래도 엘리샤 님께서 또 몰래 방을 빠져나오신 거 같은데요……."

헬가는 늘 일리야의 능력이 대단하다느니 부럽다느니 그렇게 말하고는 했지만, 그녀의 고유 능력 역시 그렇게 흔한 건 아니었다.

오른손, 왼손. 이렇게 각각 한 개씩 그녀는 총 두 개의 추적 타깃을 정할 수가 있으며, 타깃 선택은 손에 접촉한 '모든 것'이다.

아무리 의도치 않았다고 해도 그녀가 무심코 잡아 버린 물건들은 자동적으로 타깃이 되었기 때문에, 그녀는 이를 막기 위해 항상 장갑을 끼고 다녔다.

"얼른 가 봐. 엘리샤가 허튼짓 못 하게 잘 감시해."

알겠다며 고개를 끄덕인 헬가가 황급히 밖으로 나갔다.

이럴 때 보면, 일리야도 그렇고 헬가도 그렇고 참 든든하다.

그녀의 능력을 생각해 봤을 때, 엘리샤의 감시를 맡기기에 아주 적합한 인물이었다.

일전에 엘리샤가 바다에 뛰어들었을 때도, 그녀의 위치를 재빠르게 잡아낸 헬가가 아니었더라면 바다에 빠진 엘리샤를 구해 내는 데에 시간이 걸렸을 것이다. 그렇게 되면 최악의 경우에는…… 아니, 이런 건 생각하지 말자.

"그래서 일리야, 다시 본론으로."

다시 일리야에게로 시선을 옮겼다.

"없습니다. 지난 120년 동안, 제 기억 속에 '데우스'에 관련된 기억은 전혀 없습니다."

하긴, 아무리 기억력이 좋다고 해도 참가자 이외의 사람들의 눈에 데우스는 평범한 검은 고양이로 보이기 때문에 일상생활에 숨어 있는 마녀를 찾아내는 건 힘들겠지.

"검은 고양이 수는…… 대충 몇 마리 정도 되지?"

"정확하게 382마리입니다."

대충이라는 내 말이 무색할 정도로 그는 '정확'이라는 단어까지 넣어 단호하게 대답했다.

"하지만 데우스는 오드아이잖아요? 120년간 오드아이인 고양이는 한 마리도 보지 못했습니다."

하긴, 꼭 기억력이 좋은 일리야가 아니더라도 오드아이의 고양이라면 다른 이의 눈에도 띄었을 것이다.

일반적인 고양이의 눈은 한 가지로 통일되어 있기 때문도 있었지만, 원더랜드에서 오드아이는 곧 불길함의 상징. 그런 특이한 고양이를 봤다면 그 어떤 누구라도 기억하기 마련이니까. 그리고 여러 사람의 입에 오르내려 결국엔 내 귀에까지 들렸을 것이다.

헬가도 아니고 일리야도 아니다. 그렇다면 이제 남은 가능성은…….

"혹시 제 도움이 필요하신가요?"

호랑이도 제 말 하면 나타난다더니. 문가에서 높은 음색의 목소리가 들려왔다.

물론 일전에 내린 눈으로 곧 재회할 것을 짐작하긴 했지만, 정말 오랜만이다 보니 반가운 건 어쩔 수가 없었다.

역시나 고개를 돌린 내 눈에는 새하얀 드레스를 입고 있는 백발의 여인이 눈에 들어왔다.

"아이린."

정말 이 타이밍에 알아서 나타나 준 것에 감사할 따름이었다.

"때 맞춰 돌아왔군."

일리야, 헬가와 마찬가지로 120년 전 그 시간을 함께 있어 준 3명 중 마지막 한 명이 그녀였다.

다만 문제의 '그 날', 그녀는 스트레스와 충격을 이유로 장기 휴가를 다녀오겠다며 화이트래빗의 자리에서 물러나 카일룸을 떠나 있었다.

춤을 추듯 밝게 웃으며 다가오는 그녀의 머리 위에서는 아직도 하얀 눈이 내리고 있었다.

'눈'을 다스리는 특이한 고유 능력을 지닌 그녀는 지금처럼 감정을 주체하지 못하거나 흥분하면 저도 모르게 주위의 공기를 얼어붙게 해서 눈을 내리고는 했다.

"오랜만입니다, 에이드 님. 엘리샤 님이 돌아 오셨다는 소식이 들려와 단숨에 돌아왔답니다!"

감격한 건지, 그녀의 눈에서는 얼어붙은 눈물이 뚝뚝 떨어져 바닥을 구르고 있었다.

예나 지금이나 변한 게 없는 모습이었다. 그녀는 이렇게 엘리샤 이야기만 나오면 이상하리만치 흥분해서는 잠시도 가만히 있지 못했다.

한참 동안 정신없이 뱅글뱅글 주변을 돌아다니던 그녀가 드디어 걸음을 멈추었다.

"아, 일리야도 오랜만이네요."

"……."

계속해서 엘리샤 타령을 하던 아이린이 그제야 앞에 서 있는 일리야를 발견한 건지, 뒤늦게 인사했다.

그녀는 밝게 인사했지만, 일리야의 반응은 냉담하기만 했다. 이러한 둘의 대조적인 반응은 익숙했다.

둘은 예전부터 사이가 좋지 않았으니까. 아니, 좋을 리가 없겠지. 아무래도.

그러나 그런 일리야의 반응에도 불구하고, 아이린의 두 눈은 엘리샤를 향한 생각만으로 반짝이고 있었다.

"그건 그렇고, 우리 엘리샤 님은 어디에 계신 거지요? 그동안 못 나눈 이야기를 다 하려면 며칠 밤을 새워야 할 텐데~"

아, 또다시 시끄러워졌다.

그녀의 집중력이 더 흐려지기 전에, 빨리 물어봐야지.

"120년 전, 데우스에 대한 기억이 없나?"

아이린 역시 아까 헬가 때와 마찬가지로 인상을 찌푸렸다. 까마득한 옛날의 기억을 무리하게 돌아보고 있는 게 분명했다.

한참을 생각에 잠겨 있던 그녀가 곧 고개를 절레절레 저으며 말했다.

"흐음…… 잘 모르겠습니다. 제가 알고 있는 데우스에 대한 기억은 오드아이라는 것과 창백한 이미지라는 것밖에……."

"……아이린도 아니란 말인가."

이럴 수가.

120년 전부터 내가 알고, 나를 알고 있는 사람은 이 세 명이 전부일 터.

그런데 이들 모두가 아니라면, 도대체 누가 목격자인 거지? 아무리 머리를 굴려 보아도 달리 떠오르는 이가 없다.

이렇게 된 이상 카일룸에 있는 모든 사람들을 조사해 봐야 하나…….

"아. 헬가를 찾아가면 엘리샤와 만날 수 있을 거야. 당분간 여기서 머물 거지?"

더는 못 기다리겠다며 어느새 문 앞에 서서 대기 중이던 아이린에게 말했다.

그 말을 듣기 무섭게 잠시 어두워 보였던 그녀의 표정이 부담스러울 정도로 환하게 빛나기 시작했다.

"물론이지요! 오랜만에 만나는 엘리샤 님인데!"

……그래도 과거에 잘 어울렸던 친구 같은 존재인데, 함께 있다 보면 엘리샤도 좀 더 카일룸을 편하게 느낄 수도 있으니까.

"그래. 엘리샤를 부탁할게."

그녀의 기억을 되돌릴 수만 있다면, 무엇을 못 하겠는가.

그런 면에서 볼 때, 아이린의 등장은 정말 다행이었다.

하지만 이것은 나만의 생각이었던 모양이다.

퇴장까지도 요란한 아이린이 엘리샤의 이름을 외치며 밖으로 나가기 무섭게, 계속해서 그녀를 응시하고 있던 일리야가 인상을 찌푸렸다.

"……좀 거북합니다."

"그래. 이해를 못 하는 건 아니야."

그는 오래전부터 아이린을 싫어했으니까. 그 점에 대해서는 잘 알고 있다.

그에게는 미안했지만, 지금은 엘리샤의 일이 우선이다. 그리고 이건 그 역시도 잘 알고 있을 것이다.

"하지만 지금은 그럴 때가 아니니까."

"네…… 알고 있습니다."

잠시 말이 없던 일리야가 어두운 표정으로 고개를 끄덕였다.

좋아. 일단 우리는 서로 힘을 합쳐야 하는 상황. 물론 서로가 전부 마음에 들 수는 없겠지만, 이렇게 내부에서부터 분열이 일어나는 건 위험했다.

다시 생각해 보자. 120년 전부터 지금까지 함께한 사람은 일리야, 헬가, 아이린. 이 셋이 전부…….

이 셋 모두가 아니라면 도대체 누가 목격자의 자격을 갖고 있는 거지?

＊　　　＊　　　＊

—*Elisha*

'엘리샤. 우리 재미있는 거 할까?'

언젠가 그레이스가 말했다.

그때는 내가 아직 아카데미에 다니지 않을 때였는데, 그레이스는 무슨 이유에서인지 나를 집 안에만 두려고 했다.

하루 종일 집에만 있으니, 나에게 대화와 놀이 상대는 그레이스뿐이었다.

"재미있는 거?"

내 질문에 그녀는 고개를 끄덕였다. 그러고는 자신의 목에 걸려 있던 목걸이를 풀더니 그것을 나에게 내밀었다.

자세히 보니 그 목걸이에는 펜던트 같은 것이 달려 있었는데, 그게 또 이상한 모양이었다.

흥미로운 모양에 조금 더 자세히 보려고 몸을 숙였지만, 그레이스가 그것을 작은 주머니에 넣어 버리는 바람에 나는 더 볼 수 없었다.

"Hide and Seek(숨바꼭질)."

"숨바꼭질?"

뜬금없이 웬 숨바꼭질이래.

"내가 눈을 감고, 열을 세는 동안 네가 이걸 숨기는 거야."

그레이스가 그 작은 주머니를 나에게 내밀었다.

"아. 내가 숨기면 그레이스가 그걸 찾는 거야?"

"그렇지."

별로 재미있어 보이지는 않았지만, 그녀는 그렇게 생각하지 않는 모양이었다. 평소와 다르게 들떠 있었다. 잘 웃지 않는 그녀가 활짝 웃고 있다. 이렇게 즐거워 보이는데 할 수 없지.

나는 목걸이가 들어 있는 그 작은 주머니를 받았다. 그리고 서서히 떨어지는 카운트다운에 다급히 몸을 움직였다. 그리고 그것을 어딘가에 숨겼다. 그래, 분명히 어딘가에 숨겼다.

내가 좋아하는 장소란 장소는 다 알고 있을 그레이스를 피해, 일부러 집 안에서 내가 가장 싫어하는 곳에 숨겼는데…….

"음…….."

눈을 떴다.

아, 또 꿈이었나 보다.

요즘 들어 이렇게, 그레이스가 꿈속에 등장하는 게 정말 불안했다. 그러고 보니까 살기 바빠서 잠시 잊고 있었는데, 그레이스는 잘 있을까? 나 없이도 괜찮을까?

물론 에이드의 말에 따르면, 그가 제멋대로 나에 대한 기록을 지워 버려서 이 카일룸 밖에는 나를 기억하고 있는 사람이 없을 거라 했다.

그렇다면 그레이스도 날 기억하지 못할까? 지난 십여 년간의 추억을 다 잊어버린 걸까?

막상 그녀가 나를 잊었다고 생각하니까 울컥했다. 눈물이 나올 만큼 슬펐다.

이렇게나 소중한 사람이 나를 기억하지 못한다는 건 매우 슬픈 일이었다.

여러 가지 기분들이 복잡하게 섞여 버렸다. 처음에는 슬펐는데, 어느 정도 슬픔이 잦아드니 뒤이어 죄책감 비슷한 감정이 물려오기 시작했다.

……황제, 그도 이렇게 슬펐을까…….

진실은 알 수 없었지만, 그는 내가 자신을 잊었다고 주장했다. 그리고 정말 슬픈 표정도 여러 번 보여 줬다.

"……."

사실 일어난 지는 꽤 됐지만, 이런저런 생각을 하느라 그 상태로 멍하니 누워 있었다.

"엘리샤."

한참을 그렇게 멍하니 있는데 갑자기 등 뒤에서 익숙한 목소리가 들려왔다.

너무 놀라, 나도 모르게 움찔했다.

지금 시간은 아직 이른 아침. 그리고 지금 이곳은 내 방.

그런데 왜 이곳에서, 그것도 내 등 뒤에서 놈의 목소리가 들리는 거지, 지금?

평소라면 '엘리샤 님. 그만 일어나실 시간입니다.'라는 헬가의 목소리로 시작될 아침인데.

늘 그렇지만 나에게 '상쾌한 아침'이라는 건 주어지지 않는 것이었다.

특히나 오늘만큼이나 이렇게 최악인 적도 없었다.

안 그래도 지금 내 머릿속이 복잡한 원인이 바로 이놈인데, 정말 최악의 타이밍이었다. 이건 거의 재앙이야!

어째서인지 지금 내 눈에 보이는 건 놈의 얼굴이다. 또 어째서인지, 지금 나는 그의 품 안에 안겨 있다. 그리고 정말 어째서인지…… 이 품 안이 싫지만은 않다.

그래, 내가 정말 미쳐 가나 보다.

나는 뿌리치거나 저항하지도 않고, 그저 놀란 눈으로 그를 바라보고 있었다.

방금 잠에서 깬 나와 달리 그의 차림은 아주 말끔했다. 그래서 그런가, 왜 이렇게 잘생겨 보이지. 아 그래, 나는 지금 미쳐 가고 있는 중이었지, 참.

뚫어져라 그를 바라보고 있는데 놈이 그런 나를 보며 씨익 웃는다.

뭐지? 내 표정이 그렇게 웃겼나?

서로 아무 말 없이 바라보기를 한참. 싱긋 웃던 그가 그 상태로 나를 번쩍 안아 들었다.

그때까지도 나는 아무런 말도 하지 않았다. 그러자 계속해서 실실거리던 놈이 이제는 이상한 표정으로 나를 바라보기 시작했다. 그러고는 정말 진지한 표정으로.

"엘리샤."

고작 이름 하나 불렀을 뿐인데 이상하다. 그리고 내 이름을 부른 그 역시도 뭔가가 이상했다. 지금까지 그렇게나 많이 불러 왔던 이름인데, 그의 목소리와 동공이 떨리고 있다.

"……아."

그제야 정신이 번쩍하고 들었다.

생각해 보니 내가 이렇게 얌전히 안겨 있을 때가 아니었다.

원래대로라면 벌써 손이 올라가고도 남았을 텐데. 내 몸에 손 대지 말라고 고래고래 소리를 질러야 했는데.

"이거 봐."

뒤늦게 몸부림을 쳤다. 곤란한 표정을 지을 줄 알았는데, 내 예상과 달리 그는 웃고 있다.

"깜짝이야."

마치 그 표정이 '그럼 그렇지.'라고 말하는 거 같았다.

"엘리샤 맞네."

그럼 내가 엘리샤지 누구야.

그는 내려 줄 생각이 전혀 없어 보였다. 혹시나 내 어필이 부족했나 싶어서 더더욱 몸부림을 쳐 주었다.

"얌전히 있는 게 좋을 거야."

"당신이야말로, 지금 당장 날 내려 주는 게 좋을 거예요."

"안길 때는 가만히 있었으면서, 왜 그래?"

이런, 저렇게 말하면 내가 할 말이 없어지잖아.

그의 품 안에 안겨 있는 내가 할 수 있는 거라곤 열심히 그를 노려보는 것뿐이었다.

내가 아무 말도 못 하고 있자, 그가 웃었다.

"네가 다치면 안 되잖아."

"……."

아, 이놈은 정말 이상하다. 분명히 납치범인데, 이상하게도 나를 감싸고돈다.

가만히 말을 들어 보면, 정말 나를 지켜 주려고 하는 거 같다.

하지만 나는 그것조차도 마음에 들지 않았다. 더욱더 짜증 났다.

그의 품에 안긴 채로 밖으로 나갔다. 잠깐, 도대체 뭐지? 지금 이 모습을 다른 사람들에게 보여 주고 싶어서 이러는 거야? 어? 그런 거야?

나를 안고 밖으로 나간 그가 우리를 기다리고 있던 것으로 추정되는 헬가를 발견하기 무섭게 명령조로 말했다.

"안내해."

안내라니, 무슨 안내?

"아, 네 방을 옮길 거야."

내가 조금씩 버둥거리는 게 신경 쓰였던 건지, 그는 묻기도 전에 알아서 대답했다. 그러고는 앞장서는 헬가의 뒤를 따랐다.

아, 정말 짜증 난다. 내 어깨를 감싼 그의 팔을 탁탁 쳐 주었다. 맞고 있는데도 뭐가 그렇게 좋은 건지, 그는 실실 웃고 있다.

더 짜증이 나서 이번에는 팔을 꼬집었다.

"앗!"

겨우 벗어나는 데 성공했다. 자유를 얻는다는 건 정말 좋은 일이었다.

하지만 지금 내 아래에 있는 바닥은 지나치게 딱딱했고, 그 충격은 곧 온몸에 퍼졌다.

"이런, 괜찮아?"

지금 이게 누구 때문인데. 누구 때문에 이렇게 아파하고 있는 건데!

양심이 없는 건지, 놈의 목소리가 침착하다. 아니, 웃고 있다!

"아니, 당신 때문에 사람이 다쳤는데 좀 당황하기라도 해 봐요."

물론 내가 발버둥 치고, 때리고, 꼬집은 탓도 있었지만 애초에 그가 나를 건들지만 않았더라면 그럴 일도 없었을 테니 무조건 이놈의 잘못이다.

벌떡 일어나려고 했지만 떨어질 때 잘못 떨어진 건지, 발목을 삐끗해 버려 일어날 수가 없었다.

그렇다고 아프다느니 다쳤다느니, 그런 말을 하는 건 또 창피해서 가만히 있었다.

어떻게 하지? 무리해서라도 일어나 볼까 생각하고 있는데 갑자기 발목에 차가운 느낌이 들었다.

서늘한 기분에 깜짝 놀라 고개를 들어 올리니, 걱정 가득한 얼굴의 그가 바짝 다가와 있었다. 내 발목을 쥔 그의 손에 힘이 들어갔다.

왜? 아주 비틀어 버리려고? 아예 못 돌아다니게?

당장 손을 떼라고 소리를 치려고 했는데…… 어. 이상하다. 분명 조금 전까지만 해도 움직이지 못할 정도로 아팠는데…….

"이제 안 아프지?"

그가 활짝 웃으며 물었다.

정신이 번쩍 들었다.

"짧게 말할게. 너를 좀 더 안전한 곳으로 옮길 생각이야."

진짜 짧았다. 내가 무슨 대답을 하기도 전에 그는 나를 다시 안아 들려는 건지 두 팔을 뻗었다.

하지만 내 어깨를 감싸기도 전에 멈칫하고는 뒤로 물러났다.

"얌전히 따라 오겠다고 약속하면, 네가 스스로 걸을 수 있게 해 줄게."

이미 한 번 떨어져 본 적이 있는 나는 다시는 그런 고통을 받고 싶지 않았고, 안전한 곳이라는 게 어디인지는 몰라도 왠지 모르게 믿음이 갔다. 그래서 고개를 끄덕였다.

"알았어요."

그 대신에 그의 손을 꼭 잡고.

아, 힘이 없다는 게 이렇게나 서러울 줄이야.

그가 말한 새로운 내 방이라는 곳에 도착했다. 지금까지 내가 지냈던 방과 마찬가지로, 문에서부터 들어가기 어려운 포스를 내뿜고 있었다.

벽은 당연히 대리석. 그리고 천장 역시 아주 높았다. 그래, 여기까지는 괜찮다.

그런데 어째서 전부 레이스야. 프릴이야. 분홍색이야.

심각한 공주풍 인테리어의 방 앞에서, 나는 지금 들어가기를 주저하고 있었다.

"안 들어와?"

벌써 방 안에 들어가 있는 그는 내 반응을 이해 못 하겠다는 표정이다.

일전의 감옥에서도 그렇고, 이건 정도가 심해도 너무 심했다.

여자의 방이라고 하면 무조건 분홍색이라는 고정관념을 깰 필요가 있었다.

나는 할 수 없이 그 끔찍한 방에 들어섰다.

"전부터 궁금했었는데요, 이 센스는 누구 거예요?"

"⋯⋯혹시 싫어해?"

분홍색을 별로 안 좋아한다는 내 반응에 그가 실망한 눈빛으로 물었다.

"그럼 좋아할 줄 알았어요?"

"앞으로 좋아하면 되지, 뭐."

그럴 거면 왜 물어본 건데?

방에 들어오기는 했지만, 나는 언제든 밖으로 나갈 수 있도록 방문에 딱 달라붙어 있었다.

그러나 나는 그의 손에 이끌려, 의자에 앉을 수밖에 없었다. 그리고 할 수 없이 맞은편에 앉아 있는 그를 바라보았다.

그는 왠지 진지한 표정이었다. 가만히 나를 바라보던 그는 곧 뭔가를 결심한 건지, 심호흡을 하더니 빠르게 말했다.

"나 누구게?"

……혹시 머리에 무슨 문제라도 생긴 걸까? 뜬금없이 자신이 누구냐고 묻다니.

아니면 지금 나랑, 여느 연인들이 밥 먹듯 한다는 애정행각을 벌이고 싶은 걸까? 물론 예전에 비하면 그에 대해 어느 정도 긍정적으로 생각하게 되었다지만, 그렇게까지 친한 사이는 아니었다.

"황제."

당신이 이 세계의 최고이십니다. 설마 이 말이 듣고 싶었던 걸까.

"아니. 그거 말고 이름."

질문이 조금 더 복잡해졌다.

"에이드."

"풀 네임."

이런, 너무 만만하게 생각하고 있었나.

돌발 질문에 내 입은 꿀 먹은 벙어리처럼 다물어졌다.

아니, 이건 내 잘못이 아니다. 쓸데없이 이름이 긴 그의 잘못이다. 그냥 '에이드'면 충분하지 않을까? 내 이름도 '엘리샤'인데.

"……."

예상대로 나는 제대로 대답하지 못했다.

이걸 빌미로 서운하다거나, 너무하다고 툴툴거릴 줄 알았는데, 예상외로 그의 표정은 밝았다. 아니, 오히려 기분이 좋은 사람처럼 환하게 웃고 있다.

정말 정신에 무슨 문제라도 생긴 건 아닌가 하고, 괜찮으냐 물으려는데 갑자기 그가 그 큰 손을 쑥 내밀더니 내 머리 위에 턱 하고 올려놓았다.

"좋아. 머리가 나쁜 걸 보니 역시 엘리샤야."

아, 진짜 기분 나빠.

한계에 다다른 나는 재빨리 근처에 있는 침대에 다가가 베개를 집어 들고, 그를 향해 던졌다.

베개에 실린 나의 분노를 느끼지 못한 건지, 놈은 그저 재미있다는 웃음소리만을 남긴 채 밖으로 도망쳐 버렸다.

"짜증 나."

정말 이상하다. 물론 놈은 원래부터 이상했지만 이제는 나까지 이상해졌다.

예전에는 그렇게 피해 다니기 바빴는데 이제는 놈의 시비 하나하나에 이렇게 반응하게 되다니.

분명 그것 때문이다. 그 '이야기의 벽'을 본 뒤로 내가 이상해졌다.

"정말 모르겠어……."

머리가 복잡하다. 낮잠이나 더 잘까 하고 침대를 향했다.

그런데 그때, 내 주머니 안에서 무언가가 툭 하고 떨어졌다.

"······뭐야."

이제는 아주 작은 소리에도 반응할 정도로 모든 것이 민감해지다니.

재빠르게 고개를 숙인 나는 눈으로 그 소리를 쫓았다. 왜 이게 내 주머니 속에 있었던 건지 모르겠다.

"······주사위?"

바닥에는 검은 주사위 하나가 데굴데굴 굴러가고 있었다.

멍하니 있었던 탓에, 그 주사위는 어느새 탁자의 밑까지 굴러 들어갔다. 일단은 그것을 줍기 위해 몸을 숙였다.

저 멀리 윗면에 '0'이라는 숫자가 적혀 있는 검은 주사위가 보였다.

보통 주사위에 '0'이라는 숫자가 있었나? 고개를 갸웃거리며 손을 뻗었다.

그런데 응? 이상하게도 내 손에는 아무것도 잡히지 않는다.

깜짝 놀라 뒤로 물러나 보니 분명 주사위가 있었던 곳에, 그리고 있어야 하는 곳에 지금은 아무것도 없다.

"······."

예전이라면 놀랐겠지만, 이제 나는 익숙해졌다. 이 카일룸에서는 무언가가 갑자기 나타나고 사라지는 일이 빈번했다. 그것들에 일일이 놀라면 오히려 내 정신만 지치고 피곤하다.

툭하면 정신을 잃었고, 정체를 알 수 없는 이의 목소리도 간간
히 들렸다.

정말 주인으로도 모자라 성까지 미쳤나 보다.

나는 도대체 얼마나 더 이곳에 있어야 하는 걸까?

*　　*　　*

—Aid

Reverse(역전)

정면으로 베개를 맞을 뻔했지만, 그래도 엘리샤의 반응이 전
보다는 나아진 거 같아 기분이 좋았다.

그래, 좋았는데 말이지.

"……벌써 내 차례인가?"

방으로 돌아온 나는 익숙한 침입자의 등장에 살짝 인상을 찌푸
렸다.

검은 꼬마아이가 눈을 번뜩이며 나를 기다리고 있는 게 보인
다. 그 모습이 마치 먹잇감을 기다리고 있는 독사 같기도 하다.

보통 한 번 주사위를 던지고 나서 다시 자신의 차례가 돌아오
는 데에 걸리는 시간은 약 일주일 정도. 그렇게 생각하니까 정말
이번은 이상했다.

겨우 이삼일 정도 지난 거 같은데 벌써 내 차례라니. 이건 너무 수상하다.

어느새 내 앞으로 다가온 데우스는 그저 말없이 주사위를 내밀었다. 나는 그것을 받아 들었다.

"……적어도 일주일은 걸릴 줄 알았는데…… 이렇게 빨리 넘어온 이유가 뭐지?"

데우스의 게임에서 주사위를 던질 기회가 많다는 건 분명 좋은 일이었다.

그만큼이나 마녀에게 질문할 기회를 많이 얻을 수 있다는 것이고, 많은 것들을 알 수 있다는 뜻이기도 했으니까.

하지만 마녀가 등장한 이상, 앞으로는 더 신중해야 했다.

그래야 엘리샤를 지킬 수가 있지.

[……다음 참가자 분께서 '제로(0)'에 걸리셨습니다. 그래서 규칙대로 순서가 역전되었습니다.]

다른 참가자의 불행은 곧 나에게는 행운. 좋아, 이건 기회였다.

받아 든 주사위를 허공을 향해 던졌다.

눈높이보다 조금 더 떠올랐던 주사위가 서서히 낙하하다가 바닥에 닿기 직전에 멈추었다.

주사위의 윗면에 '1'이라는 숫자가 선명하게 빛나고 있다.

조금 아쉬운 감이 있는 숫자였지만, 앞서 다른 참가자가 '0'에 걸렸다는 말을 들은 직후여서 그런지 나름대로 만족스러웠다.

[질문을 해 주십시오.]

데우스가 말했다.

한 번의 질문 기회가 주어졌지만, 나는 고민에 빠졌다. 어떤 질문을 하면 좋을까.

일전에 한 질문에 이어서, 엘리샤의 오클레임?

그래, 그때 분명 세 번째 오클레임에 대한 힌트는 받지 못했지.

하지만 데우스 게임에서 같은 질문을 두 번 할 수는 없다. 그렇다면 세 번째의 위치는 일단 포기해야 한다는 건데…….

"……."

아니, 진정하자.

다시 되찾은 엘리샤에 의해 120년 만에 다시 시작된 데우스 게임이다.

사실은 지난 120년 동안, 계속 묻고 싶었던 질문이 하나 있다. 다만, 그 질문을 하기 위해서는 그 날의 기억을 떠올려야 한다는 단점이 있었다.

하지만 언제까지고 과거에서 도망칠 수는 없겠지. 그런다고 해결되는 건 없을 테니까.

그래, 아파도 마주해야 한다. 마음을 다잡은 나는 고개를 들었다. 그리고 아마도 흔들림 없는 눈빛으로 데우스를 응시했을 것이다.

나에게 더 이상의 망설임은 없었다. 그래, 진실을 받아들일 준비가 되었다.

"……'그 날' 엘리샤를 죽인 건 누구냐."

다시는 떠올리고 싶지 않은 기억이었지만, 나는 사실을 알아야만 했다. 그러기 위해서는 한 번쯤, 제대로 기억을 되짚어 볼 필요가 있었다.

아마도 평생을 살면서도 절대 잊지 못할 '그 날'의 기억.

그래, 120년 전. 내가 엘리샤를 처음 만나게 된 그 시점부터.

제4장
앨리스를 사랑한 황제

—*Aid*

120년 전

황제의 궁, '카일룸' 황제의 방

오늘은 아침부터 기분이 좋지 않았다. 아니지, '오늘은'이 아니라, '오늘도'다.

하긴 언제는 기분 좋았던 날이 있었겠느냐만.

원더랜드의 황제는 인간들이 미처 사용하지 못하고 남기게 되는 시간을 모아 사용할 수 있는 특별한 고유 능력을 갖고 있었다. 그리고 이는 23대째 황제인 나 역시도 마찬가지였다.

다른 사람들은 그런 황제들을 '시간의 주인' 혹은 '영생의 능력자'라고 부르며 부러워했다.

아니, 단순히 황제들의 차고 넘치는 시간이 부러운 거겠지.

하지만 '영원한 시간'? 그것을 바라는 건 인간의 지나친 욕심이었다.

막상 가지고 있으면 별로 도움이 되지 않는 게 바로 이 능력이었다. 이 힘은 그들이 생각하는 것만큼 대단하지 않았고 낭만적이지도 않았다.

오죽하면 영생을 사는 원더랜드 황제들의 평균 수명이 300살을 간신히 넘을까 말까 한 수치를 오가고 있을까.

황제들은 그 긴 시간을 이겨 내지 못하고, 스스로 시간을 버리는 길을 선택함으로써 차례로 이 세상을 떠났다. 그리고 그것은 다음으로, 다음으로, 다음으로 이어져 결국 나에게로까지 왔다.

누군가에게는 남아도는 시간이라는 게 멋져 보일 수도 있겠지만, 황제들에게는 숨이 막히는 지옥이었다.

알고 있는 사람들이 하나둘 떠나가는 가운데 우리의 심장은 아무 일 없었다는 듯 계속해서 뛰었고, 만남과 헤어짐을 반복한 끝에 결국에는 늘 혼자가 되었으니까.

황제는 아이를 갖지 않았다.

때문에 황제가 죽고 나면 그 뒤를 이을 적통 후계자가 없었기 때문에 원더랜드에서 태어나는 아이 중 한 명이 황제의 자격을 갖고 태어나게 되었다.

그 아이를 황제의 자리로 인도하는 것 역시 '운명'의 역할이었다.

아무리 황제들에게는 '하트'라는 존재가 있었다고 해도, 몇백 년을 견딜 수가 없었던 모양이었다.

실제로 운명이 허락한 건 '단 한 명'의 하트를 선택할 수 있는 기회였다.

모든 황제들은 이 기회를 사용하지 못하고 죽었다. 그들은 자신이 없었던 것이다.

평생 동안 단 한 사람만을 사랑할 자신이 없었다. 단 한 번의 선택으로 끝이 나 버리는 이 기회를 섣불리 사용했다가, 또 다른 사랑을 찾게 될까 두려웠다.

그래서 그들은 정식으로 하트를 선택하지 않고, 수시로 하트를 바꾸기 시작했다. 그리고 자신의 시간이 아닌, 그들을 위해 시간을 대신 공급해 줄 제물을 뽑기 시작했다.

정식으로 선택받지 않은 여인이 너무 오래 하트의 자리에 머무를 경우, 자동적으로 정식 하트가 되었기 때문에 그들은 일정한 간격을 두고 계속해서 하트를 바꿔야만 했다.

바늘 가는 데 실이 따라가듯. 하트가 선택되면 자연스럽게 앨리스도 선택되었다.

그러나 그럼에도 불구하고 황제들의 죽음은 계속되었다.

아무리 '하트'라는 존재가 있다고 해도, 몇백 년 이상은 견딜 수가 없었던 모양이다.

멍청한 선대 황제 놈들.

다른 사람들은 갖고 싶어도 못 갖는 시간을 스스로 버리다니.

물론 그들이 그러한 극단적인 선택을 하게 된 이유는 어느 정도 이해가 갔다.

하지만 그것이 그들의 죽음을 완벽하게 설명해 줄 수는 없었다.

"따분하네."

아무도 이해하지 못할 것이다.

아무리 좋은 성이라고 해도, 좋은 방이라도 해도, 좋은 옷이라고 해도, 좋은 음식이라고 해도.

내가 지금까지 살아온 인생, 150년이라는 시간 동안 같은 성, 같은 방, 같은 옷, 같은 음식을 맛보는 이 지겨움을. 이 따분함을.

늘 똑같이 해가 떠오르는 것을, 똑같이 해가 지는 것을 장장 150년이라는 긴 시간 동안 보고 있는 자의 고통을.

아, 하지만 나는 절대 스스로 시간을 버리는 정신 나간 짓은 하지 않을 것이다.

나는 내 앞에 있었던 황제들과는 달랐으니까. 그런 멍청한 황제로서 기억되고 싶지 않으니까.

보기만 해도 푹신푹신한 침대를 향해 몸을 날렸다. 이제는 이 부드러움조차도 지겹게 느껴지고 있었다. 너무 오랜 시간을 느끼다 보니 감각 역시 무뎌지는 기분이 들었다.

그래, 뭔가 새로운 게 필요해. 특이한 거. 지금까지는 없었던 거.

"일리야."

내 부름에 기다릴 시간도 없이 바로 방문이 열리고, 일리야가 들어왔다.

"예. 에이드 님."

그의 얼굴은 내가 자신을 왜 불렀는지, 이미 다 알고 있다는 표정이었다.

"그러고 보니까 처리했나?"

뜬금없이 처리했냐는 내 질문에 그는 대답이 없다. 지금 다 알아들었으면서도 모르는 척을 하고 있는 게 분명하다.

아니, 됐어. 못 알아들었다면 친절히 알려 줘야지. 그 정도의 아량은 있으니까.

"47번째 하트 말이야."

"아…… 네……."

"내가 오늘 안으로 처리하라고 하지 않았나?"

문가에 서 있는 그의 표정은 좋아 보이지 않았다. 그 창백한 모습을 보니 지루하고 따분하기만 했던 일상에 그나마 숨통이 트이는 기분이 들었다.

"……처리했습니다."

그래. 명령에는 절대적으로 따르는 일리야라면, 명령대로 그 처리 과정을 끝까지 지켜보았을 것이다.

돌아누우며 말했다.

"그럼 새로운 하트를 구해 와. 이번에는 좀 더 특이하고 재미있는 녀석으로."

"예. 에이드 님."

곧 밖으로 나가는 걸음 소리와 함께 문이 닫히는 소리가 들려왔다.

지금쯤 분명, 밖에서는 궁인들이 나에 대해 신나게 떠들어 대고 있겠지. 또 한 명의 하트를 처형시킨 나에 대해서.

영원한 사랑? 웃기지도 않는다.

그건 '유한'적인 삶을 사는 평범한 인간들이나 아무렇지 않게 내뱉는 소리이다.

짧은 인생을 살다 가는 그들에게는 '영원'이라고 해 봤자 고작 몇십 년일 테니까.

진정한 '영원'을 아주 조금이라도 맛본다면, 그런 말은 함부로 하지 못할 것이다.

평생 한 사람만을 사랑하겠다는, 그런 말도 안 되는 헛소리 따위.

일리야에게 뒤처리를 맡긴 뒤, 나는 눈을 감았다.

*　　*　　*

너무 많이 잤나?

머리가 깨질 거 같은 어지러움을 느끼면서 침대에서 힘겹게 일어났다.

목이 칼칼해서 물을 마시기 위해 테이블에 다가가는데, 발밑으로 뭔가 어두운 그림자가 보인다.

요즘 들어 자주 보는 검은 그림자였다.

"오랜만이군. 데우스."

'운명'의 목소리를 전하는 사자.

내 눈에 비춰지는 그 모습은 고작 5살 정도 되는 어린아이의 모습이었지만, 선대들이 남긴 기록에서도 그녀가 등장하는 걸 보면 아주 오래전부터 존재했던 것으로 추정된다.

이유는 모르겠지만, 나는 그냥 그녀가 불편했다.

딱히 나에게 무슨 짓을 저지른 적도 없지만 될 수 있는 한 그냥 거리를 두고 싶었다.

[오랜만입니다. 황제 폐하.]

목소리 역시 외형과 마찬가지로 어린아이의 목소리였다.

"무슨 일로 온 거지?"

더 이상 쳐다보는 것도 싫어 고개를 돌리며 퉁명스럽게 물었다.

아무리 눈앞에 있는 마녀가 작고 연약한 어린아이의 모습을 하고 있다고 해도, '운명'과 관련 있는 존재였으니까.

운명은 우리 황제들조차 어찌하지 못하는 그런 신적인 존재였다. 그런 운명의 사자를 예쁘게 보려야 볼 수가 없었다.

내 질문에 서서히 고개를 들어 올린 데우스가 나를 바라보았다. 웬일로 그녀는 지금 웃고 있다.

[새로운 '앨리스(Alice)'가 선택됐습니다.]

황제의 신부, '하트'는 황제의 의지로 선택하되 '앨리스'는 운명이 선택한다. 이것이 규칙.

때문에 이 마녀의 앨리스 통보는 별로 대단한 일이 아니었다.

실제로 오늘 처형시킨 하트가 47번째인 것을 생각해 봤을 때, 마찬가지로 47명의 앨리스가 있었다는 뜻이었으니까. 그리고 이번이 벌써 48번째.

하지만 지금까지 있었던 47번의 경험과는 분명하게 다른 점이 있었다.

나는 표정을 굳히고 데우스를 바라보았다.

"무슨 생각인 거지? 나는 아직 '하트'를 선택하지 않았는데?"

하트와 앨리스의 선택에 있어서 무엇이 먼저인지는 중요하지 않았다. 딱히 규칙으로 정해져 있는 것도 아니었다.

다만 지금까지는 늘 하트 선택이 먼저였다.

기분 나쁘니 숨기고 있는 게 있으면 말하라고 했지만, 데우스는 그저 입꼬리를 올리며 웃을 뿐 내가 원하는 대답은 나오지 않았다.

[운명의 말을 전하겠습니다.]

역시. 그냥 온 게 아니었어.

"……그래."

[……오만한 시간의 지배자이시여. 당신은 모든 것을 가졌다고 생각하겠지만, 딱 한 가지를 갖지 못하게 되는 날이 올 것입니다.]

운명이라는 말에 일단 긴장부터 했는데 그 긴장이 우스울 정도였다.

내가 '갖지 못하는 게 생기는 날'이 올 거라는 충고라니.

당장에라도 비웃고 싶었지만, 여전히 의미심장한 미소를 지은 채로 다물어지지 않는 마녀의 입을 보아 아무래도 그 충고라는 것이 여기서 끝이 아닌 거 같았다.

내 짐작대로 그녀의 말은 뒤이어 계속되었다.

[그리고 당신은 그 '한 가지' 때문에 모든 것을 가졌음에도 불구하고 불행해질 겁니다.]

황제에게 불행이라.

기껏 분위기 잡고 말하고 있는 마녀에게는 미안하지만, 나는 지금도 그렇게 행복하다는 생각은 하지 않았다. 굳이 말하자면 불행에 가까웠다.

죽은 거나 다름없이 살고 있는 이 삶과 행복은 거리가 멀었다.

다만, 그녀의 말에서 한 가지 걸고 넘어가고 싶은 게 있다면 바로 불행의 원인이 '그 한 가지 때문에'라는 대목이었다.

다른 건 몰라도 갖지 못했기 때문에 불행하다는 건 나와 어울리지 않았다. 지금까지 그런 건 겪어 본 적 없었고, 앞으로도 그럴 테니까.

"내가 갖지 못한 것? 하하. 그런 게 있다면 꼭 좀 한번 보고 싶군. 도대체 어떤 건지 말이야."

분명 운명이 나에게 경고했다.

그러나 내 마음은 그에 대한 두려움보다, 지금까지 겪어 보지 못한 새로운 '설렘'으로 가득 찼다.

그런 나를 바라보고 있던 데우스는 다시 한 번 웃었다.

이제껏 본 적 없던 그녀의 미소를 오늘만 해도 벌써 몇 번째 보는 건지 모르겠다.

나를 향해 미소 짓던 데우스가 돌아서며 마지막으로 말했다.

[……분명히 기대하셔도 좋을 겁니다. 그것은…… 당신에게 심장이 찢어지는 고통을 가르쳐 줄 테니 말입니다.]

"그래. 어디 한번 기대하지."

계속되는 경고에도 불구하고 나는 심각성을 느끼지 못했다. 오히려 앞으로 나에게 닥칠 일이 기대가 되기까지 했다.

한편 그 시각.

거대한 황제의 성, 카일룸의 정문 앞에는 어느 금발의 여인이 서 있었다.

여인은 높은 정문을 올려다보고 있다.

잠시 뒤 그녀는 아주아주 밝은 표정으로 활짝 웃으며 외쳤다.

"이곳이 그 재수 없는 황제가 살고 있다는 성인가?"

밝게 웃는 금발 여인의 새하얀 어깨에는 '48'이라는 낙인이 찍혀 있었다.

*   *   *

황제의 신부 하트(Heart)를 위한 제물 앨리스.

원더랜드의 초대 황제였던 '리 샤이칸 이안'이 제물로 선택된 여인을 '제물'이라는 말 대신 '앨리스'라고 칭한 것을 시작으로, 지금까지도 그리 불리고 있었다.

Name   : Alice

Number   : 48

Power   : Puella

"벌써 48번째네……."

팔랑거리는 종이에 박혀 있는 검은 글자들을 읽어 내리던 나는 그 종이를 아무렇게나 구겨서 던져 버렸다.

시녀들이 알아서 치우겠지.

"그나저나 푸엘라라니, 특이하긴 하네."

사실은 이렇게 앨리스에 대해 관심을 가져 본 적이 없었다.

앨리스를 선택하는 건 운명의 역할. 그들이 어떤 사람을 제물로 선택하든 나는 관심이 없었다.

그래서 지금까지 단 한 번도, 그들이 연행되어 카일룸에 오는 걸 본 적도 없었고 그들이 수감되어 있는 감옥을 찾은 적도 없었으며 의식이란 이름의 처형을 당하는 마지막 모습까지도 본 적이 없었다.

아니, 그냥 앨리스로 선택된 이들을 본 적이 없었다.

내가 신경을 쓰지 않아도 그들은 선택이 되었고, 알아서 처형되었으니까.

애초에 존재했다는 것도 모르게, 그들은 조용히 사라졌으니까.

지금처럼 일리야에게 새롭게 선택된 앨리스에 대한 정보를 요구한 건 이번이 처음이었다.

아무래도 이번만큼은 그냥 무시할 수가 없었다.

순서가 뒤바뀌어 먼저 선택이 된 앨리스였으니까. 그리고 그것은 운명이 어떤 이유로 선정을 서둘렀다는 뜻이기도 했고.

하지만 이번에 48번째 앨리스로 선택된 제물의 신상 정보를 보니, 괜한 걱정이었다는 생각이 들었다.

"에이드 님."

언제 온 건지, 정말 기척도 없이 다가온 일리야가 나를 불렀다.

귀찮아서 대답을 하지 않는데, 이제는 내 기분을 읽을 수 있는 지경에 이른 그는 한숨을 내쉬며 알아서 말을 이었다.

"오늘 새로운 앨리스가 왔다고 합니다. 만나 보실 건가요?"

뭐? 앨리스? 오늘 바로 들어왔다고?

도대체 이번에는 뭐가 이리 빨리 진행되는 건지 모르겠다. 선택만으로도 빠르다는 생각이 들었는데 벌써 수감이라니, 왠지 조금 불안해지는데.

"언제는 만났나."

"하지만 이번에는 꽤 관심이 있으신 거……."

"도망치지 못하게 잘 가둬 둬라. 저항은 심하겠지만, 벌써 48번째니 이제 병사들도 익숙해졌겠지."

별로.

여전히 앨리스에 대해서는 관심이 없노라, 일부러 더 아무렇지 않게 말한 감도 없잖아 있었다. 무언가에 열중하거나, 흥미를 보이는 등의 모습을 남들에게 보이고 싶지 않았으니까.

그게 왜 그렇게 싫은 건지 제대로 생각해 본 적이 없었지만, 어쩌면 남들이 나에 대해 알아 간다는 것이 그냥 싫었던 게 아닌가 싶었다.

일리야에게서는 아무런 대답도 들려오지 않았다.

내가 무리한 부탁이나 말도 안 되는 명령을 내려도 대답만큼은 꼬박꼬박 하던 그가 조용하니, 이상했다.

왜 그러느냐는 표정으로 돌아봤는데 그는 뭔가 찝찝하다는 표정으로 생각에 잠겨 있었다.

혼자만의 생각에 빠져 있던 그는 내가 자신을 바라보고 있다는 걸 뒤늦게 알아차리고는 어색하게 웃었다.

하지만 나는 이미 그의 미스터리한 표정을 본 뒤였다.

"그게…… 이번 앨리스는 조금 특이한 거 같습니다."

특이하다? 그건 이미 내가 아까 한 말이었다.

이번 앨리스는 푸엘라. 마력을 사용하지 못하는 마법사였으니 특이할 수밖에.

"카일룸까지 오는 도중에 단 한 번의 저항도 없었다고 합니다. 감옥에 들어가는 것 역시 마찬가지였고, 심지어 웃는 얼굴로 간수들과 이야기까지 나눈다고……."

확실히 특이했다.

지금까지의 앨리스들은 하나같이 저항을 하는 바람에 간수들이 상당히 애를 먹었다고 들었다.

이는 새로운 앨리스가 선택되고 공식 처형식인 '앨리스 의식'이 있기 전까지 늘 있는 행사였다.

오죽하면 간수들은 새로운 하트가 선정되면, 그때부터 미리 마음의 준비를 할 정도였다.

물론 그들이 저항하는 이유를 모르는 게 아니다. 그리고 이해를 못 하는 것도 아니다.

억울하겠지.

평범하게 잘 살고 있다가 앨리스니 뭐니 하는 말도 안 되는 제물로 뽑혀서 죽기 위해 이곳에 왔는데, 가만히 있으면 바보지. 아무렇지도 않게 받아들이면 오히려 더 이상하지.

하지만 이번만큼은 다르다고 한다.

아, 어쩌면 이번에 선택된 앨리스는 아무런 마력이 없는 푸엘라여서 미리 모든 것을 포기한 걸지도.

뭐 어때. 조용하면 오히려 더 좋지.

"긴장 풀지 말고 잘 감시해라. 그러다가 언제 그 가면을 벗고 도망치려고 할지 모르니까."

"예. 알겠습니다."

깔끔한 대답과 함께 일리야가 물러났다.

바쁜 그와 달리 여유로운 나는 멍하니, 느릿한 걸음으로 정처 없이 성 안 복도 여기저기를 돌아다녔다.

어떻게 시간을 죽이면 좋을까 고민하다가 시계를 보니, 오늘 하루가 끝나기까지 아직도 10시간 이상이나 남아 있다.

낮잠이나 잘까 하고 방으로 가 문을 열었는데, 이상하게 들어가고 싶은 생각이 들지 않았다.

밖에서 안을 들여다보기만 했다.

얼마 전에 매일 보는 방 풍경이 지겹다는 이유로, 벽의 색이며 창의 위치며 가구들까지 전부 싹 바꾼 나의 방이었다.

그러나 너무나도 완벽하게 내 취향에 딱 맞추어진 방은 오히려 날 더 지루하게 만들었다.

뭔가 '다른 것'이 있었으면 좋겠는데…….

평소와는 다른, 늘 정해져 있는 틀에서 벗어난 무언가가 필요했다.

그만큼이나 나는 너무나도 큰 지루함에 숨이 막혀, 미쳐 버릴 거 같았다.

방 안에는 들어가지 않고 뒤로 물러나 문을 닫아 버렸다. 막상 보니까 들어가기가 싫었다.

이제 뭘 하면 좋을까 하는 고민에 빠진 채 카일룸을 돌아다니던 내가 선택한 곳은 결국 서재였다.

비슷한 말이기는 했지만, 왠지 '서재'라는 말보다는 '도서관'이라는 말이 더 어울릴 거 같은 곳이었다.

눈앞에 있는 문의 크기만 봐도 그러하다.

이곳의 규모는 어마어마했다.

그 거대한 서재 문을 열고 안으로 들어갔다.

여전히 방대한 양의 책들이 나를 반겼다. 들어서기 무섭게 보이는 수많은 책들이 넓은 서재 안을 가득 채우고 있었다.

오죽하면 오래 살고 있는 나도, 아직 이곳을 채운 책의 절반도 읽지 못했을 정도이다.

아니, 내가 몇백 년을 더 산다고 해도 다 읽지 못할 만큼의 책이다.

어디서부터 손을 대면 좋을지 몰라, A열부터 끝까지 읽어 볼 생각이다.

원형으로 되어 있는 이 서재의 중심에는 편하게 책을 읽을 수 있도록 책상과 의자들이 놓여 있다.

미리 표식을 해 둔, 다 읽지 못한 책을 찾아들고는 그곳을 향했다.

그런데 뭔가가 이상하다.

"……뭐지?"

책상 위에는 책이 한 무더기 쌓여 있었다.

그냥 쌓아 올린 것도 아니고 들쑥날쑥한 데다가 심지어는 펼쳐져 있는 책도 있었다.

어째서? 내가 마지막으로 이곳에 왔던 건 불과 며칠 전인데. 그리고 서재 안은 시녀들이 매일같이 청소를 하고 있을 텐데.

"……누군가가 들어왔다는 건가."

분명 서재 청소는 오전. 그리고 지금은 오후.

청소 시간이 지난 뒤에 이렇게 어지럽혀져 있다는 건, 두 가지의 이유를 생각해 볼 수 있을 것이다.

첫째, 시녀들이 청소를 대충하거나 아예 하지 않았을 경우. 둘째, 청소 후에 누군가가 이곳에 들어와 새로이 어지럽혀 놓았을 경우.

사실 첫 번째의 가능성은 거의 제로였다.

자신의 부인인 하트도 가차 없이 제거하는 황제인데 감히 어느 시녀가 겁 없이 제 할 일을 대충 하겠는가.

그렇다면 남은 건 두 번째의 가능성인데 이것도 조금 말이 되지 않았다.

멍하니 또 다른 가능성에 대해 생각하고 있을 때였다.

덜컹.

응?

갑자스러운 소음에 정말 오래간만에 내 심장이 뛰기 시작했다. 두려움? 아니, 그런 것이 아니다. 이건 '흥분'이다. 그렇게 찾아 헤맸던 그 기분에 매우 가까운 기대감과 흥분이었다.

간만에 찾아온 설렘이 내 지루한 머릿속과 마음을 두드리고 있었다.

그래, 지금 나는 즐겁다. 즐거운 마음으로 소리의 근원지를 향해 책장의 숲으로 걸어 들어갔다.

'무언가'가 내 머리 위에 떨어지기 전까지는 마냥 즐겁고 기대되는 마음이었다.

"뭐야!"

딱딱한 무언가가 내 머리 위에 떨어졌다.

예고도 없이 갑작스럽게 찾아온 충격에 놀란 것도 있었지만, 정말 아팠다.

내 머리를 강타하고 바닥에 떨어진 그 물건의 정체는 다름 아닌 책이었다. 그것도 엄청나게 두꺼운 책 한 권.

충격과 고통이 가시고 나니 남는 건 짜증뿐이다.

아직도 지끈거리는 머리를 붙잡고 비틀거리던 내가 넘어지는 것만은 피하기 위해, 재빨리 바로 옆의 책장을 손으로 짚었다.

도대체…… 도대체 누가 무례하게!

그때였다.

"아. 죄송해요! 괜찮으세요?"

이 장소에서 절대 들려서는 안 될 타인의 목소리에 놀란 나는 재빠르게 고개를 들었다. 그리고 사다리 위에서 나를 내려다보고 있던 비취색의 눈과 부딪혔다.

서재 안에 있는 신비로운 여인.

긴 금발을 땋아서 뒤로 넘긴 그녀는 제법 단정해 보였다. 그렇다고 시녀 같냐고 묻는다면 또 그렇다고 대답할 수도 없었다.

차림부터가 달랐다. 그녀는 하얀 원피스를 입고 있었다. 지나가며 볼 수 있었던 고용인들의 옷과는 확실히 달랐다.

어쨌거나 보기만 해도 아슬아슬한 높이의 사다리 위에서 뭘 하고 있던 건가 싶었는데, 아까 내 머리 위로 떨어진 책도 그렇고 지금도 그녀의 손에 들려 있는 책도 그렇고…… 가만 보니 그 위에서 책을 읽고 있었던 모양이다.

위험하잖아!

"……이곳은 아무나 함부로 들어올 수 있는 곳이 아니다. 어떻게 들어온 거지?"

"음……."

내 질문에 사다리 위의 그녀는 고민에 빠진 건지, 입을 삐죽 내민 채 책에서 시선을 떼었다.

그래, 생각하는 건 좋아. 그런데 일단은…….

"일단 좀 내려오는 게 어때?"

그 말에 꽤 깊은 생각에 잠겨 있던 여인의 눈빛이 반짝하고 빛났다. 그녀는 고개를 끄덕였다. 그리고 순식간에 내려와서는 지금 이렇게 내 앞에 서 있다.

나는 가만히 그녀를 관찰했다.

가까이서 보니 그 비취색의 눈동자가 더더욱 신비롭게 느껴졌다.

"안녕하세요."

뜬금없이 인사를 하는 여자.

제멋대로 서재에 침입한 것을 추궁해야 한다는 것조차 잊게 만들 정도로 그녀는 엉뚱했다.

"뭐, 뭐야……."

지금까지 나는 '당황'과 '동요'라는 단어와 가까이 지내 본 적이 없었다.

그런데 지금 내가 딱 그렇다. 나는 지금 이 상황이 당황스러웠고, 동요했다.

그러거나 말거나 나를 뚫어져라 바라보고 있던 그녀가 갑자기 부담스러울 정도로 눈을 반짝였다.

마치 재미있는 걸 발견했다는 듯한 반응에 순간 나는 긴장했다.

그녀가 활짝 웃으며 말했다.

"금발에 푸른 눈! 당신이 그 재수 없기로 소문난 황제군요!"

어이가 없어도 이렇게나 없을 줄이야.

오죽하면 이제는 화조차 나지 않을 정도였다.

"그래. 맞아."

쿨하게 인정했다.

나 역시 스스로의 성격이 좋다고 생각하지 않는다. 하지만 이렇게 대놓고 욕을 먹는데 기분이 좋을 리가 없었다.

슬슬 열 받기 시작한 나는 인상을 찌푸렸다.

한바탕 고함을 지르려는데 눈앞의 여인은 겁을 먹기는커녕 오히려 재미있다는 얼굴로 나를 바라보고 있다. 도대체 겁이 없는 건지, 아니면 생각이 없는 건지 모르겠다.

"화가 나면 몇 년은 더 늙어 보인다는 소문이 사실이었네요. 웃으세요. 안 그래도 오래 사신 분이."

"이봐!"

뭐 이런 어이없는 여자가 다 있지? 이런 경우에 나는 어떻게 대처해야 하는 거지? 이런 상황에 대한 대처법 따위 생각해 본 적이 없었다. 아니, 애초에 그런 걸 생각할 필요조차 느껴 본 적 없었다.

일단 목소리가 크면 이기는 거라고, 어디건가 들은 말이 있어서 대뜸 외쳤다.

다행히도 어느 정도의 효과는 있어 보였다.

깜짝 놀란 건지, 여자가 움찔거리는가 싶더니 이내 서서히 뒷걸음질을 치기 시작했다.

꼬리를 내리는 그 반응에 나는 만족스러운 미소를 지었다.

그래. 이제 천천히 그녀의 정체를 알아봐야겠다고 마음먹고 있는데, 잠시 문 쪽을 응시하는가 싶던 그녀가 갑자기 내 손에 들려 있던 두꺼운 책을 빼앗듯 가져가 버렸다.

이건 또 뭐하자는 건가 싶어서 말없이 노려봤지만 그녀는 혼자 바빴다.

"이만 가 봐야겠어요. 아, 책이 이렇게 많은데 몇 권쯤 빌려 가도 괜찮겠지요? 반드시 제자리에 돌려 놓을 테니까요. 그럼!"

내가 무슨 말을 하기도 전에 그녀는 밝게 웃으며 꾸벅 인사를 하더니 그대로, 정말 그대로.

말도 안 되게 눈앞에서 사라져 버렸다. 정말 순식간에.

뭐지? 방금 그건 환각이었나? 아니, 그럴 리가.

내 손에 들려 있던 책을 그녀가 가져가 버렸다. 그렇다는 건 환영(幻影) 따위가 아니라는 건데…….

그렇다면 순간 이동의 능력자인가? 아니, 그것도 말이 되지 않았다.

황제의 성 카일룸에 출입하는 사람들은 하나같이 철저한 조사를 받아야 했다.

스스로의 위치를 이동시킬 수 있는 능력자들도 정문을 지나야만 들어올 수 있는 게 이 카일룸이다.

홀로 멍하니 방금 만난 여인의 정체에 대해 고민하고 있는데, 서재의 문이 열렸다. 그리고 좀 전에 호출한 일리야가 다급히 뛰어 들어왔다.

"부르셨습니까?"

"혹시 오늘 외부에서 온 방문자가 있었나?"

재빨리 물었다. 그러자 인상을 찌푸리며 기억을 더듬는가 싶던 일리야가 고개를 절레절레 저었다.

"아니요…… 어제부터 오늘까지는 단 한 명의 방문자도 없었습니다."

그렇다면 역시 침입자인가…….

"……무슨 일 있으십니까?"

무슨 일이 있냐고? 그러게. 무슨 일이 생겨 버렸네.

고개를 돌리니 걱정 가득한 일리야의 얼굴이 보인다. 분명 또 내가 무슨 일을 저지를까 걱정된다는 표정이었다.

"……아니. 별일 아니야. 나가 봐."

정말 이상하다.

평소의 나라면 일리야에게 방금 만난 침입자를 잡아오라고 호통쳤을 텐데 거짓말을 하고 있으니 말이다.

그냥 머리가 복잡했다. 혼자만의 조용한 시간이 필요했다.

아무런 준비도 되어 있지 않은 상태에서, 그녀의 등장은 너무나도 강렬하고 순식간에 지나가 버렸다.

도대체 누구지?

아니, 이제는 그녀가 누구고 정체가 무엇인가는 상관없다.

지금 이 상황이 아주 조금은 재미있다는 거. 그거 하나면 충분하다.

나는 아마 그녀를 쉽게 잊지 못할 것이다. 그 증거로, 지금 내 머릿속은 그 신비로운 비취색의 눈빛으로 가득 차 있었다.

*　　*　　*

"에이드 님. 어디 가세요?"

"……."

안 그래도 불안했는데, 뒤돌아보니 또 저놈이 서 있다.

평소에는 내가 어디에서 뭘 하든 묻지 않았던 일리야가 요즘은 이렇게 집요하다.

문제는 묻는 데에서 그치는 게 아니라, 어느샌가부터 내 뒤를 쫓기 시작했다는 거. 이거 정말 큰 문제였다.

"……서재에 간다."

'서재에 가니까 따라오지 마라.'라는 압력을 가득 담아 굵고 짧게 말했다.

그런데 눈치가 없는 건지 아니면 반대로 너무 빠른 건지, 녀석은 계속해서 내 뒤를 쫓고 있다.

곧 있으면 서재에 도착하는데 아직도 내 뒤를 따르고 있는 녀석을 보니 슬슬 초조해진다.

이러다가 서재 안까지 따라 들어오려는 건 아니겠지?

나름대로 아무렇지도 않은 표정으로 슬쩍 일리야를 돌아봐 주었다.

"……서재까지 따라올 생각이냐?"

"뭘 그렇게 당황하십니까?"

이런, 눈치가 빠른 거였구나.

아주 조심스럽게 슬쩍 떠보듯 물었는데, 이제는 일리야의 날카로운 눈이 나를 바라보고 있다.

생각해 보니까 항상 당연하다는 듯 명령을 하고 있지만, 거짓말로 놈을 제대로 속여 본 적은 한 번도 없었다.

"당황하긴. 웃기지도 않는 소리를 하는군."

"에이드 님, 아까부터 눈은 화가 나셨는데 입꼬리는 올라가 있으십니다. 아무렇지도 않은 표정 지으려고 필사적이신 거 다 티납니다. 그래서 대단히 송구스럽지만 상당히 웃깁니다."

윽. 내가 어쩌다 이렇게 됐지.

어떻게든 아무렇지 않은 표정을 유지하며 겨우겨우 서재의 입구에 도착했다.

아직까지도 따라붙어 있는 놈을 향해 마지막으로 '정말 따라 들어오려는 건 아니지?'라는 표정으로 바라보자, 뭐가 웃긴 건지 녀석이 고개를 돌리며 피식 웃는다.

"요즘 들어 서재에 자주 가시네요. 뭐, 심심해 죽겠다는 표정으로 짜증 내시는 거보다는 훨씬 좋지만요."

표정이 웃고 있다. 그것도 아주 활짝.

최근 들어 이렇다. 일리야뿐만 아니라 요즘 카일룸 곳곳에서 웃음소리가 들려오고는 했다.

내가 너무 풀어졌나? 그래서 지금 이것들이 나를 만만하게 보기 시작한 건가?

"그럼 저는 이만 돌아가 보겠습니다."

다행히 일리야는 서재 안까지는 따라 들어오지 않았다.

딱히 일전에 서재 안에서 만난 여인에 대해 숨길 필요는 없었지만 그래도, 그래도 그 정체가 뭔지를 우선 파악한 다음에 그에게 알릴 생각이었다.

그래, 최근 들어 내 태도가 이상하다는 건 나 자신도 어렴풋이 깨닫고 있었다. 그러니 나는 그녀를 더더욱 만나야만 한다.

분명 내가 이상해지기 시작한 건 그녀를 처음 본 그 날 이후였으니, 한 번 더 만나면 나에게 생긴 이 이상한 현상이 뭔지 정확하게 알 수 있을 테니까.

문을 열고 서재 안으로 들어섰다.

당연한 말이었지만, 서재 안은 변한 게 없었다. 여전히 조용하고 웅장한 책들이 나를 반겼다.

서재의 중심부로 향하는 걸음이 나도 모르게 빨라지기 시작했다.

약간의 기대와 설렘이 심장을 정신없이 뛰게 만들었다.

스스로의 심장이 뛰는 소리를 들으며 내 키의 몇 배나 되는 높은 책장들을 스치고 스쳐 지나, 겨우 탁 트인 공간에 도착했다.

하지만.

"……오늘도 안 온 건가……."

그녀와 처음 만났던 날에 나를 반겼던 지저분했던 책상과는 반대로, 책 한 권도 없는 깔끔한 책상에 나는 실망하고 말았다.

실망? 아니, 내가 이렇게까지 그녀를 만나고 싶어 하는 이유는 분명 그것 때문이다.

그 무례한 여인에게 아무런 말도 하지 못하고 실컷 당했다는 것에 자존심이 상한 게 분명하다.

뭐라고 한 마디라도 해 줘야 분이 풀릴 거 같은데 문제는 그날 이후로 벌써 3일이나 지났음에도 불구하고 그녀의 그림자조차 보지 못했다는 것.

그녀는 그날 갑자기 사라진 이후로 모습을 나타내지 않고 있었다.

하루하루가 시간이 느리게 간다고 느끼며 지겹기만 하던 나는 이 넓은 카일룸을 구석구석 돌아다니기 바빴다.

카일룸을 전부 돌아보는 데에 걸린 시간이 딱 3일이었다.

나름대로 궁 안의 이곳저곳을 돌아다니며 찾아봤지만 도무지 그녀를 만날 수가 없었다.

도대체 어디에서 온 거지? 그리고 이곳에는 또 어떻게 들어왔던 거고?

정말 물어볼 게 산더미처럼 쌓여 있는데 정작 대답해 줄 사람은 나타나지 않고 있다.

"하아……."

한숨을 내쉬며 의자에 털썩 앉았다.

멍하니 위를 올려다보니 유리로 되어 있는 천장 너머로 파란 하늘이 보였다.

정말 신기하게도 지난 3일 동안은 하루가 너무 빨리 가는 것

같다는 기분이 들었는데, 오늘은 달랐다.

그 파란 하늘에 떠 있는 구름의 움직임만큼이나 지루할 정도로 느릿느릿하고 답답했다.

생각해 보니까 지금 이게 원래의 내 일상이었다.

뭘 하며 하루를 보내면 좋을까 고민하다가 결국에는 아무것도 하지 않고 멍하니 시간을 보내고 마는.

평소 생활로 돌아온 것뿐인데 왜 이렇게 더 미칠 거 같지.

그렇게 한참을 말없이 하늘을 바라보고 있었다.

바로 그때.

팔랑. 팔랑.

아주 작은 소리였기 때문에 못 알아차릴 수도 있었지만, 내 귀에는 확실하게 들렸다.

어떻게 이걸 들을 수 있었을까 싶을 정도로 작은, 책장을 넘기는 가벼운 소리.

정신이 번쩍 들었다.

지금 내 손에는 서재 안의 그 널리고 널린 책 한 권 없다. 그렇다는 건 누군가가 여기에서 책을 읽고 있다는 이야기인데……
한 가지 의문점이라면, 문이 열리는 소리를 듣지 못했다는 것.

분명 이 서재 안에는 나 혼자 있었다. 그런데 지금 누군가가 책을 읽고 있다…….

매우 수상한 상황이었지만 내 입은 주체할 수 없을 정도로 옆으로 늘어졌다.

재빠르게 자리에서 일어난 나는 소리가 난 책장을 향해 달려 갔다. 그리고 도착했다.

역시나. 본능적으로 몸이 이끌려 간 곳에는 그녀가 있었다.

이번에는 위험해 보이는 사다리 위가 아닌 맨바닥에 자리 잡고 앉아 독서 삼매경에 빠져 있었는데, 이 역시도 별로 마음에 들지 않았다.

"어? 안녕하세요."

또다. 아무 일도 없다는 듯 아무렇지 않게 인사를 하다니. 성격이 좋은 건지, 참……

여러 가지 각오를 단숨에 무너뜨려 버리는 그녀의 인사에 기운이 빠지고 헛웃음이 나왔다.

주변에 아무렇게나 널려 있는 7, 8권 정도의 책을 지나쳐 그녀 앞에 섰다.

내가 앞에 서서 자신을 바라보고 있거나 말거나, 그녀는 여전히 책에 빠져 있었다.

서재에 무단 침입을 했고, 카일룸의 서재를 어지럽혀 놓았다는 사실만으로도 화를 내기에 충분한데, 정말 이상하게도 화가 나지 않는다.

화보다도 웃음이 나온다, 그냥. 내가 미쳤구나.

"또 나타났군. 도대체 어디로 들어온 거지? 무슨 능력자냐."

"글쎄요?"

싱긋 웃고 있는 것이, 지금 나를 약 올리려는 속셈이 분명하다. 아주 작은 인내심을 발휘해 그녀에게 어울려 주었다.

"순간 이동?"

"틀렸어요."

그녀가 단호하게 말했다.

하긴. 이렇게 카일룸 안을 마음껏 돌아다니는 순간 이동 능력자라면 내가 이미 알았겠지.

그럼 뭐지? 순간 이동 다음으로는 떠오르는 게 없다.

한참을 고민에 빠져 있는데, 다시 그녀의 목소리가 들려왔다.

"안타깝지만, 저는 푸엘라예요."

푸엘라?

아무런 능력 없는 마법사라는 점에서 그 어떤 능력들보다도 특이했다.

스스로 대답을 한 그녀가 다시 읽고 있던 책으로 시선을 내렸다.

뚝 끊겨 버린 대화. 여기서 뭐라고 말을 걸면 좋을지 모르겠어서 그냥 멍하니 바라보고 있는데, 슬슬 다리가 아파 오기 시작했다.

독서 중인 그녀의 옆으로 걸어가, 방해되지 않게 조심스럽게 앉았다.

기척을 느꼈으면 한 번쯤 돌아보는 게 정상적인 반응일 텐데, 어찌 된 이유에서인지 이 신기한 여인은 여전히 책에만 빠져 있다.

"……이렇게까지 책을 좋아하는 사람은 또 처음 보네."

문득 머릿속에 일리야가 지나갔지만, 그보다도 더 심한 거 같았다.

그냥 혼잣말로 중얼거린 건데 그걸 또 어떻게 들었나보다. 그녀는 이제 고개를 들고 나를 바라보고 있었다.

나 역시도 그녀를 똑바로 바라봐 주었다. 이렇게 가까이서 보니까 또 느낌이 다르다.

무엇보다도 눈이…….

"전부터 생각했지만, 눈이 참 예쁘시네요."

지금 딱 내 머릿속에 맴돌던 말이 내 입이 아닌 눈앞의 여인의 입에서 나오니, 너무 당황스러웠다.

뭐라고 대답은 해 줘야겠는데 여기서 무슨 말을 해야 할지 알 수 없어서 내 머릿속은 난장판이 되어 버렸다.

그렇게 다급히 대답한다고 내뱉은 말이.

"네 눈 색도 꽤 예뻐."

말을 하기 무섭게 후회했다. 지금 이게 뭐 하는 건지 모르겠다.

스스로 한 말에 괜히 민망해하고 있는데, 다행히도 그녀의 마음에는 들었나 보다. 그녀는 활짝 웃고 있었다.

"그래요?"

이상하게도 기분 좋게 만드는 웃음소리가 적막한 서재 안에 울려 퍼지기 시작했다.

아, 맞다. 중요한 걸 잊고 있었네.

다음에 다시 만나면 꼭 물어봐야지 하고 벼르던 질문 몇 개가 있었다. 그중의 하나였던 '능력'에 대한 답변은 얻었으니. 이제……

"그러고 보니, 네 이름은 어떻게 되지?"

계속해서 '여인'이라든가 '너'라고 부를 수는 없었다.

물론 내가 계속해서 그녀를 만날 수 있을지 없을지, 그녀와 만날지 안 만날지조차 모르는 상황이었지만 그래도 혹시 모르니까.

이름 하나 더 알아 둔다고 해서 해가 될 건 없을 테니 말이다.

"어……"

그냥 아주 평범하게 이름을 물어봤을 뿐인데, 그녀의 표정은 매우 복잡하다. 그리고 복잡한 표정만큼이나 뒤이어 들려온 대답 역시도 복잡했다.

"잊어버렸어요."

"……뭘?"

"제 이름이요."

"……"

도대체 뭐지? 지금 장난하는 건가?

장난이라고 하기에는 표정이 너무 진지했다.

하지만 이름을 잊었다니. 그것도 자기 자신의 이름을. 그냥 알려 주기 싫으면 싫다고 말하지, 이런 식으로 거절을 할 줄이야.

솔직히 기분이 별로다.

하지만 거짓말하지 말고 알려 달라며 꼬치꼬치 캐묻는 것도 보기 안 좋을 거 같았다. 그렇다고 그냥 받아들이고 넘어가는 것도 좀 그렇고.

이름이 없으면 부르기 어려우니까.

"……좋아. 하지만 계속 '야'라든가 '너'라고 부를 수는 없으니까."

할 수 없이 내가 한 걸음 물러났다.

뭐, 만난 지 얼마 안 된 사람에게 이름 밝히는 걸 꺼리는 사람도 있을 테고 사람마다 개인의 사정이라는 게 있으니까.

물론 지금까지 그 개인의 사정이라는 것을 신경 쓴 적은 별로 없었지만. 정말 예외로, 아주 예외로.

그녀의 손에 들려 있던 책을 빼앗듯 낚아채 펼쳐 들었다.

한참 잘 읽고 있는데 왜 그러느냐며, 분한 건지 이 조그마한 여인은 씩씩거리기 시작했다.

아, 이제야 기분이 조금 나아지는 거 같다.

나에게 넘어온 책을 빠르게 살펴봤다. 무슨 내용인지는 모르겠지만, 아무래도 역사나 과학과 같은 지식 관련 책은 아닌 거 같았다.

대충 보니 가벼운 소설이다. 시간 때우기 용으로 언젠가 한 번쯤 읽어 본 적이 있던.

이런 장르의 글은 별로 좋아하지 않았기 때문에 나는 그냥 빠른 속도로 책장을 넘기기 시작했다.

얼마간 넘기고 또 넘겼나. 끝이 살짝 접혀 있는 페이지에서 손이 딱 멈췄다.

책을 깔끔하게 읽는 성격인 나는 인상을 찌푸리며 접힌 부분을 펼쳤다.

접힌 종이가 치워지자, 이번에는 도대체 누가 책에 낙서를 한 건지는 몰라도 한껏 휘갈긴 글씨가 눈에 들어왔다.

그런데 생각보다 이게 꽤 괜찮았다.

"이거 좋네. 어때?"

괜찮은 보물이라도 찾은 사람처럼, 나도 모르게 약간 들뜬 마음으로 그 단어를 손으로 짚으며 물었다.

나의 행동을 관찰하고 있던 그녀의 시선이 잠시 그 단어에 내려앉았다가 바로 다시 들려졌다.

지금 그녀는 이게 뭐냐는 듯 어리둥절한 표정으로 나를 바라보고 있다.

"네 이름."

이름이라는 말에 아주 잠깐 놀란 그녀가 내 손에서 책을 빼앗아 갔다. 그러고는 자신의 눈앞에 가까이 가져갔다.

책에 접혀 있던 부분에 적힌 글을 한참 동안 바라보던 그녀는 신이 나 보였다. 덩달아 나까지 기분이 좋아졌다.

"엘리샤(Elisha). 이름이 없으면 이걸로 하자."

그렇게 나는 엘리샤와 만났다.

이름 모를 여인은 그날부터 나에게 '엘리샤'가 되었다.

그녀는 하루하루 지루해서 죽을 것만 같았던 나에게 찾아온 구세주였다.

다른 이들과는 확연히 다르다.

피하지 않고 나를 똑바로 바라보고 있는 그 눈에는 '거짓'이 없었고, 아첨도 없었다. 그리고 두려움도 없었다.

그녀는 용감했다.

벌벌 떨며 시선 피하기 바쁜 이 성 안의 고용인들과는 달리 대화를 할 때는 꼭 눈을 바라보며 말했고, 항상 나에게 시간을 달라 징징거리며 목숨을 구걸하는 백성들과도 다르게 뭔가를 바라거나 하지도 않았다.

또 솔직했다. 생각하는 모든 것을 솔직하게 말하는 여인이었다.

겁 없는 그녀에게 혼나기도 많이 혼나고 욕도 많이 먹었지만, 그 모든 말에서는 '진심'이라는 것이 느껴졌다.

내용은 마음에 들지 않았어도 그 말들은 늘 따뜻했다.

물론 마냥 좋아해야만 하는 일은 아니었지만, 긍정적으로 생각하면 나를 똑바로 마주하고 걱정해 주고 있다는 뜻이니까.

처음에는 그녀의 정체라든지 어디에서 온 건지 아직 정확하게 듣지 못한 것들에 대한 궁금증이 넘쳐날 정도였지만 어느샌가부터 아무래도 좋다는 생각을 하게 되었다.

그냥 만나고, 보고, 이야기를 하는 것만으로도 만족했다.

그렇게 나는 엘리샤를 만나러 매일같이 서재로 향했다.

물론 내가 갈 때마다 항상 그녀가 있었던 건 아니었지만 기다리는 것도 꽤 재미가 있었다.

그녀를 만나기 전에 시간 때우기 용으로 자주 하던 하늘 관찰도 느낌이 달랐다.

항상 앉았던 의자에 앉아 항상 올려다보고는 하던 하늘을 바라보는 건데, 이것조차도 특별하게 느껴졌다.

보고 싶은 사람을 기다린다는 것이 마냥 조급하고 짜증스러울 줄 알았는데 그렇지만도 않았다.

설레었다. 그리고 드디어 그녀가 내 앞에 나타나면, 기다린 만큼이나 더 반가웠다.

"엘리샤."

"안녕하세요. 에이드 님."

인사는 이제 익숙했다.

하지만 저 위치만큼은 여전히 익숙해질 수가 없었다.

"자꾸 사다리 위에서 책 읽을 거야? 위험하다고 했지? 얼른 내려와!"

내 말에 깜짝 놀란 건지 사다리 위에서 버둥대던 엘리샤가 천천히 내려왔다.

이제야 눈높이가 어느 정도 맞춰진다.

"밥은 제대로 먹고 다니는 거야?"

"그럼요."

기분 탓인가? 볼 때마다 야위는 거 같다. 그리고…… 이상한 게 또 하나.

시간을 다스리는 능력자인 나는 알 수 있었다.

어디가 아픈 건지는 몰라도, 눈앞에 있는 그녀가 갖고 있는 시간은 얼마 없었다.

그뿐만이 아니다. 심지어 그것은 볼 때마다 나날이 빠르게 줄어들고 있었다.

내가 그녀에 대해 알고 있는 건 오직 서재 안에서의 모습뿐이라는 걸 뒤늦게 깨달았다. 나는 그녀의 진짜 이름조차도 모르고 있었으니까.

도대체 서재에 오는 시간을 제외하고는 어디에서 뭘 하는 건지, 물어봤자 대답하지 않을 거라는 건 알고 있다.

그녀에 대해서 더 알아야겠다. 알고 싶다. 이제는 눈앞에 있지 않으면 걱정이 돼서 미칠 거 같다.

죽은 것처럼 지루한 삶에 생기를 불어넣어 준 구세주라고 생각했던 그녀가, 어느새 가장 큰 고민거리가 되어 버렸다.

복잡한 건 딱 질색이다. 이름도 모르고 아무것도 몰랐지만 같이 있고 싶다는 확신만큼은 있었다.

다행히도 나는 원더랜드의 황제였고, 이는 황제에게 있어서 아주 간단한 문제였다.

"혹시 '하트'라고 알아?"

"당연히 알지요. 저도 귀가 있는걸요."

"그래? 무슨 말을 들었는데?"

잠시 나를 바라봤던 그 눈이 다시 책으로 향하며 대답했다.

"최근에 47번째 하트가 누군가의 명령에 의해 처형당했다는 거 정도?"

"이런."

어색하게 웃었다.

하필이면 그런 이야기를 들을 줄이야. 그녀가 '하트'라는 자리에 대해 부정적인 생각을 갖고 있으면 어쩌나 걱정됐다.

"하트가 되지 않을래?"

한참을 고민하다가 나름대로 진지하게 한 말이었다. 그런데 반응이 이상하다.

놀라거나 하는 게 아니라, 그녀는 대놓고 인상을 찌푸리고 있었다.

나는 지금 뭔가가 잘못되어 가고 있다는 생각 외에 다른 생각은 할 수가 없었다.

"48번째? ……혹시 그거 사형선고인가요?"

그래. 이렇게 받아들이는 것도 이해가 돼.

"내가 말한 건 진짜 하트야."

"진짜 하트?"

"그래."

그녀는 이제 호기심 가득한 눈초리로 나를 바라보고 있다. 저렇게 바라보고 있으니 말하기가 더 힘들었지만 왠지 지금이 아니면 안 될 거 같다는 생각이 들었다.

"지금까지처럼 흉내만 냈던 하트가 아닌, 넘버가 붙지 않는 진짜 하트. 원더랜드의 유일무이(唯一無二)한 존재."

"……."

"내 시간의 절반을 너에게 줄게."

미친 짓이라는 건 알고 있다.

선대 황제들에게도 한 번씩 주어졌던 기회였지만, 실제로 사용한 적 없는 선택. 나는 지금 이것을 하려 하고 있다.

이것이 올바른 선택일지, 아니면 나중에 후회를 하게 될 선택일지 알 수 없지만, 상관없다.

분명 그녀를 놓친 뒤에 다가올 후회가 그 무엇보다도 더 클 테니까.

물론 정식 하트가 아닌, 지금까지와 같은 넘버가 붙는 가짜 하트의 자리에 앉히는 것도 생각해 봤다.

하지만 이 경우에는 나를 대신해 그녀에게 시간을 공급해 줄 제물 '앨리스'가 필요했고, 엘리샤의 성격이라면 그걸 싫어할 게 분명했다.

게다가 어차피 가짜 하트라고 해도 일정 기간 이상을 넘기면 자동적으로 정식 하트로 인정된다는 규칙이 있기 때문에, 괜히 앨리스들만 희생당하고 결국에는 그게 그기일 거 같았다.

"그러면 넌 나랑 영원히 함께 살 수 있어."

영원을 반으로 나눈다는 게 말이 안 되는 거 같았지만 어쨌거나 나와 그녀는 계속 함께할 수 있었다.

이번만큼은 정말 놀란 건지, 엘리샤의 입은 다물어질 생각을 않았다. 그 모습을 지켜보고 있는 나는 그저 즐거웠다.

막상 결심을 하고 나니 모든 것이 간단하고 쉬워 보였다.

물론 나의 행복을 '운명'이 가만히 지켜보고 있지는 않겠지만.

제5장
그리고 앨리스는 눈을 감았다

—Aid

120년 전

황제의 궁, '카일룸' 서재 안

'시간의 주인'이란 자리는 고독하다.

나는 이렇게 살아 있고 앞으로도 계속해서 살아갈 텐데, 내가 알던 사람들은 모두 늙어 가고 결국에는 떠나 버리니까.

이미 '이별'이라는 답이 정해져 있는 만남에 일부러 발을 들일 필요는 없었다. 그래서 이예 처음부터 마음을 안 주기로 했다.

모든 것에 정이 들어서는 안 된다는 사실을 터득하는 데에는 몇십 년이라는 시간밖에 걸리지 않았다.

원더랜드의 황제들은 모두 그렇게 고독하게 살아갔다.

아, 물론 방법이 아예 없는 것은 아니었다. '하트'를 두는 것.
이것은 운명이 황제들에게 내린 기회나 다름없었다.

하지만 이기적인 황제들은 자신의 시간을 주려고 하지 않았
다.

넘칠 정도의 시간을 갖고 있으면서도 절대 나누어 주려고 하
지 않았다.

황제의 시간을 준다는 것은 곧 제물인 '앨리스'의 희생이 아닌
황제 본인의 힘을 사용하는 것.

즉, 황제의 특권이라고도 불리는 '인간의 시간을 사용한다.'는
시스템을 하트와 공유한다는 뜻이기도 했다. 그렇게 둘은 함께
영원한 삶을 살게 된다.

하지만 이 기회는 딱 한 번밖에 주어지지 않았다.

한 번 선택하면 나중에 가서 바꾸거나 철회를 할 수가 없었기
때문에, 황제들은 자신을 찾아온 사랑 앞에서 늘 갈등했다.

'과연 평생 동안 한 여인만을 사랑하는 게 가능할까?'

'지금 이 마음이 몇백 년이 지난 후에도 변하지 않을 수 있을
까?'

그래서 황제는 '앨리스'라는 존재를 만들어 냈다.

하지만 나는 그들과는 다르다.

나에게는 확신이 있다. 그리고 망설이지 않고 결정을 내릴 수

있는 단호함과 결단력이 있다.

내가 갖지 못할 건 없었다. 그것은 앞으로도 그럴 것이다.

정말 원하는 것을 손에 넣기 위해 치러야 하는 희생이 있다면, 감당할 자신도 있다. 평생이라는 무게를 짊어질 자신도 있다. 엘리샤와 함께라면.

좋아. 나는 모든 준비가 되어 있는 거야.

하지만 그런 나와 달리, 그녀는 아니었던 모양이다.

평소 늘 웃음을 달고 있던 그 얼굴에는 무슨 일인지 어둠이 드리워지고 있었다. 한참을 나를 바라보던 그녀는 고개를 돌렸다. 그렇다고 그 좋아하는 책을 보는 것도 아니었다.

시선이 애매하게 벗어나, 이제는 무엇을 보는 건지 알 수 없었다.

멍하니 무슨 생각에 잠겨 있다는 건 알겠는데, 지금 이 대목에서 저렇게까지 심각하게 생각해야 할 게 도대체 뭔지 모르겠다.

아니, 매사에 신중한 건 좋아. 그래, 생각하는 것까지도 좋다. 넘어가.

그녀와 평생을 함께할 수 있다는 확신은 있었지만, 이제 곧 그녀의 입에서 나올 대답이 내가 바라는 대로 긍정일 거라는 확신은 없었다. 정말 이상하리만치 자신이 없었다.

잠시 뒤, 내 불안한 예상은 들어맞았다.

"미안해요. 나는 하트가 될 수 없어요."

웃으면서 말하고 있었지만, 그 웃음이 왠지 좀 이상해 보였다.

제정신이었다면 그 이상한 느낌을 감지했겠지만, 그녀의 대답을 듣는 순간 재빠르게 머릿속을 스치고 지나간 어느 기억 때문에 나는 아무 말도 할 수 없었다.

'……오만한 시간의 지배자이시여. 당신은 모든 것을 가졌지만, 딱 한 가지를 가지지 못하게 되는 날이 올 것입니다.'

잊고 있던 마녀의 저주가 떠올랐다.

그럴 리 없다며 아니라고 주장하고 싶었지만, 모든 것이 너무나도 딱 맞아떨어져서 부정할 수가 없었다. 그리고 나는 그 정도까지 바보가 아니었다.

설마 그 한 가지가 바로 내 옆에서 숨 쉬고 있는 그녀가 될 줄은 상상도 못 했다.

내가 너무 방심하고 만 것이다.

운명이 파 놓은 함정에 보기 좋게 걸려 버렸다.

"……안 되는 건 없어."

운명의 저주를 떠올리기 무섭게, '포기'라는 단어보다는 '오기'가 마음속을 가득 채웠다.

얼마든지 바꿀 수 있을 것이다. 그래, 그렇게 어렵지는 않을 거야. 상대가 운명이어서 그렇지. 나는 이 제3세계 원더랜드의 황제니까.

"당신이 싫은 건 아니에요. 물론 툭하면 다른 사람을 무시하고, 자기는 시간 많다고 그 소중함을 모르고, 이미 많은 것을 가졌으면서도 다른 사람들에게는 베풀지 않는 쪼잔함은 아주 조금, 아니, 조금보다 좀 더 많이 마음에 안 들기는 하지만."

저 작은 입으로 정말 잘도 말하는구나.

엘리샤가 웃는다. 예전에는 그녀가 웃으면 나도 덩달아 좋았는데 지금은 달랐다. 그녀가 웃으면 웃을수록 나는 불안해진다.

"……그래. 나한테 불만이 많은가 보네."

"어머. 이제야 눈치챈 거예요?"

기분이 이상하다. 날카로운 무언가가 쿡쿡. 나를 찌르고 있는 기분이다.

이게 정확하게 어떤 기분인지 잘 설명할 자신이 없다. 지금까지 알지 못했던 무언가 중 한 가지였으니까.

"차라리 대놓고 말해. 이편이 더 아프니까."

"아프기는 해요?"

그녀가 정말 놀란 표정으로 물었다. 그런데 지금 중요한 건 그게 아니잖아.

인상을 찌푸렸더니 이제는 또 웃는다.

"아프다는 말이 안 어울려서요."

안 어울리기는 하지. 사실 그것은 나에게 필요 없는 말이었다.

실제로 다치거나 해도 순식간에 낫고는 했으니까. 외상의 경우에는 그렇다.

하지만 그 외에는…….

엘리샤와 만나고서부터 나는 그동안 몰랐던 많은 것들을 한

번에 알게 되었다.

이러한 복잡한 심정을 털어놓자, 그녀는 계속 웃었다.

"잘됐네요. 좋은 일이에요. 그건."

글쎄. 난 별로 좋지 않은 거 같아. 가능하다면 모르고 사는 게 훨씬 나을 테니까.

"……내가 어떻게 했으면 좋겠어?"

"좋은 분 만나서. 저한테 했던 그 말. 그대로 들려주세요. 그럼 분명히 좋아할 거예요."

"그 상대가 너일 수는 없는 거고?"

"저는 안 된다니까요."

그러니까 이유를 말해 달라고. 이유를.

계속해서 물어봤지만, 그냥 안 된다는 말만이 돌아올 뿐. 그녀의 입에서 더는 어떠한 말도 들을 수가 없었다.

이따금씩 곤란하다는 표정을 짓는 바람에 더 물어볼 수도 없었다.

정말 포기할 수 있게, 내가 납득할 만한 이유는 하나도 들려주지 않았는데.

내가 그것을 받아들일 리가 없었다.

*   *   *

그로부터 또다시 시간이 꽤 흘렀다.

지금까지 얼마나 긴 시간을 살아왔던가. 이제는 느리게 가는 시간의 흐름쯤이야 익숙해졌다고 생각했는데. 설마 이 5일이 그동안 살아왔던 세월만큼이나 길게 느껴질 줄이야.

이게 다 엘리샤 때문이야.

그 날의 대화를 마지막으로 그녀는 모습을 보이지 않고 있다. 물론 그동안에도 하루 이틀 사라졌다가 나타나는 일이 빈번하게 있었지만, 이렇게 5일이나 나타나지 않는 건 좀 이상했다.

찾으려고 해 봤지만, 내가 엘리샤에 대해 아는 게 하나도 없어서 불가능했다.

이럴 줄 알았으면 제대로 물어보는 거였는데…….

"에이드 님. 무슨 걱정거리라도 있으세요?"

시체처럼 널브러져 있는 내 꼴이 보기 안쓰러웠던 모양이다.

요즘 들어 귀찮을 정도로 내 곁을 맴돌고 있는 일리야를 한껏 쏘아봤다.

그러나 그것도 아주 잠깐. 이제는 쳐다볼 힘도 없다. 눈을 감고 한숨을 내쉬었다.

"아. 에이드 님."

"……왜."

"전에 드린 하트 명단 보셨습니까? 슬슬 다음 하트를 결정하실 때가……."

안 그래도 지금 그 망할 '하트'라는 것 때문에 이렇게 고민 중인데.

이쯤 되니 정말 궁금하다. 저 녀석은 눈치가 없는 건가? 아니면 너무 빠른 건가?

"아니…… 뭐, 천천히 생각해 주서도 상관은 없습니다만, 빨리 선택하는 편이 더 좋을 테니까요. 아무래도 밖보다는 성 안에 두는 게 안전할 테고……."

"……일리야."

글쎄. 이 녀석을 상대로 상담을 하는 것이 현명한 선택일지는 모르겠지만, 그래도 지금 누군가에게 털어놓지 않으면 머리가 터질 거 같았다.

그녀와 함께한 시간은, 내가 살아온 날에 비하면 지나치게 짧은 순간과도 같았지만 그새 또 그게 습관이 된 모양이었다.

지금 나는 대화를 할 상대가 필요했다.

"……하트가 될 수 없는 여인이…… 있을 리가 없겠지……?"

책상 위에 놓여 있던 명단을 집어 들었다.

수많은 여인의 사진과 함께 신상 정보를 정리해 놓은 목록이었다.

저마다 다른 외모, 나이, 고유 마력이 적혀 있었는데, 모든 것이 다른 그들에게 한 가지 공통점이 있다면 그들의 사진 옆에 찍혀 있는 붉은 도장이었다.

하트를 선택하는 방법은 매우 간단하다. 그냥 이 명단 안에 들어 있는 사람, 혹은 명단에 있지 않아도 내가 선택을 하면 그냥 끝. 그것으로 끝이었다.

거봐. 간단하잖아? 이렇게나 간단한데 어째서 너는 안 된다는 거야.

하트가 될 수 없다며 단호히 고개를 젓던 그녀의 모습이 다시 떠올랐다.

연신 한숨을 내쉬며 힘겹게 일어나 오늘 중으로 처리해야 하는 서류를 보며 펜을 들었다.

그런데 나에게로 다가온 일리야가 조금 전의 내 말에 반박하기 시작했다.

"있잖아요. 한 명."

"뭐?"

다른 생각을 하고 있던 중이라, 내가 그에게 뭘 물었는지 아주 잠깐 잊고 있었다.

"하트가 될 수 없는 여인이 있냐고 물으셨잖아요."

"……있어?"

아니, 있을 리가 없었다. 하트가 될 수 없는 여인이 이 세상에 존재할 리가 없다.

황제의 하트 선택권은 절대적이어서, 오죽하면 이 제3세계 원더랜드가 아닌 다른 세계의 여인을 선택할 수 있을 정도였다.

그런데 있다니. 이 무슨 말이 안 되는 소리인가.

일리야는 자신의 주장을 굽힐 생각이 없어 보였다. 곧 그는 어깨를 으쓱해 보이며 말했다.

"앨리스요."

아.

일전에 데우스가 나에게 내린 저주의 정체. 그리고 그녀의 자신만만하던 미소.

이제야 나는 모든 것을 알 수 있었다.

너무 늦어 버렸다는 게 문제였지만.

*　　*　　*

앨리스? 말도 안 돼. 앨리스라니. 엘리샤가 앨리스라니. 그러고 보니 그녀가 그랬다.

'잊어버렸어요.'

'제 이름이요.'

원더랜드에서 '이름'은 곧 '영혼'이다.

앨리스로 선택된 제물은 카일룸의 입궁과 동시에 그 이름을 빼앗긴다는 말을 들은 적이 있다. 그들은 자신의 이름을 잊고, '앨리스'라는 이름을 받게 됨으로써 제물의 낙인이 찍힌다.

이름을 빼앗긴 그들은 이 카일룸에서 벗어날 수가 없다.

'틀렸어요. 안타깝지만 저는 푸엘라예요.'

48번째 앨리스에 대한 보고서.

Name   : Alice

Number : 48

Power   : Puella

그럴 리가 없다는 생각을 하고 싶어도 너무나 많은 것들이 맞아떨어졌다.

만약 네가 정말 앨리스라면, 나는 이제 어떻게 해야 하는 거지?

운명이 황제에게 내린 조건.

첫째, '하트'는 황제 본인의 의지로 선택할 수 있지만, '앨리스'는 운명이 고른다.

둘째, 황제는 '앨리스'를 사랑해서는 안 된다.

과연 나는 그녀를 위해, 운명과 맞설 수 있을까? 이는 리스크가 너무 큰 일이다.

지금까지 금기를 어긴 황제는 없었다. 때문에 만약 운명을 거스르면서까지 엘리샤를 선택했을 때, 나에게 어떤 일이 발생할지는 모르는 일.

최악의 경우에는 내 모든 것을 잃게 될지도.

"에이드 님."

"왜."

"……어쩌실 생각이십니까."

내 눈치를 보던 일리야가 조심스럽게 묻고 있다.

하지만 나는 쉽게 대답을 해 줄 수가 없었다. 그야 나도 이제 모르겠는걸.

내 인생 몇백 년 하고도 거기에 몇십 년이라는 시간을 더 살았는데, 이렇게까지 큰 문제를 만난 적은 단 한 번도 없었다.

나에게 있어서 모든 문제는 그저 단순한 것이었고, 결국에는 시간이 그것들을 기억 깊은 곳에 덮어 버렸으니까.

천천히 생각해 보자. 나에게 있어서 엘리샤라는 존재를.

물론 첫 번째로 드는 생각은 흥미. 이건 분명 세간에서 흔히들 말하는 '사랑'과 같은 종류가 아니다. 그저 호기심에 불과하다.

이런 일시적인 감정 때문에 내 인생을 걸 용기는 나에게 없다.

"할 수 없지. 앨리스는 운명의 것이니까. 내가 어떻게 할 수 있는 게 아니야."

최대한 태연함을 가장한 채 일리야에게 말했다.

그래, 나는 여전히 자기 자신이 소중한 인간이다. 다치는 게 가장 두려운 인간이다.

두 가지 중에서 하나만 가질 수 있다면, 나는 분명 나 자신을 선택할 거야.

"됐다. 일리야. 그만 나가 봐."

"예?"

"그녀가 앨리스라면, 데우스가 알아서 하겠지. 지금까지처럼."

단호한 말에 일리야가 잠시 머뭇거렸다.

딱 보니 뭔가 할 말이 있는 거 같았지만, 결국 그는 아무런 말도 하지 못하고 물러났다. 그가 밖으로 나가고 문이 닫히는 소리가 들려왔다. 이제 이 방에는 나뿐이다.

"⋯⋯젠장."

방금 전까지만 해도 손에 들려 있던 서류가 어느새 바닥을 뒹굴고 있다.

머리로는 나 자신을 사랑한다고 지겹게 외쳐 대고 있는데, 이상하게도 마음이 그것을 받아들이지 못하고 있다.

머리끝까지 피가 올라오는 기분 나쁜 느낌이다.

내가 이렇게나 나약한 인간이었을 줄이야.

"33일⋯⋯."

앨리스가 입궁하고서부터 정확하게 33일 뒤 '앨리스 의식'이 거행된다. 일종의 '처형식'이다.

하트의 시간을 위해 앨리스는 그렇게 눈을 감는다.

"⋯⋯."

거짓이라 세뇌해도 어쩔 수 없는 사실이다. 받아들여야지. 황제의 체면? 자존심?

그딴 것보다 더 중요한 게 생겨 버린 이상. 지금 내 눈에는 아무것도 들어오지 않았다.

자리에서 일어났다.

이쯤 되면 할 일은 많은데, 늘 시간은 없는 일리야가 제 방으로 돌아갔을 것이다.

녀석의 눈에 띄지 않고 움직이려면 지금이 기회……

나는 조심스럽게 문을 열고 밖으로 나갔다.

"지하 8층. no.48입니다."

"……"

돌아간 게 아니었던 건지. 문을 열기 무섭게 녀석의 하얀 머리가 보였다.

그의 손에 들려 있는 건, 그 머리만큼이나 새하얀 종이 한 장이었다.

이상한 숫자를 내뱉은 그를 의아한 표정으로 바라보고 있으니 그가 웃었다.

"앨리스 님이 수감되신 장소입니다. 필요하실 거 같아서 알아왔습니다."

……정말 짜증 나게도 눈치 빠른 놈이라니까.

속마음을 들켜 버린 거 같아서 기분이 별로다.

가만히 그를 바라보다가 재빨리 그 종이를 낚아챘다. 인사는 나중이다.

지하 감옥.

이렇게까지 내려온 적은 없었던 거 같은데. 계속해서 아래로, 아래로 내려가던 나는 가장 아래층에서 멈췄다.

칙칙하고 습기가 찬 차가운 벽들로 이루어진 이 지하 감옥에 그녀가 있다니.

마음이 편치 않다. 이곳은 그녀가 지내기에 너무도 불편한 곳이다.

넓은 감옥의 내부를 생각해 봤을 때, 그녀가 수감되어 있는 장소를 찾는 데에는 꽤나 시간이 걸릴 거 같았다.

하지만 이는 괜한 걱정이었다.

48

큼지막한 숫자가 적혀 있는 감옥 앞. 어두워서 잘 보이지는 않았지만, 누군가가 안에 있는 건 확실했다.

그쪽은 아직 내 존재를 눈치채지 못한 건지 움직임이 없다.

나는 천천히 창살 앞에 다가가 앉았다.

"48대 앨리스."

감옥 안의 누군가가 반응을 보였다.

깜짝 놀란 건지 짧게 숨을 들이쉬는 소리가 들렸다.

대답은 없고, 상대도 나도 그저 서로 가만히 앉아 있을 뿐이다. 뭔가 반응을 보여야 대화를 시도해 보기라도 할 텐데.

하여간에 고집은.

"엘리샤? 거기 있지?"

"……."

"진짜 사람 말 안 듣네."

"……."

"하긴 언제는 들었나. 위험하다고 사다리 위에서 책 읽지 말라고 해도 말 안 듣고. 맞다, 그러고 보니 하트가 되라는 내 말도 그냥 거절했네. 정말 너무하다."

한숨을 내쉬며 중얼거리자, 잠시 어둠 속에서 부스럭거리는 소리가 들려왔다.

곧 아주 순식간에 뭔가가 불쑥하고 나와, 창살을 사이에 두고 우리는 얼굴을 마주했다.

"아니지요. 마지막 거는 빼야지요!"

아니. 다른 것도 아니고 그걸 정정하라며 따지다니.

지금 넌 감옥에 있다고! 그리고 곧 있으면 처형될 거고.

자신이 어떤 상황에 처해 있는지 모를 리가 없을 텐데. 하도 어이가 없어서 한마디 해 줬다.

"넌 지금 이런 상황에서까지 따지고 싶냐?"

"말은 바로 해야지요. 설령 그것이 이런 상황이라고 해도!"

다행히 어딘가 아파 보이거나 하지는 않았다.

저렇게 외쳐 대는 걸 보면 아프기는커녕 아주 기운이 펄펄 넘쳤으니까.

고개를 돌리니 감옥을 잠그고 있는 묵직한 자물쇠가 눈에 들어왔다. 그러고 보니까…….

"뭐 하나만 묻자."

"뭔데요?"

"……그동안 어떻게 서재까지 나왔던 거야?"

이런 최하층 감옥에 마력이 통하지 않는 자물쇠. 그녀는 계속해서 이곳에 갇혀 있었을 텐데 어떻게 서재까지 나올 수가 있었던 거지?

또 하나, 그녀는 '푸엘라'였다.

내 질문에 엘리샤가 어색하게 웃는다.

"누가 도와줬지요."

"누군데."

"아. 그건 비밀이에요!"

비밀이라 이거지.

"참 비밀도 많아."

"제가 좀 비밀이 많은 여자이기는 하지요."

"……왜 하필 앨리스야?"

"그걸 저에게 물으시면 안 되지요."

그녀는 대답을 하면서도 실실 웃었다.

아니, 이건 웃을 일이 아닌 거 같은데 도대체 뭐가 그렇게 웃긴 건지 모르겠다.

나는 지금 이 상황이 그저 슬프기만 한데.

"……여기서 빼내 줄까?"

그녀의 입가에서 미소가 사라졌다.

너무 갑자기 본론으로 들어간 탓인가? 아니면 방금 내 말의 의도를 알아차렸다거나.

"싫어요."

단호했다.

청혼에 이어 이번에도 나는 거절당했다.

괜찮아. 어차피 내 마음대로 안 될 거라는 거, 각오하고 온 거
니까.

하지만 이렇게 직접 들어보니 생각했던 것보다 마음이 더 술
렁였다.

창살에 머리를 대고 있던 나는 천천히 고개를 들어 그녀를 바
라보았다.

지금 엘리샤는 나와 달리, 속이 시원하다는 표정으로 웃고 있
다. 이 세상에 남은 미련 따위 하나도 없는 사람처럼. 앞으로 닥
칠 자신의 죽음을 숙연하게 받아들이고 있었다.

"네가 죽는다고 해도?"

"시간이 지나면 잊힐 거예요."

물론 지금까지는 그랬었지.

"내가 잊을 수 있을까?"

하지만 지금 난 자신이 없어.

"제 앞에는 벌써 47명의 앨리스가 있었는걸요? 그중에 한 명
이라도 기억나는 사람 있어요?"

"……."

"거봐요. 없잖아요?"

그야 관심이 없었으니까.

"하지만 너는 다르잖아."

"저 역시 그들과 다르지 않아요."

"달라. 다르다고."

내가 계속해서 부정하자, 그녀는 이제 의심 가득한 표정으로 나를 바라보고 있다.

입가가 파르르 떨리고, 얼굴은 경직되어 있었다.

"혹시 나를 사랑해요?"

이런. 갑자기 이런 질문 받을 거라고는 생각도 못 했는데.

"……솔직히 그건 나도 잘 모르겠어."

정말 솔직하게 대답했을 뿐인데 엘리샤는 이제 두 눈을 동그랗게 뜨고 나를 바라봤다.

그러더니 갑자기 자리에서 벌떡 일어났다.

대단히 충격을 받은 거 같은 그녀는 이제 정신없이 감옥 안을 왔다 갔다 하고 있었다. 어딘가 불안해 보였다.

"제가 잘못했네요. 충고를 무시하는 게 아니었어."

"뭐?"

"우리는 만나지 말았어야 했어요. 이렇게 된 건 다 내 잘못이야."

"잠깐만."

갑자기 저 혼자 심각해진 엘리샤가 뒷걸음질을 치며 서서히 어둠 속으로 사라졌다.

"잘 들어요."

이제는 보이지 않는 그녀의 목소리만이, 이 조용한 공간에 울려 퍼지고 있다.

"황제와 앨리스는 공존할 수 없는 존재예요."

같은 말이었지만, 느낌이 달랐다.

검은 마녀를 통해 들었을 때와는 다르게, 그녀의 입에서 나온 그 말은 내 심장을 사정없이 찌르고 있었다.

* * *

"어차피 다 지켜보고 있겠지. 나와라, 데우스. 할 말이 있다."

말이 끝나기 무섭게 내 앞에는 검은 연기가 스르륵하고 모여 들었다. 그리고 그 연기가 가시고 익숙한 오드아이의 여자아이 가 모습을 드러냈다.

이미 내가 무슨 일 때문에 자신을 부른 건지는 다 알고 있다는 눈빛으로. 그녀는 웃고 있다.

[앨리스의 선택은 운명이 한다. 이는 황제의 힘으로 어떻게 할 수 있는 일이 아닙니다.]

그래, 맞아.

"하지만 너라면 방법을 알고 있겠지."

내 말이 뭐가 웃긴 건지, 마녀가 슬며시 미소 짓는다. 그리고 그 소름 끼치는 두 가지 색의 눈으로 나를 응시하고 있다.

[알고 싶으십니까?]

결국 이렇게 숨기고 있었으면서.

나를 속였다는 사실에 분하면서도 아주 방법이 없지는 않다는 사실에 안도했다.

이제 시간이 얼마 남지 않았다. 그 짧은 시간 동안 안절부절 못하는 날 보며 상당히 즐거웠던 건지, 그녀는 웃기 바쁘다.

[하지만 당신은 절대 하지 못할 겁니다.]

"어째서?"

[이 세상에서 자기 자신을 가장 사랑하고 있으니까요.]

차마 그 말을 부정할 수는 없었다.

[타인에게는 관심이 없으시잖아요. 안 그렇습니까?]

"이번만큼은 좀 다르다고 하면 어쩔 거지?"

사람이 오래 살다 보면 바뀔 수도 있는 거다. 어쩌면 지금 이 위기는 내 인생의 중요한 전환점이 될지도 모른다.

[그럼 목숨을 걸 수도 있으시겠습니까?]

"……뭐?"

[당신이 죽을 수도 있습니다. 그 정도 각오가 되어 있으십니까?]

바로 대답할 수가 없었다. 그저 멍하니 데우스를 바라보고 있는 게 전부다.

그런 내 반응에 그녀는 예상했던 결과라며 돌아섰다. 그 치렁치렁한 드레스의 끝자락이 바닥에 쓸리는 소리만이 들려왔다.

"잠깐."

왠지 돌아가려는 느낌이 들어, 그녀가 또 사라지기 전에 재빨리 불러 세웠다.

"……선대 황제들 중에서도…… 나와 같은 황제가 있었나? 그러니까 내 말은……."

모든 기록들을 찾아봤지만, 그런 말은 단 한 줄도 없었다.

하지만 초대 황제, 이안 때부터 존재했던 그녀라면 책에 없는 일도 알고 있을 터.

종이 위에 적혀 있는 글보다는 직접 보고 들었을 그녀 쪽이 더 확실했다.

황제의 자리가 나에게 오기까지 많은 시간이 걸렸다. 그 많은 시간 속에서 앨리스를 사랑했던 황제가 한 명도 없었을 리가.

조금 전까지만 해도 즐거워 보이던 데우스의 표정이 굳었다.

그러나 곧 그녀는 다시 익숙한 무표정으로 돌아왔고, 아예 등을 보이며 돌아섰다.

[……있었습니다.]

워낙에 작은 목소리였지만, 내 귀에는 확실하게 들렸다.

있었다고? 앨리스를 사랑했던 황제가 또 있었단 말이야? 그렇다면!

"그들은 어떻게 되었지? 어떤 선택을 했지? 앨리스는 어떻게 되었지?"

사실 답은 벌써 나와 있었다.

앨리스와 잘된 황제가 있었다면, 지금 내가 황제가 되어 있을 리가 없으니까.

죽었기 때문에 그 자리를 대신 맡아 줄 새로운 황제가 필요했고 이것이 반복되어 나에게로 온 걸 테니까.

[그들은 모두 자신의 목숨을 걱정하다가 결국에는 앨리스를 버리고 스스로를 선택했습니다.]

"······."

[그리고 당신 역시도 결국에는 스스로를 선택하겠지요. 황제들은 모두 그런 사람들이니까요. 이기적이고, 오만하고, 항상 자신을 우선적으로 생각하는 종족.]

말에서 황제들에 대한 분노가 느껴져 왔다. 그것도 보통이 아닌, 개인적인 감정 같았다.

이에 대해 물으려고 했지만, 그 말을 끝으로 데우스는 시야에서 사라졌다.

방금 들은 이야기를 정리하자면 이러하다.

선대 황제들 중에서도 나와 마찬가지로 앨리스를 사랑했던 황제가 있었다.

하지만 그는 앨리스가 아닌 스스로를 선택했고, 결국 앨리스는 예정대로 처형당했다.

어떤 기분이었을까? 자신의 목숨을 지켰다며 기뻐했을까? 안심했을까? 아니면 앨리스를 지키지 못했다는 사실에 슬퍼했을까?

"에이드 님."

아주 잠깐 생각에 잠겨 있었던 거 같은데, 언제 들어온 건지 일리야가 지금 내 앞에 서 있다.

평소와 마찬가지로 얼굴에는 걱정을 한가득 담은 얼굴로 나를 바라보고 있었다.

"시간이 얼마 남지 않았습니다."

앨리스 의식까지 남은 시간은 이제 겨우 1시간 남짓.

그러자 뾰족한 수가 떠오르지 않았다. 그저 답답하기만 하다.

차라리 엘리샤가 나한테 살려 달라고 매달리기라도 했다면 이렇게 고민하고 있지 않았을 텐데. 정작 본인은 괜찮다고 하니 난감하다.

데우스의 존재보다도 더 거슬렸다. 그리고 혼자 마음의 준비를 끝내고 숙연하게 마지막을 기다리고 있는 그녀가 밉다.

괜찮아. 이것이 아무리 운명의 저주라고 해도 분명 빠져나갈 길은 있을 테니까.

하다못해 의식을 늦춘다거나 그 외에도 여러 가지 방법이 있을 수 있지. 조금이라도 시간을 벌 수만 있다면…… 어쩌면 엘리샤를 설득할 수 있을지도 모르니까.

"에이드 님!"

열린 문틈으로 헬가가 요란하게 등장했다.

정말 귀가 따가울 정도로 시끄러웠지만, 그녀 덕분에 어둡고 무거웠던 방 분위기가 약간이나마 풀어지는 거 같았다.

급하게 달려온 건지, 늘 단정하게 정돈되어 있던 머리며 옷이며 아주 난리가 나 있었다.

그러나 정작 본인은 신경 쓰이지 않는 건지, 아무렇지도 않은 표정으로 걸어오더니 들고 있던 종이를 내밀었다.

"알아봤나."

그녀에게는 오늘 의식을 맡은 집행관에 대한 정보를 알아오라고 지시했었다.

들고 온 종이를 보면 뭔가를 알아 왔다는 건데, 헬가의 표정이 굳어 있다. 종이에 적혀 있는 게 무엇인지 보기도 전에 불안해졌다.

한참 동안 숨을 헐떡이던 그녀가 힘겹게 대답했다.

"……이번 의식 집행관이 '그리폰(Gryphon)'이라고 합니다."

"그리폰? 14—4구역의 그 미치광이 그리폰?"

"예."

원더랜드의 황제들은 '나라'나 '국가'의 개념이 아닌 '세계'를 다스리는 자로서, 한 가지 힘든 것이 있었다.

그건 바로 통치 범위가 너무 광범위하다는 점이었다. 때문에 그들은 원더랜드를 여러 개의 구역으로 나누었고 각각에 숫자를 붙여 감시자들을 보냈다.

많고 많은 구역들 중에서도 가장 위험한 곳이 있다면, 그곳이 바로 '14구역'이었다.

이곳은 전체가 감옥이었으며, 원더랜드의 모든 죄인들이 머무는 곳이었다.

특히나 14구역에서도 4번째에 해당하는 곳은 특급 범죄자들만을 수용시키는 감옥으로서, 그리폰은 그곳에서도 이름을 떨칠 정도로 유명했다.

어떻게 잊겠는가. 희대의 살인마라는 그를 직접 심판하기까지 했는데.

한마디로 그는 정신이 나갔다. 미쳤다. 피를 보면 그냥 미쳐버린다.

살인을 저질러도 온갖 잔인한 방법을 동원했기 때문에, 그에게 죽임을 당한 피해자들은 눈뜨고 볼 수 없을 정도로 잔인한 최후를 맞이했다.

그런데 그런 죄인을 집행관으로 사용하다니!

"협상은 물 건너갔군."

"애초에 대화가 통하지 않는 괴물이니까요."

다시 한 번 시계를 힐끔거렸다. 어느새 남은 시간이 또 훌쩍 줄어들었다.

"……시간이 너무 빨리 간다."

"……."

혼자 중얼거렸을 뿐인데, 일리야가 이상한 눈으로 바라보고 있다.

"뭐야. 왜 그렇게 쳐다보는 거지?"

"아니…… 에이드 님께서 그런 말씀을 하신 건 처음인 거 같아서……."

그런가? 그러고 보니 그러네. 시간이 빨리 간다고 느낀 적은 별로 없었으니까.

아니, 애초에 거의 없었다고 해도 과언이 아니었다. 시간은 늘 느리고 넘쳐나는 거였는걸.

"에이드 님."

"또 왜."

마음은 조급해 죽겠는데 일리야의 목소리는 침착했다.

"가끔은 머리보다, 마음을 따라 움직이는 일도 있습니다."

뜬금없는 충고에 그를 바라봤다.

묻지 않아도 내가 어떤 선택을 하길 바라고 있는지 알 수 있었다.

"일단은 내려가시지요. 이러고 있어 봤자 시간만 갈 뿐이라고요!"

헬가까지 나서서 재촉했다.

늘 시끄러웠지만, 이번만큼은 그녀의 말이 맞았다. 이렇게 앉아 있어 봤자 아무런 도움이 되지 않을 것이다.

자리에서 일어났다.

내 움직임을 가만히 쫓고 있던 일리야와 헬가가 슬며시 웃는가 싶더니, 곧장 내 뒤를 따랐다.

빠른 걸음으로 집행장 안에 들어섰다.

넓은 홀의 중앙에는 높은 단상이 있었고, 주변에는 벌써 구경꾼들이 모여 있었다.

저 앞에는 그리폰이 있었다. 아주 커다란 낫을 들고 미친 듯이 웃고 있는 그는 누가 봐도 정상이라고 할 수 없었다.

다른 이들은 희대의 살인마라 불리던 그리폰과 그가 들고 있는 어마어마한 낫에 주목하고 있었지만, 나는 그것들보다도 다른 것이 더 신경 쓰였다.

그리폰 앞에는 한 여인이 무릎을 꿇은 채 죽음을 기다리고 있었다.

그녀의 머리에는 두꺼운 검은 두건이 씌워져 있었기 때문에 얼굴이 보이지 않았지만, 나는 그녀를 알아볼 수 있었다.

사실 앨리스 의식을 보는 건 이번이 처음이었다.

그렇게 안절부절못하며 고민할 때는 언제고. 막상 이러한 상황을 두 눈으로 보고 있으니 고민했던 시간들이 아까울 정도였다.

판단을 내리고 말고 할 거조차 없다. 이미 답은 나왔다.

앨리스 처형을 알리는 종소리가 들려왔고, 잔뜩 흥분한 듯 보이는 그리폰이 긴 혀를 날름거리며 낫을 들어 올렸다.

"일리야."

마치 자신이 앨리스가 된 것처럼 좀처럼 가만히 있지 못하는 일리야를 불렀다.

"가끔은 머리보다 마음에 따라 움직이는 일도 있다고 했었지?"

잔뜩 긴장한 채 그리폰을 보고 있던 그가 뜬금없는 내 말에 깜짝 놀란 건지, 잠시 말이 없다.

곧 그는 굳은 얼굴로 고개를 끄덕였다.

"나도 동감이야."

손에 힘이 들어가는 게 느껴졌다. 이미 몸은 움직였다. 그것도 엄청난 속도로. 정말 순식간에.

그는 아마 나에게 그런 충고를 했던 것을 후회하고 있을 것이다.

머리로 하는 생각을 미루고 마음에 따라 움직인 '결과물'은 장난 아니었다.

돌아보니 일리야를 포함한 구경꾼들 모두가 놀란 표정으로 나를 바라보고 있었고, 미친 듯이 웃고 있던 그리폰의 머리는 저 계단 아래로 굴러 떨어지고 있었다.

내 손은 물론이고 입고 있던 새하얀 옷, 그리고 들고 있던 칼까지. 온통 검붉은 피로 물들어 있었다.

손에 묻어 있던 피가 굳으며 달라붙는 느낌이 마음에 들지 않았다.

대충 손을 옷에 쓱쓱 문지르고는, 칼을 내려놓았다. 그리고 지금 이 상황을 알 리가 없는 엘리샤를 위해, 그녀의 시야를 가리고 있던 두건을 벗겨 주었다.

늘 당당하고 웃는 얼굴이던 그녀의 눈에는 두려움을 포함한 기타 여러 가지 감정들이 복잡하게 섞여 있었다.

이상하지. 난 그녀의 웃는 얼굴을 좋아했는데, 이 얼굴도 마음에 들었다.

거짓 없는 솔직한 모습이었으니까.

"이제는 나도 모르겠다."

많은 감정들이 뒤섞인 탓일까. 그녀는 어떤 표정을 지어야 할지 몰라 했다.

그저 당황한 얼굴로 주위를 두리번거리기 바빴다.

그러다가 저 먼발치에 떨어져 있는 그리폰의 머리를 보고는 상황을 파악한 건지 뻣뻣하게 굳었다. 그런 그녀를 위해 이번에는 내가 먼저 웃어 주었다.

"한 번 갈 데까지 가 보자. 엘리샤."

이건 나중의 이야기지만, 후에 일리야는 나에게 조용히 부탁했다.

다음부터는 제발 그냥 '생각'을 하고 행동해 달라고.

정작 처형을 당해야 하는 사람은 멀쩡하고, 집행을 맡았던 이가 눈을 감아 버린 이 상황. 안 웃고 넘어갈 수가 없었다.

나는 지금 규칙을 어겼고, 운명과의 약속을 어겼다.

저 멀리, 여전히 놀란 군중들 틈에서 웃고 있는 마녀가 보였지만 이상하게도 기분이 나쁘지가 않다.

아니, 오히려 이보다 더 좋을 수가 없었다.

나는 방금 나의 앨리스를 지켰으니까.

*　　*　　*

검은 마녀가 눈앞에 서 있다.

[앨리스와 운명 중 누가 이길 거라고 생각하십니까?]

그리고 앨리스가 정해진 운명에서 벗어날 수 있을 거 같냐고 묻고 있다. 사실 데우스는 아까부터 계속해서 같은 질문을 반복하고 있었다.

마녀, 너는 이미 내 대답을 알고 있잖아? 그럼 굳이 들을 필요도 없는 거 아닌가?

빨리 대답하라는 눈빛이다. 할 수 없이 이미 몇 번이고 했던 같은 대답을 그녀에게 들려줬다.

"앨리스."

일이 커져 버렸다.

기껏 규칙을 어겨 가며 살려 놓았는데 그래야지, 살아야지.

이제 좀 만족한 건지, 다행히도 데우스는 더 이상 물어오지 않았다. 그저 웃고 있다.

"내가 규칙을 깼다는 사실이 꽤나 기쁜 모양이군."

[설마 황제께서 이런 선택을 하실 줄은 상상도 못 했으니까요.]

하긴. 나도 몰랐는데 마녀, 너라고 알았을까.

마녀는 입을 다물었다. 나는 그녀를 가만히 바라봤다.

방 한가운데에 서서 잠시 생각에 잠겨 있던 그녀가 나를 바라봤다.

[그럼 이렇게 하지요. 저와 게임을 하시는 겁니다.]

"······게임?"

고개를 끄덕이며 방 안을 두리번거리던 그녀가, 테이블 위에 장식으로 놓여 있던 나무 조각상을 집어 들었다.

갑자기 뭘 하려는 거냐고 물으려는데, 그녀의 손이 닿았던 그 조각상이 검게 물들기 시작했다. 그리고 어느새 한 손에 들어올 정도의 크기로 줄어들었다.

빛이 사라지고 난 뒤 그녀의 손에 남아 있는 건 작고 검은 물건.

각 면마다 새겨져 있는 숫자가 밝게 빛나고 있는 주사위였다.

아직 자세히 보지 못했기 때문에 확신할 수는 없었지만, 그것은 예사롭지 않은 물건이었다.

[앨리스의 입궁부터 의식까지 걸리는 시간은 33일. 그 시간을 다시 드리겠습니다.]

시간을 연장시켜 주겠다고?

하지만 그런다고 해서 달라지는 건 없었다. 어차피 33일 후에 엘리샤가 다시 죽게 된다면 내가 그리폰의 목을 벤 의미가 없어진다.

[당신은 33일 동안 앨리스를 지키면 됩니다. 그 안에 앨리스가 눈을 감으면, 황제 당신이 지는 겁니다.]

"내가 끝까지 지켜내면? 33일이 지나도 엘리샤가 살아 있으면?"

확신이 필요했다.

끈질기게 확답을 요구하는 나를 보며, 마녀는 웃고 있다. 그녀의 손안에 있던 주사위가 이제는 내 손에 있다.

[그렇게 되면 앨리스를 선택하신 황제께서 이기시는 거지요. 약속대로 당신의 소원을 들어드리겠습니다.]

한마디로 내가 할 일은 33일이라는 시간 동안 엘리샤를 지키는 것이었다.

별거 아니라는 생각이 들었다. 그리고 자신도 있었다.

이곳은 카일룸이다. 원더랜드에서 최고의 보안을 자랑하는 그 카일룸. 그리고 나는 이 세계의 황제였다. 스스로 시간을 버리는 멍청한 짓만 저지르지 않으면 다른 사람의 공격에 의해 죽을 일이 없는 영생을 사는 자.

그런 내가 그녀를 지킨다. 엘리샤는 안전했다. 그 누구도 그녀를 건드릴 수는 없을 것이다.

"이 주사위는 뭐지?"

건네주니 받기는 했지만, 이상한 숫자들이 적힌 이 주사위의 용도가 짐작조차 되지 않아 물었다.

[게임을 좀 더 재미있게 만들기 위한 작은 도구입니다.]

재미있게?

마녀에게는 지금 이 상황이 재미있을지 몰라도 나는 아니었다.

빨리 33일이라는 그 시간에서 벗어나고 싶었다. 그 긴 시간 동안 불안에 떨면 됐지, 여기서 뭘 더 하려는 건지 모르겠다.

[저는 황제, 당신과 직접적으로 대적하는 게 불가능합니다. 저는 어디까지나 운명의 사자니까요.]

"……그래서?"

[이번 일에 관심을 보이는 몇 사람에게 당신과 마찬가지로 이 게임에 참가할 기회를 줄 생각입니다. 물론 그들 역시 자신들의 목숨을 걸고 이 게임에 참여하며, 이길 경우에는 제가 소원을 하나 들어준다는 조건하에.]

이런. 이렇게 되면 조금 버거울지도 모르겠다.

같은 조건이라면 누군지 모를 다른 참가자들도 처음에 같은 질문을 받을 것이다.

'앨리스와 운명 중 누가 이길 거라고 생각하십니까?'

나야 당연히 엘리샤를 선택했지만, 다른 이들은 무엇을 선택할지 모른다. 그리고 만약 나와 반대로 운명을 선택할 경우, 그들은 자신들의 승리를 위해 엘리샤를 죽이려 들 게 분명했다.

[……그 주사위를 굴려, 나온 숫자만큼 저에게 질문을 할 수 있습니다.]

"질문이라는 건 모든 범위에서 가능한가?"

[네. 가능합니다. 게임과 관련 없는 질문도 가능합니다. 다만, 그 질문에 답할지 안 할지는 제가 판단합니다. 또. 한 번 했던 질문은 또다시 할 수 없습니다. 그리고 주사위를 던지지 않고 시간을 끌면 자동적으로 다음 사람에게 순서가 넘어갑니다.]

생각보다 복잡해 보이는 게임이었다.

나는 엘리샤를 지켜야 하고, 어쩌면 누군가는 엘리샤를 제거해야만 게임에서 이길 수가 있다.

확실하게 엘리샤를 지키기 위해서는 또 다른 참가자들을 찾아내 제거하는 게 가장 안전한 방법. 그리고 모든 것에 대한 질문이 가능하다는 이 주사위가 있으면 그들을 찾아내는 것도 무리가 아니었다.

"게임의 규칙에 대해 한 가지 제안을 해도 되나?"

안 된다고 할 줄 알았는데, 마녀는 재미있다는 표정으로 웃었다.

[말씀해 보세요.]

"게임 도중. 그러니까 33일 이전에 참가자 중 한 명에게라도 무슨 문제가 생기면 더 이상 게임을 지속할 수 없는 것으로 판단하고 이 게임은 도중에 종료된다는 규칙 어떤가?"

[······게임을 단축시키려는 생각이시군요.]

"그래."

굳이 33일까지 끌고 갈 필요가 있나. 빨리 끝나면 빨리 끝날수록 좋지.

그리고 얼른 이 말도 안 되는 게임이라는 게 끝이 나 한시라도 빨리 그녀가 앨리스라는 이름에서 벗어나는 모습을 보고 싶었다.

[좋습니다. 그렇게 하도록 하지요.]

다행히도 내 의견이 받아들여졌다.

[그럼 게임 도중 탈락자가 발생할 시 다른 참가자들은 자동적으로 승리자의 자격을 갖추게 되며, 탈락자를 제외한 전원의 소원을 이루어 주는 것으로 하겠습니다. 아, 단, 탈락자의 기준은 심장이 멈추거나 더는 게임에 참가할 수 없다고 판단되는 순간으로 하겠습니다.]

"그래. 알았다."

33일까지 끌 필요도 없었다.

만약 다른 참가자들을 찾지 못한다고 해도 문제될 건 없었다. 그럴 경우에는 그냥 33일 동안 엘리샤를 잘 지키면 되니까.

이 게임은 영원의 삶을 사는 나에게 있어서 절대적으로 유리했다. 그래서인가? 나는 자신만만했다.

버티자. 버텨. 엘리샤, 33일, 아니 최대한으로 단축시킬 수 있도록 노력할 테니까 살아만 있어. 이게 운명이 너와 나에게 준 마지막 기회야. 우리는 이 기회를 잡아야만 해.

"……엘리샤. 은근슬쩍 올라갈 생각 하지 마."

내가 다른 것에 정신이 팔려 저를 보고 있지 않다고 생각한 건지 엘리샤가 또다시 슬금슬금 사다리 위로 올라가고 있다.

내 말에 눈치를 보며 내려오기는 했지만 여전히 걱정이 된다.

무슨 일이 생길지 모르는데, 누가 자신을 죽이려 들지도 모르는데, 이 여자는 생각이 있는 건지 없는 건지 계속해서 스스로 위험한 행동을 하고 있었다.

정말 말도 지긋지긋하게 안 들어.

다른 놈들이었다면 진즉에 내 말을 듣지 않는다는 죄목으로 시간을 빼앗아 버렸겠지만, 눈앞에 있는 그녀는 예외다.

내 인생에 있어서 그녀가 포함되는 모든 것이 다 예외였다.

계속 눈치를 주고 있음에도 불구하고. 그녀는 또다시 사다리에 달라붙었다.

벌써 오른쪽 발은 사다리에 올라가 있다. 그리고 '올라가면 어쩔 거냐?'라는 표정으로 내 반응을 관찰 중이다.

이제는 화보다도 웃음부터 나온다. 이렇게 된 이상, 하는 수 없이 힘을 써서라도 강제로 떼어내는 수밖에 없다.

"높은 곳을 좋아하는 것도 아니면서 왜 매일 사다리에 올라가는 건데?"

다가가서 억지로 떼어냈다.

다시는 올라가지 못하게 번쩍 안아 들었더니, 불만 가득한 그녀의 얼굴이 바로 보였다.

정말 기운이 빠진다.

"아직도 화가 난 거야?"

"……."

물론 아직 완벽하게는 아니었지만 그래도 내가 자신을 살려 줬으니 조금은 감사하는 게 정상일 텐데.

그녀는 아니었다. 오히려 더 화를 내고 있었다.

쉴 틈 없이 떠들어 대던 입까지도 스스로 봉인하며, 화가 났다는 티를 팍팍 풍기고 있었다.

여기까지도 이해가 가질 않는데, 이보다 더 이해가 안 가는 게 있다면 바로 그녀가 화가 난 이유였다.

"어차피 죄인이었어. 그것도 엄청난 범죄자였단 말이야. 지금까지 수많은 사람들을 죽인 나쁜 놈이었다고."

"그렇다고 그렇게 할 거까지는 없었잖아요."

"내가 그리폰을 죽이지 않았다면, 네가 죽었어."

"……."

놀랍게도 그녀는 앨리스 의식에서 내가 저질렀던 일에 대해 화가 나 있었다.

하지만 나는 그 일에 대해 후회가 없었다. 아니, 오히려 다시 생각하는 것만으로도 자랑스럽고 기뻤다.

내 여자를 지켜 냈는데, 기쁘지 않을 리가 없다. 뿌듯했다.

"아무리 그래도 죽일 필요까지는……."

"너, 내가 지금까지 얼마나 많은 이들을……."

그리폰의 목숨 하나쯤이야. 지금까지 내가 처리한 사람 수에 비하면 아무것도 아니라고 말하려다가 멈췄다. 여기서 더 말하면 내가 불리해질 거 같았다.

지금까지 아무렇지 않게 생각해 왔고, 누구 하나 토 다는 이 없었는데…….

엘리샤는 생명을 빼앗는 행위 자체를 싫어했다.

한숨을 내쉬며 그녀를 바라봤다. 아니, 정정. 뒤돌아 있는 엘리샤의 금발을 뚫어져라 쳐다봤다.

나도 모르게 손이 나가, 그 부드러워 보이는 머리카락을 한 움큼 잡았다.

생각했던 것보다 더 부드러운 느낌이 손안에 맴돌았다.

갑자기 엘리샤가 고개를 번쩍 들더니 나를 바라보았다. 아무래도 지금 내 행동이 마음에 들지 않는 모양이다.

"우와, 매너 없다. 허락도 없이 여인의 머리에 손을 대다니."

그녀는 당장 놓으라고 엄포를 놓았지만, 나는 오히려 붙잡고 있는 손에 더 힘을 실어 잡아당겼다. 그리고 주장했다.

"네 목숨은 내가 구했어. 그러니까 너는 내 거야. 알았어?"

안타깝게도 그녀는 모르겠다는 눈빛이다.

그래, 바랄 걸 바라야지.

최대 33일. 33일만 버티면 된다.

33일 후에 그녀는 내 하트가 되어 있을 거고, 그렇게 되면 우리는 영원히 함께할 수 있을 테니까.

"33일만 버티자. 알았지?"

시원스러운 대답을 기대했지만, 아무리 기다려도 내가 원하는 대답은 들을 수가 없었다. 그래서 그녀의 어깨를 붙잡고 흔들기까지 하며 대답을 재촉했다.

"……저게 뭐예요?"

대답을 하라니까. 대답을!

멍하니 나를 바라보던 그녀가 갑자기 두 눈을 동그랗게 뜨고 어딘가를 가리키며 물었다.

은근슬쩍 질문에서 빠져나가려는 수작인가 싶었다.

아직 대답을 듣지 못해서 조금 찝찝했지만, 이렇게 예쁘게 묻고 있는데 그냥 무시할 수도 없고.

할 수 없이 엘리샤가 가리키고 있는 곳을 향해 고개를 돌렸다. 그곳에 특별한 것은 없었다. 그냥 벽이 하나 있다. 다만 조금 지저분하게 이것저것 적혀 있는 벽이었다.

"아. 저건……."

저건 또 언제 열린 거지.

"그냥 낙서장 같은 거야."

기분이 아주 안 좋거나, 숨 쉬는 것조차 귀찮을 정도로 지루하고 따분할 때. 아무 생각 없이 마구 낙서를 하던 벽이었다.

벽 앞을 향해 달려간 엘리샤의 손에는 벌써 펜이 들려 있었다. 보아하니 한바탕 낙서를 하려는 게 분명하다.

그래, 차라리 그래라. 사다리니 뭐니 따위에 올라가는 위험한 짓은 하지 말고. 내 눈앞에서, 이렇게 안전하게.

"말해도 안 들을 테니까. 이렇게 적어 둬야겠어요."

"뭘?"

"인간이 되는 지름길? 참된 사람이 되기 위한 조건?"

스스로도 대답하면서 웃긴 건지 웃고 있다.

내가 옆에 다가와 있거나 말거나. 펜을 움직이기 바쁘다.

"첫째, '시간'의 소중함을 배울 것."

"어려워."

도무지 그냥 듣고만 있을 수가 없어서 대답했다. 그러자 엘리샤가 벽에 등을 기댄 채 삐딱하게 서 있던 내 옆구리를 툭하고 쳤다.

"둘째! 생명의 소중함을 배울 것!"

거의 외치듯 목소리를 높인 그녀가 '2'라고 적혀 있는 부분에 엄청난 수의 별을 그리기 시작했다.

별의 수만큼이나 그리폰을 처형시킨 일에 대한 그녀의 불만이 느껴져 왔다.

"몇 번이나 말하지만, 난 잘못 없어. 당당해."

"……셋째, 배려하는 마음을 기를 것."

"내가 왜."

"넷째, 뭐든지 혼자가 편하다는 생각을 버릴 것."

"혼자가 편하지."

혼자 고개를 끄덕이며 대꾸했다. 그러자 열심히 벽에 글을 써 내려가던 엘리샤가 두 눈을 가늘게 뜨더니 나를 흘겨보며 말했다.

"혼자만의 시간을 즐기신다는 분이 왜 절 혼자 안 두시는 건데요."

"너는 예외야. 넌 이미 내 삶의 일부나 다름없으니까."

엘리샤가 말의 앞뒤가 맞지 않다며 중얼거렸다. 그러면서도 여전히 손에서 펜은 놓을 생각을 안 했다.

"다섯째, 지금 이 순간을 즐길 것."

"……."

뭐라 대꾸를 해 줘야 했지만, 아무 생각도 들지 않았다.

"대답이 없으시네요?"

그녀가 이상하다는 표정으로 나를 바라보고 있다. 뒤늦게 웃으며 말했다.

"글쎄. 그건 네가 도와줘야 될 거 같은데?"

예전이었다면 말도 안 된다며 비웃었을 텐데 글쎄, 이제는 모르겠다.

지금 이 순간을 즐기라니. 당장은 어렵겠지만 그런 날이 올지도. 물론 그때까지도 엘리샤가 내 곁에 있다는 전제하의 이야기지만.

시간이 너무 느리게 지나갔다.

33일이라는 시간은 엄청나게 긴 시간이었다.

빠르다고 투덜거렸던 게 엊그제 같은데, 이번에는 또 느리다.

그래도 다행인 건, 몇 번인지 모를 마녀와의 주사위 게임을 통해 다른 참가자들에 대한 몇 가지 정보를 얻었다는 것.

처음에는 너무 직접적인 질문은 안 된다며 거절하더니, 도중에 갑자기 '특별'이라는 말을 들먹이며 입을 열었다.

그 결과, 나는 몇 가지 중요한 단서를 얻어낼 수 있었다.

일단 나를 포함한 참가자의 수는 3명이었다. 그래, 3명씩이나 된다는 말이다.

이 '앨리스'와 관련 있는 사람이 나를 빼고 두 명이나 더 있었다니. 그뿐만이 아니다.

그 세 명 중의 한 명은 앨리스의 승리를 선택했고, 나머지 두 명은 운명을 선택했다.

앨리스를 선택했다는 그 한 명은 바로 나였다. 그렇다는 건 나머지 둘은 모두 적이라는 뜻.

적이 많은 건 당연히 좋은 일이 아니다.

하지만 긍정적으로 생각해 보면 나름 괜찮은 조건일 수도 있다는 생각이 들었다.

그들이 이 게임에서 이기는 방법은 나와 마찬가지로 두 가지였다.

33일 안에 엘리샤를 제거하거나, 아니면 또 다른 참가자를 제거하거나.

하지만 엘리샤의 곁에는 항상 내가 붙어 있기 때문에, 그들이 엘리샤를 어떻게 하지는 못할 것이다. 그리고 참가자인 나를 제거하는 것도 사실상 불가능.

그들이 어떤 고유 마력을 갖고 있든지 상관없이, 무슨 수로 나를 탈락시키겠는가.

좋아. 아군? 오히려 아예 없는 게 나을 수도 있었다.

다가오는 모든 이들에 대해 의심하고 고민해서 판단을 할 필요가 없었으니까.

모두가 적이라면 그냥 전부 멀리하면 됐다.

그렇게 생각하니 더더욱 이 게임이 간단해 보이기 시작했다.

하지만 내가 만만하게 생각하면 생각할수록 이유 모를 불안
감은 더더욱 커져갔다.

운명이 이렇게 간단하게 나에게 행복이라는 걸 줄 리가 없을
테니까.

*   *   *

벌써 30일이 지났다.

아니, 벌써가 아니라 이제 겨우.

약속의 날에 가까워지면 가까워질수록, 마음이 더더욱 조급
해지기 시작했다.

앞으로 3일.

3일 후면 엘리샤는 앨리스의 운명에서 벗어나게 된다. 그러니
3일 동안만 지금처럼 이렇게.

"……."

감고 있는 줄도 몰랐던 눈이 번쩍 떠졌다.

아. 나도 모르게 잠이 들었나 보다.

아무래도 마지막이 다가오면 다가올수록 신경이 더 예민해지
다 보니 정신적으로도 지쳐 버린 거 같다.

아침저녁 할 거 없이 항상 엘리샤의 곁을 지켰으니까.

물론 그 점에 대해서 엘리샤는 늘 불만이 많았지만.

무거운 눈을 뜨고, 몸을 일으켰다. 주위는 새하얗다. 고개를 아주 살짝 돌리니 바로 옆에는 잠들어 있는 엘리샤가 보였다.

깜빡 잠들기 전까지만 해도 밖에 나가자고 조르는 엘리샤와 티격태격했던 거 같은데, 그러다가 서로 지쳐서 잠이 든 모양이었다.

멍하니 엘리샤를 바라보며 중얼거렸다.

"그래. 차라리 자라. 자."

마음 같아선 이렇게 내리 3일 동안 얌전히 잠들어 있으면 좋겠는데 말이야. 현실적으로는 불가능하지.

좀처럼 가만히 있지를 못하는 성격이었으니까.

지금 나와 엘리샤가 있는 이곳은 이 큰 카일룸에서도 딱 하나밖에 없는 특별한 방이었다.

원더랜드의 수많은 마법사들의 능력을 사용해 만들어진 특수한 방.

지금 이곳에는 나가는 문도, 들어오는 문도 없다.

오직 방의 주인인 내 명령이 있어야만 문이 나타나도록 설계를 했다. 즉, 내 의지 없이는 그 누구도 들어올 수도 나갈 수도 없다는 말.

숨어 있기에 딱 적합한 장소다. 남은 3일 동안은 이곳에 있을 생각이었다.

원래는 다른 참가자들을 찾아 33일이라는 시간을 단축시키려고 했지만, 아무리 노력을 해도 다른 참가자들의 정체를 알아내는 건 정말 힘든 일이었다.

도대체 누구지? 누군데 이렇게 꼬리가 안 잡히는 거야.

자신을 지키려는 내 마음을 아는 건지 모르는 건지, 여전히 꿈나라에 빠져 있는 엘리샤를 보니 괜히 장난이 치고 싶어졌다.

늘 좋알좋알 떠들어 대기 바쁜 그녀의 입을 뚫어져라 쳐다보던 나는 볼을 쭈욱 잡아당겼다.

잠들어 있어도 아프기는 한 모양인지 잠결에 강아지처럼 낑낑거리기 시작했다.

재미있고 통쾌하다. 계속해서 자는 애 얼굴에 장난을 치고 있는데, 그만 깨워버린 건지 엘리샤가 눈을 뜬다. 그리고 나를 노려보았다.

뭐, 뭐. 노려보면 어쩔 건데? 이 상황에서 네가 뭘 할 수 있겠어?

함께 지내면서 그녀에 대해 알게 된 것들이 꽤 있었다.

우선 그녀는 자신의 머리를 만지는 걸 별로 좋아하지 않았다.

물론 그 사실을 알고서부터는 일부러라도 머리에 더 집착을 보이며 괴롭히고 있기는 한데, 이제는 손만 들어도 두 손으로 머리를 감싸며 고개를 돌려 버렸다.

그럼 나는 그 반응이 또 귀여워서 자꾸 장난치게 된다.

하루가 빨리 안 간다며 투덜거릴 때는 언제고, 이제는 이런 별거 아닌 장난질 조금 했을 뿐인데 후딱 하루가 가 버린다. 그러다가도 아직 남아 있는 날을 떠올리면 다시 또 느리게 갔다.

잠을 잘 때 웬만해서는 움직이지 않았기 때문에 생사 확인을 위해 찔러 보는 거라고. 나름의 변명을 늘어놓아 봤지만, 늘 통하지 않았다.

얼마 남지 않은 시점에서 다시 한 번 생각해 볼 필요가 있다. 다른 두 참가자들의 정체.

물론 내 곁에 있는 사람 중에 있을 거라고는 생각하지 않는다. 그랬다면 내가 눈치를 챘을 테니까. 그리고 그래서도 안 됐다.

하지만 만약의 경우도 생각은 해 봐야 하니까…… 두 명의 참가자 중 한 명이 헬가라고 하면 이는 엄청 골치 아픈 상황이 될 것이다.

그녀의 능력이라면 언제 어디서든지 엘리샤를 찾아낼 수 있을 테니까.

내 곁에 항상 붙어 있는 일리야도 한 번쯤 의심해 봐야 할지도.

그 녀석에게는 특별한 능력이 없지만, 워낙 우수한 놈이다 보니 이 게임을 유리하게 이끌 가능성도.

도대체 나머지 두 명은 누구일까?

"……."

……내가 이렇게 고민하고 있는 걸 아는지 모르는지. 엘리샤는 어느새 다시 잠이 들었다.

그녀가 조용한 건 마음에 안 들었지만, 그래도 내 눈앞에 있으니 안심이 됐다.

그래. 좀 더 희망적인, 긍정적인 생각을 해 보자.

이 게임에서 이긴 다음에는? 당연히 엘리샤를 하트로 만들어야겠지. 아. 그런데 그녀가 거부할지도 모르겠다.

지나간 47명의 하트를 핑계로 싫다고 하면 어쩌지?

지금까지 몰랐는데, 막상 다시 생각해 보니 그 수는 너무 엄청난 수였다.

여자들은 여자 많은 남자 싫어한다고 들었는데…… 물론 그 점에 대해서는 나도 할 말이 있었지만, 그걸 엘리샤에게 잘 설명할 수 있을지도 문제였다.

그래. 생각해 보니 이것도 문제네.

아무리 엘리샤가 앨리스의 운명에서 벗어난다고 해도, 그녀가 동의하지 않는데 내가 멋대로 어떻게 할 수는 없을 테니까. 그러고 싶지도 않고.

하트가 되지 못하면? 엘리샤의 시간은 지금처럼 흘러갈 텐데. 그럼 언젠가는 죽는단 말이야…….

"……혹시라도 나 혼자 남겨 두고 떠날 생각은 하지 마."

어차피 내 말 따위, 듣고 있지 않겠지만.

"난 이제 너 없으면 못 살거든."

지금 와서 다시 생각해 보면 그녀는 정말 특별했다.

내 뜻대로 움직이지 않는, 그리고 예상치 못한 일들을 몰고 오는, 나의 많은 것을 바꾼.

어느 날 갑자기 그렇게, 내 앞에 나타나서는…… 정말 어느 날 갑자기 내 곁을 떠난.

그녀는 나의 특별한 앨리스였다.

* * *

여전히 그 날을 떠올리는 것만으로도 내 심장은 찢어질 거 같이 아프다.

그 날은 마녀와의 게임 종료까지 딱 하루밖에 남지 않았던 날.

그동안의 긴장과 피로, 마지막 남은 하루라는 불안, 그리고 다가오는 끝에 대한 기대와 행복. 그것들이 쌓일 대로 쌓이다 보니 나는 제정신이 아니었다.

아주 깜빡 잠이 든 사이, 그녀가 사라졌다.

정말 아주 잠깐이었다. 그동안 엘리샤가 사라졌다. 아무런 흔적도 남기지 않고.

강제로 문을 연 흔적 따위, 어디에도 없었다.

푸엘라인 엘리샤가 스스로 나갔다는 건 불가능한 일.

침입자가 있었다고 해도, 방에는 내가 함께 있었기 때문에 강제로 들어오려는 시도가 있었다면 눈치를 챘을 것이다.

하지만 그런 것조차 없었다. 그녀의 죽음에 얽힌 의문점은 한두 가지가 아니었다.

내가 기억하는 당시 상황은 그렇다.

눈이 오는 날이었다.

카일룸의 넓은 뒷마당.

봄이 와서 꽃이 피면 예쁠 거 같다면서, 엘리샤가 특히나 마음에 들어 했던 장소.

꽃이 아닌 새하얀 눈으로 가득 뒤덮인 마당에 그녀가 누워 있었다. 그리고 그녀 주위에는 하얀색과는 너무나도 대조되는 붉은색들이 피어 있었다.

내가 잘 알고 있고, 실제로 지금까지 몇 번이고 끄집어 낸 붉은색과 동일했지만, 이번 붉은색만큼은 두렵다.

심장이 갈기갈기 찢어지는 것으로도 모자라, 머리까지 어떻게 되어 버릴 거 같았다.

최대한 아무렇지 않은 듯 행동해야 할 텐데 이미 힘이 빠져버린 다리 때문에 털썩 주저앉아 버렸다.

"……정말 말 안 듣는다. 방 안에 가만히 있으라고 했는데, 왜 나와 있는 거야?"

엘리샤의 감긴 눈이 파르르 떨리는가 싶더니, 곧 힘겹게 떠졌다. 그러고는 나를 바라본다. 그녀는 여전히 웃고 있다.

"안녕하세요."

늘 그랬듯, 이번 역시 여유롭게 인사를 나눌 상황은 아니었다.

"그러고 보니, 처음 만났을 때도 넌 그랬지."

"……당신을 만나면 꼭 하고 싶었던 말이었으니까요."

가만히 그녀의 옆에 털썩 앉았다. 멍하니 있다가 몸을 뒤로 젖히고 그대로 나란히 하얀 눈밭에 등을 대고 누웠다.

"……당신은 모르겠지만, 저한테 있어서 '안녕하세요.'는 단순한 인사가 아니에요."

그 말을 마지막으로 우리는 잠시 서로 말이 없다.

아니, 지금 여기에서 무슨 말을 하면 좋을지 모르겠다. 하고 싶은 말이라면 아주 많이 쌓여 있는데, 어디서부터 시작하면 좋을지 몰랐다.

그녀의 손을 잡았다. 생각했던 것보다 더 차가웠다.

"……밖에 나와 있으니까 손이 이렇게 차가운 거잖아."

"……아마 다른 이유 때문일 거예요."

"치료하자."

이미 이 정도로 주위를 붉게 물들여 놓고도, 계속해서 새빨간 피를 쏟아내고 있는 그녀의 상처에 손을 얹으며 말했다.

"괜찮아요."

아무런 말이 나오지 않았다.

그저 스스로의 무력함에 고개를 푹 숙인 채 지금까지 만나 보지 못한 상황에 부딪혀, 어떻게 해야 할지 몰랐다.

처음 느껴보는 충격에 굳어 있는데, 갑자기 차가운 엘리샤의 손에 내 얼굴에 닿았다.

"아. 앨리스의 마지막을 보는 건 이번이 처음인가요?"

그녀가 물었다.

"……응."

내가 조용히 대답했다.

그래, 처음이었다. 앨리스 따위 나는 관심 없었으니까.

"그럼 제가 처음이네요? 이것 참. 영광이네요."

고개를 돌리니 내가 예상했던 대로, 그리고 상상했던 그대로의 미소로 그녀가 웃고 있다.

도대체 이런 끔찍한 상황에서 어떻게 웃을 수 있는 건지 모르겠다.

'시간의 지배자'라는 말이 운다.

나는 시간이 많고, 그녀는 시간이 없다. 그럼에도 불구하고 나는 아무것도 할 수가 없다.

모든 이들의 부러움을 한 몸에 받고 있는 지배자는 정작 사랑하는 여인을 위해 할 수 있는 게 아무것도 없다.

"소감을 물어봐도 될까요?"

"그냥……."

소감이라니.

"……좀 아프네……."

언젠가 시간 때우기 용으로 한 번쯤 이것과 비슷한 상황을 생각해 본 적이 있었다.

그때 예상했던 것과는 비교가 되지 않을 만큼이나 아팠다.

이미 한 번 벌어진 상처에 날카로운 무언가가 다시 한 번 박히는 느낌이다.

장난 아닌 고통이었다.

어느새 눈에서는 내 것이라고 생각하기 어려운 눈물이라는 것이 흘러내리기 시작했다.

이번에는 뜨거운 피가 묻어 따듯하다는 착각을 불러일으키는 그녀의 또 다른 손이 내 얼굴에 닿았다. 너무도 뜨겁다.

"그럼 그 느낌, 심장에 잘 새겨 둬요."

"……."

"당신이 하트를 선택하든 안 하든. 수많은 앨리스들이 생길 거예요. 이건 당신이 막을 수 없는 일이고 그들 또한 어쩔 수 없다는 걸 알고 있어요."

말하는 것조차 버거워 보이는 엘리샤가 눈처럼 새하얀 얼굴로 힘겹게 숨을 내뱉었다.

"그들에게 당신이 해 줄 수 있는 건, 지금처럼 그들의 죽음을 진심으로 아파해 주는 일이에요."

그녀의 눈동자가 서서히 초점을 잃기 시작했다.

"이건 앨리스뿐만 아니라, 지금까지 당신의 손에 희생되었던 하트들에게도 해당되는 이야기예요. 어차피 오래 살지 못한다는 이유로. 당신이 함부로 해도 되는 생명들이 아니에요."

그 말과 함께 내 얼굴을 감싸고 있던 그녀의 두 손이 떨어졌다.

나를 바라보는 그녀는 아직도 웃고 있다.

문득 왜 그런 생각이 들었던 건지는 모르겠는데 나도 모르게 내 입이 먼저 움직였다.

"……갑자기 든 생각인데 말이야. 혹시 우리, 예전에 만난 적 있어?"

"……만난 적은 없어요. 그랬다면 당신이 저를 기억했겠지요."

하긴.

나도 내가 왜 이런 질문을 했는지 모르겠다.

"참 이상하지. 사실 알고 지낸 지는 얼마 안 됐지만 말이야, 나는 네가 늘 내 곁에 있었던 거처럼 익숙했어."

"우연이네요. 저도 늘 당신의 곁에 있었던 거처럼 익숙한 기분이었는데."

그녀의 대답에 내가 웃었다.

조금이라도 웃지 않으면 엘리샤의 기억 속 나는 항상 무표정으로 남아 있을지도 모른다는 생각에 덜컥 겁이 났다.

그나저나 웃는 게 이렇게 힘들 줄이야.

그동안 엘리샤는 어떻게 웃었던 걸까. 역시 너는 대단해.

힘들지만 최선을 다해 웃으며, 다시 그녀를 바라봤다. 한참을 그녀를 바라보던 나는 이제는 얼음장처럼 차가워진 그녀의 입술에 입을 맞췄다.

몸을 일으켰다. 엘리샤의 눈이 천천히 감기고 있다.

헤어져야 하는 순간이 다가오고 있었다.

"우리 다시 만날 수 있겠지?"

하트가 없는 상태에서 희생된 앨리스는 다음 생에 다시 태어날 수 있다고 들었다.

그때까지 얼마나 긴 시간이 걸릴지는 나도 알 수 없지만.

"인연이라면 또 만나겠지요."

엘리샤가 대답했다.

"……그럼 우리는 반드시 다시 만날 거야."

나는 확신했다.

"내가 기다릴 거니까. 그러니까 약속해."

"……."

"난 여기서 꼼짝 않고 기다릴 거야. 그러니까 네가 날 찾아와. 약속이야."

평소 곤란할 거 같은 질문을 하면 얼굴을 굳히면서 고개를 돌리는 등의 반응을 보이고는 했는데, 다행히 이번만큼은 절박한 내 마음을 읽은 건지 그녀는 웃고 있다.

"약속할게요."

언젠가 들은 적이 있다.

앨리스의 마지막은 무(無)로 돌아감으로써 끝이 난다고. 말그대로 그냥 사라진다는 뜻이었다.

마치 처음부터 없었던 존재처럼.

"헤어지는 게 아니야. 잠시 떨어져 있는 거지."

마지막이라고 생각하고 싶지가 않았다.

나는 눈을 감았다.

아, 이제부터 기나긴 기다림의 시작이겠구나.

많은 사람들의 기억과 입에 오르내리게 될 이야기가 바로 우리의 이야기이다.

원더랜드의 황제는 앨리스를 사랑했다.

그리고 앨리스는 눈을 감았다.

*　　　*　　　*

가만히 넋을 놓고 앉아 있었다.

앞으로 뭘 하면 좋을지, 이제부터 어떻게 해야 할지, 아무런 생각도 들지 않았다.

엘리샤가 떠났다. 그리고 나는 이렇게 혼자 남아 있다.

그녀를 만나기 전, 아주 오래전부터 나는 혼자였지만 이제는 혼자라는 것이 익숙하지 않았다.

아니 정정, 나는 이렇게 검은 마녀와 달랑 둘이 남아 있다.

검은 마녀가 나를 향해 걸어오고 있는 게 보인다.

분명 지금 내 꼴을 비웃기 위해 온 것이 틀림없었다. 그래, 웃고 싶으면 실컷 웃어.

하지만 비웃음 또는 저주 같은 말들을 한바탕 늘어놓을 줄 알

왔던 그녀는 가만히 내 앞에 서 있었다.

무언가를 고민하는 듯 보이던 그녀의 입에서 나온 말은 놀라웠다.

[……소원을 들어드리겠습니다.]

"뭐?"

어째서?

"나는 분명 이 게임에서 졌을 텐데?"

나는 엘리샤가 앨리스의 운명에서 벗어나 33일 후인 지금도 내 곁에서 멀쩡히 살아 있을 거라고 확신했다.

하지만 그 바람은 누군가에 의해 이루어지지 않았고, 결국 나는 마녀의 질문에 오답을 선택한 꼴이 되어 버렸다. 그렇게 탈락했다.

오히려 대가로 지불한 내 목숨을 가져가겠다고 난리를 칠 줄 알았는데.

"……대가로 내 목숨을 가져가기 위해 온 게 아니었나?"

내 질문에 그녀는 말없이 그저 웃었다.

[아무리 제가 운명의 사자라고 해도 황제의 목숨을 가져가는 건 불가능하지요.]

"뭐?"

나도 내 얼굴이 어떨지 대충 예상이 된다. 너무 당황해서 우스꽝스럽게 보이겠지.

[그때의 그 질문은 당신의 절박함을 확인해 보고 싶었을 뿐입

니다. 아무것도 잃지 않을 거라고 하면, 무조건 게임에 참가했을 테니까요.]

분하지만 데우스의 말은 맞았다.

한바탕 따져 주고 싶었지만, 할 말이 없어진 나는 잠시 입을 다물고 방금 전까지만 해도 엘리샤가 있었던 자리를 바라봤다.

"그럼 소원을 들어주겠다는 말은 뭐지?"

[……제 질문에 올바른 선택을 하지는 않으셨지만, 마침 참가자 중 한 명이 불의의 일로 탈락하는 일이 발생했습니다.]

"……뭐?"

데우스의 입가에 의미를 알 수 없는 미소가 피어올랐다.

[운이 좋으시군요. 황제.]

"……."

[그때 제안하신 규칙이 설마 이렇게 작용할 줄은 저는 물론, 당신도 몰랐겠지요. 그저 놀라울 따름입니다.]

"그럼……."

[예. 게임의 규칙을 따라, 참가자 중 한 명이 탈락하는 일이 발생했으므로, 탈락자를 제외한 모든 참가자들에게 승리자의 자격이 주어집니다.]

정말 운도 좋지. 아니, 운이 좋다고 말할 수 있나? 엘리샤는 이제 없는데? 이제 와서 이게 다 무슨 소용이지?

내 소원은 엘리샤가 앨리스의 운명에서 벗어나는 것. 엘리샤가 없는 지금, 그 소원은 쓸모가 없었다.

[자, 그럼. 당신의 소원은 무엇입니까?]

"내 소원…… 내 소원은……."

많은 생각들이 한꺼번에 떠올랐지만, 그것들이 향하고 있는 방향은 모두 똑같았다.

결국 나는 그녀에게 내 소원을 말했다.

[엘리샤와 평생을 함께할 수 있게 해 줘.]

내 말에 데우스는 잠시 생각에 잠겼다.

곧 어떤 결론을 내린 건지, 그녀의 특이한 오드아이가 번뜩이기 시작했다. 어느새 입가에는 희미한 미소까지 지어져 있었다.

그녀가 고개를 끄덕였다.

[알겠습니다. 그럼 기회를 한 번 더 드리겠습니다.]

기회를 한 번 더 준다고?

그 말을 듣기 무섭게 이미 멈췄던 심장이 다시 뛰는 것 같은 기분이 들었다. 멈췄던 피가 다시 돌기 시작했다. 어두운 먹구름만이 가득하던 머릿속이 맑아졌다.

[48번째 앨리스가 희생되었습니다. 하지만 황제께서 앞으로 48번째의 하트를 맞이하지 않으신다면, 무의미하게 희생되었던 앨리스는 다시 환생을 하게 되겠지요.]

"……."

[그게 얼마나 먼 미래가 될지는 모르겠지만 당신이 환생한 그녀를 찾는 순간, 그때 연장전을 시작하겠습니다.]

"연장전?"

[예.]

또 한 번의 기회라.

나로서는 고마워할 수밖에 없는 제안이었지만, 솔직히 수상했다.

그러니까 지금 데우스가 나를 봐주고 있는 건가? 도와주는 거야?

하지만 왜? 운명은 황제들을 싫어하는 거 아니었나?

그 속을 조금이라도 읽어 보려고 가만히 그녀를 바라봤다.

그러나 어느새 눈앞에 다가온 그 오드아이가 생각을 방해했다. 그리고 그녀의 손에 들려 있는 작은 열쇠가 보였다.

[연장전을 위한 제 작은 선물입니다.]

"열쇠? 이게 뭐지?"

갑자기 열쇠를 쥐여 주며 선물이라는데, 이건 또 어디에 쓰는 물건인지 모르겠다.

이게 게임과 무슨 관련이 있냐는 내 표정에 그녀가 대답했다.

[오클레임이라는 겁니다.]

오클레임? 한때 엄청난 인기를 끌었던 마법이라고 들은 적이 있었다.

[이 안에 들어 있는 건 앨리스의 기억 일부입니다. 총 세 개로 나누었으며 이는 그것들 중 한 개입니다.]

"잠깐."

뭔가 이상하다.

지금 내 손에 들려 있는 이것이 엘리샤의 기억을 담은 오클레임이라면, 엘리샤는?

"……그 말은 다음에 엘리샤를 만나게 돼도 그녀가 나를 기억하지 못한다는 건가?"

내 질문에 데우스는 고개를 끄덕였다.

아니, 이러면 안 되지! 다시 만나도 나를 기억하지 못한다니. 이런 건 한 번도 생각해 본 적이 없었다.

"어째서?"

[앨리스의 모든 기억을 지워달라는 게 또 다른 참가자분의 소원이었기 때문입니다.]

끝까지 방해를 하는구나.

"……그럼 연장전은 어떻게 되는 거지?"

[간단합니다. 앨리스가 환생을 하게 되면 새롭게 태어남과 동시에 새로운 운명을 살게 됩니다. 즉, 전생에 묶였던 앨리스의 운명에서 벗어나게 되지요. 때문에 제가 처음에 드린 질문은 의미가 없게 됩니다.]

"그렇다면……."

[황제께서 제안하신 규칙. 참가자 중 한 명의 탈락자라도 발생하면 이 게임이 끝나는 거로 하겠습니다.]

"한 마디로 탈락자를 만들라는 의미군."

총 참가자는 세 명이라고 했다.

셋 중 한 명이 탈락해야만 한다는 뜻. 결국 손에 피를 묻혀야

끝을 볼 수 있다는 건가.

혼자 그 이야기를 납득하고 있는데, 그런 나를 바라보던 데우스가 끝에 한 가지를 덧붙였다.

[단, 오클레임은 게임이 끝나기 전에 모두 찾으셔야 합니다.]

알아들었다는 의미에서 고개를 끄덕여 주었다.

한 마디로 일단은 나에게 있는 이 하나를 제외한 나머지 두 개의 오클레임을 찾는 게 우선이라는 뜻이군.

다음 게임 때 다시 보자며, 그녀는 때마침 나에게 있던 주사위를 회수해 갔다.

[그럼 나중에 다시 뵙겠습니다.]

말이 간단하지.

[다음에 뵙는 건 아주 많은 시간이 흐른 뒤겠지만.]

기약 없는 약속이어서 그런지 막막하기만 했다.

그 나중이라는 것이 오기까지, 자그마치 120년이라는 긴 시간이 걸렸다.

나는 죽은 듯 하루하루를 견디어 냈다.

그리고 어느 날이 찾아왔다. 그 날은 아침부터 시끄러웠다.

조용하기만 하던 카일룸 전체가 들썩일 정도로 소란스러웠다. 그러고 보니 아침에 일리야가 말하길 카일룸에서 아카데미 학생들의 의식이 있다고 했다.

매년 있는 행사였지만, 이번 역시 그들과 마주치기 싫어서 일부러 방에 숨어 있었다. 그리고 그 방에 엘리샤가 찾아왔다.

약속대로 그쪽에서 나를 찾아왔다.

나는 그녀를 기억했지만 역시나 그녀는 나를 기억하지 못했다.

하지만 괜찮아.

괜찮아. 엘리샤. 내가 너를 기억하니까.

내가 120년 전의 우리들의 이야기를 전부 기억하고 있으니까.

그러니까 엘리샤, 우리 다시 시작하자.

처음부터 다시 시작하는 거야.

*　　*　　*

다시 현재
에이드의 방

"데우스. 다시 묻겠다."

그때 그녀를 숨겨 둔 장소. 그 방은 내 허락 없이는 아무도 들어갈 수 없을뿐더러, 안에서조차 마음대로 나갈 수 없는 방이었다.

그런데…… 누군가가 그 방에 잠입을 했다. 그리고 엘리샤를 데리고 나갔다. 그리고…… 그녀는 죽었다.

"……'그 날' 엘리샤를 죽인 건 누구냐."

내 질문에 데우스는 잠시 망설였다.

방금 한 질문이 그녀가 생각해 둔 적정선에 아슬아슬한 모양이다.

어쩌면 답하기를 거부할지도 몰랐다.

하지만 그러한 내 걱정도 잠시, 곤란하다는 그녀의 표정이 재미있다는 표정으로 바뀌었다.

"……'게임'의 또 다른 참가자입니다."

"……."

그걸 누가 몰라. 그 정도는 나도 예상할 수 있었다.

설마 이걸 대답하려고 그렇게 고민했던 거야?

이미 한 번 한 질문은 또 할 수가 없다. 이제 어떻게 하지? 하고 나름대로 심각해져 있는데 데우스가 다시 입을 열었다.

"그리고 황제, 당신도 잘 알고 있는 사람입니다."

설마 그러지 않기를 바랐는데.

내가 잘 알고 있는 사람이라고 하면 120년 전부터 나와 함께 그녀를 기다려 준 인물 중 한 명일 것이다.

그들을 상대로 소중하다느니, 그런 낯간지러운 말은 할 수 없었지만 그래도 없으면 쓸쓸할 정도로 다들 정이 들었다.

하지만. 방금 전 마녀의 말로 마음이 바뀌었다.

이제 그들 중 누군가 한 명을 잃게 되는 건 확실해졌다.

제6장
Hide & Seek

—*Elisha*

현재

황제의 궁, '카일룸' 서재 안

'……이상해.'

요즘 황제, 이놈이 이상했다.

늘 밝은 분위기, 아니 정확히 말하자면 밝은 분위기를 연출하기 바빴던 그가 며칠째 기운이 없어 보였다.

실실거리던 그가 이렇게 표정을 굳히고 있으니, 오히려 내 기분이 이상했다.

짜증 나는 바보가 갑자기 바보짓을 하지 않을 때 찾아오는 허전함이나 아주 약간의 걱정이라고나 할까.

그런데 더 웃긴 건, 그 제정신이 아닌 상태에서도 죽어라 내 주위를 맴돌고 있다는 거였다.

오늘 오전에도 답답하다고 헬가에게 투정 부리는 나를, 직접 서재로 데리고 와 준 그였다. 친절하게도 책까지 골라 주며.

중앙에 있는 책상에 자리를 잡고 앉아 책을 읽기 시작했다.

그는 지금 내 앞에 앉아 있다.

그러나 서재에서 책 읽을 생각은 않고, 멍하니 다른 곳을 응시하고 있다.

서재에 왔으면 책을 읽으라고. 책을!

책 읽을 생각이 없으면 돌아가든가. 도저히 책에 집중할 수가 없다.

그렇다고 오늘 왜 이러느냐고 물어볼 수도 없고. 왜? 나는 자존심이 센 여자니까.

"……엘리샤. 표정이 너무 무섭다."

속으로 혼자 열심히 그를 헐뜯고 있는데, 내 마음속을 들여다보기라도 한 건지 그가 말했다.

말은 '무섭다'라고 하면서도 그는 지금 웃고 있다.

아, 이제야 나를 제대로 바라본다.

"……어디 아파요? 제정신이 아닌 거 같네."

이건 절대 걱정하고 있는 게 아니다. 만약 이 녀석이 아프다고 하면, 그것을 이곳에서 탈출할 수 있는 '기회'로 삼기 위해서였다.

그러고 보니까 탈출 생각을 접은 지도 꽤 되었다.

그동안 안 했으니까, 이쯤이면 놈의 경계심도 어느 정도 풀렸을 터.

나를 뚫어져라 바라보고 있는 그 시선을 피하기 위해 고개를 돌렸는데, 익숙한 책장이 눈에 들어왔다.

갑자기 저 책장 뒤에 숨겨져 있는 '이야기 벽'이 신경 쓰였다.

나와 그 사이에 무언가가 있는 건 확실했다. 그렇게 생각하니까. 뭐랄까…… 조금은 편하게 되었다고 할까?

이런, 이거 위험하다.

"오늘은 나랑 놀아 줄 생각이 있나 봐? 맨날 무시했잖아."

저 말투, 정말 마음에 안 든다.

조금 전까지만 해도 '나 오늘은 기운이 없어.'라며 풀이 죽어 있을 때는 언제고. 다시 장난기가 가득 맴도는 표정으로 나를 바라보며 웃고 있으니 말이다.

한숨을 내쉬며 그냥 말을 걸지 말아 달라는 의미에서 한 번 노려봐 주었다.

그렇게 한참 동안 그를 쏘아보고 있는데, 그의 목에서 무언가가 희미하게 반짝이고 있는 게 보였다.

"……그게 뭐예요?"

내 말에 그가 고개를 내려, 자신의 옷을 이리저리 훑어보더니,

고개를 갸웃거리며 물었다.

"뭐? 아무것도 없는데."

아니, 옷이 문제가 아니라.

"목에 건 거요. 목걸이에요?"

그가 목에? 라는 말을 중얼거리며, 자신의 목을 더듬더니 잘 그락거리는 소리와 함께 표정을 굳혔다. 스스로 뭔가 실수를 하고 말았다는 표정이었다.

잠시 내 눈치까지 보더니 그는 곧 제 목에 걸려 있던 목걸이를 빼냈다.

아. 나에게 보여 주려는 거구나 싶어서 손을 뻗었지만, 그는 목걸이를 둘둘 말아 자신의 주머니에 집어넣어 버렸다.

"아무것도 아니야."

뭐가 아무것도 아니야.

미안하지만 난 이미 보고 말았다고. 그냥 넘어갈 수는 없지.

"별거 아니래도."

찔리기는 한가 보다.

더더욱 그에게서 눈을 떼지 않았다. 그렇게 뚫어져라 쳐다보기를 얼마.

결국 그는 내 강렬한 눈빛에 이기지 못하고, 항복을 의미하는 한숨을 내뱉었다.

"하아……. 깜빡했네. 난 너 못 이기지."

그러니까. 결국 이렇게 나한테 이기지도 못할 거면서.

한숨을 내쉰 그가 어색하게 숨긴 목걸이를 다시 꺼냈다. 여전히 그의 행동에는 망설임이 있었지만, 그래도 많이 봐줬다는 듯 그것을 내 눈앞에 들어 보여 주었다.

"목걸이네요."

평범한 목걸이었다.

아니, 그가 숨길 정도면 뭔가가 있을 것이다. 좀 더 자세히 보기 위해 손을 뻗었다.

그런데 에이드가 갑자기 흠칫하고 놀라더니, 내 손이 그것에 닿기도 전에 재빨리 뒤로 물러났다.

이렇게 나오니 더더욱 수상하다.

건들지 않겠다는 의미로 두 손을 내려보였다. 그러자 몇 걸음 물러났던 그가 다시 다가왔다.

그의 손에 들린 목걸이 역시, 다시 내 눈앞에 있다.

겉으로 보기에는 아무리 봐도 특별한 점이 없다. 굳이 찾아서 말하라면 금빛의 목줄에 걸려 있는 열쇠라는 것?

그런데 신기한 건, 이 정말 별거 아닌 것이 눈에 익다는 것이다.

자세히 떠오르지는 않았지만, 어디선가 이것과 비슷한 걸 본 거 같은 기분이 들었다.

별로 관심 없는 척을 하다가 잽싸게 그의 손에서 열쇠를 낚아챘다.

방심하고 있다가 나에게 목걸이를 뺏겨 버린 그가 당황하는 모습이 꽤나 볼만했다.

"이게 뭐예요?"

가까이서 보니 더 예뻤다.

정교하게 세공이 되어 있는 열쇠 모양인데, 조금 오래되어 보인다는 게 흠이라면 흠이었지만, 그것도 나름대로 느낌이 있어 보였다.

"열쇠 같은데? 무슨 열쇠예요?"

"......"

대답이 없다. 지금 고민 중인 게 틀림없다.

내 손에 넘어가 버린 이 목걸이를 그냥 내버려 둘까, 아니면 강제로라도 도로 빼앗아 올까를 고민하고 있겠지. 그것도 아주 진지하게.

내 궁금증이 해결되기 전에는 어림도 없다는 걸 알려 주기 위해, 나는 아예 그것을 보란 듯이 그의 앞에서 내 목에 걸었다.

그제야 그는 포기한 거 같았다.

"......오클레임이라는 거야."

"오클레임?"

"......"

여기까지인가 보다. 더는 그에게서 설명을 들을 수 없겠지.

이 열쇠에게는 이름이 있었다. 그것도 나는 처음 들어 보는 이상한 이름이.

그런데 난생처음 들어보는 단어이건만, 이상하게도 '오클레임'이라는 그 단어가 머릿속에 쏙쏙 들어왔다.

정확하게 이게 뭐냐는 질문을 할까 고민하다가, 점점 표정이 안 좋아지기 시작하는 그를 위해, 이쯤에서 그만해 줘야지 싶었다.

"그런데 이거, 남자가 하고 다니기에는 너무 여성스럽지 않아요?"

더 있다가는 울 거 같아서 잽싸게 목걸이를 빼서 돌려주었다.

"……그 점이 나도 신경 쓰이기는 하지만…… 워낙 소중한 거라……."

남자인 그가 목에 걸고 다니기에는 조금 무리가 있지 않나 싶어서 물었다.

그 정도로 꽤 여성스러운 디자인이었다.

"예쁘던데. 그거 나 주면 안 돼요?"

너무 뻔뻔하게 요구했나?

건네받은 목걸이를 다시 제 목에 걸고 있던 그가 멈칫했다.

아무래도 쉽게 주겠다는 말이 나오지 않을 정도로, 그에게는 소중한 물건이었던 모양이다.

하긴, 그러니까 자신과 어울리지도 않는 걸 하고 다니는 거겠지.

그렇게 소중한 물건이라면 됐다고 말하려고 했다.

그런데 갑자기 궁금해졌다. 이유는 모르지만, 나에게 잘 보이기 위해 안간힘을 쓰는 그인데.

항상 목에 걸고 다닐 정도로 소중한 저 목걸이를 나에게 줄지 안 줄지.

예상외로 그는 한참을 열쇠와 나를 번갈아보며 고민했다.

끙끙거리며 쉽게 결정을 내리지 못하는 그가 불쌍하다는 생각이 들었다.

됐어. 됐다고.

"농담이에요. 필요 없어요."

꼭 내가 나쁜 사람이 된 거 같은 기분이 들어, 농담이라는 말로 잘 얼버무렸다.

그제야 다행이라는 얼굴로 웃는다. 그 모습을 보니 나도 모르게 피식 웃음이 새어 나왔다.

"미안."

정말 미안한 표정으로 내 눈치를 살피고 있다.

곧 그가 새끼손가락을 내밀었다.

"나중에…… 때가 되면 돌려줄게."

말이 조금 이상하지 않나?

'돌려준다.'라는 말은 원래 내 것이었던 걸 그가 가져갔을 때나 하는 말인데.

눈앞에 있는 그의 새끼손가락을 멀뚱히 바라봤다.

굳이 약속까지 할 필요는 없는데. 아니, 그것보다도 왠지 이건 그와는 어울리지 않는 귀여운 행동이었다.

잠시 머뭇거리던 나는 그의 간절하기까지 한 눈빛에 홀라당 넘어가 버렸다.

"좋아. 약속했다."

기분이 이상하다. 표현이 이상하기는 한데, 그와 닿았다는 게 그냥 느낌이 이상했다.

생각해 보니까 그러네.

항상 그가 내 뒤를 졸졸 쫓아다니거나 짐짝 다루듯 짊어지기만 했지, 이렇게 스스로 손을 내밀어 본 건 처음이었다.

그 역시 이러한 사실을 알아차린 건지, 잔뜩 감격한 얼굴로 나를 바라보고 있다.

그 표정이 너무 부담스러워서 나는 재빠르게 손을 떼었다.

"아. 맞다."

"응?"

이만 방에 돌아가겠다며 자리에서 일어서던 내가 말했다.

그러고 보니까 깜빡한 게 하나 있었다.

"같이 차 마실래요?"

그에게 제안했다. 대답은 들을 필요도 없었다.

말 떨어지기 무섭게, 또다시 엄청 부담스러울 정도로 밝아지는 그의 얼굴이 이미 대답해 주고 있었으니까.

* * *

책 읽는 걸 꽤 좋아하는 나였지만, 가리는 게 하나 있다.

그건 바로 지금 내 눈앞에 있는 거와 같은 역사와 관련된 책이었다.

헬가가 펼쳐진 책의 한 부분을 손으로 가리키고 있다. 나는 재빨리 그것을 눈으로 쭉 훑어 내렸다.

세계는 3개로 나누어져 있다.

인간들이 사는 제1의 세계 '어스랜드(Earthland)'와 여러 종족들이 살고 있는 제2의 세계 '헤븐(Heaven)' 그리고 마지막으로 가장 위에 존재하며 이 모든 세계를 내려다보는 위치에 있는 것이 제3의 세계, 우리가 살고 있는 '원더랜드(Wonderland)'이다.

"자. 이해가 되셨나요?"

"음……."

오늘따라 유난히 헬가는 신이 나 보였다. 반대로 그녀가 기운이 넘치면 넘칠수록 나는 금방 지쳤다.

깜빡할 뻔했는데, 오늘은 헬가의 저 혼자 즐거운 역사수업이 있는 날이었다.

그녀는 내가 이 원더랜드와 카일룸에 대해 제대로 알기를 바란다며, 언젠가부터 책과 펜을 들었다.

수업에 대한 열정은 좋다.

하지만 이러한 기초적인 지식들은 이미 아카데미에서 배웠다고 말을 해도 그녀는 듣지 않았다.

"그리고 그 원더랜드를 다스리고 계시는 분이 바로 여기 계시는 에이드 님이시죠!"

갑자기 헬가가 맞은편에 앉아 있는 에이드를 가리키며 의기양양하게 말했다. 그러자 멀뚱히 나와 헬가를 구경하고 있던 그가 인사하듯 웃으며 손을 흔들고 있다.

그런 그에게 장단을 맞춰 주듯 박수를 쳐 주었다.

"그것 참, 대단한 분이셨군요."

옆에서 자꾸 헬가가 웃고 있다.

그 미소를 마주할 용기가 없어서 멍하니 정면만을 주시하고 있는데, 때 마침 내 앞에 앉아 있던 에이드가 그 시선을 오해한 건지 싱긋 웃었다.

"미리 말해 두는 건데, 그냥 멍 때리고 있었던 거예요."

무슨 말을 하려는 건지, 그의 입이 아주 약간 벌어지기 무섭게 말했다.

그는 아쉽다는 표정이었지만 그래도 좋다며 여전히 웃고 있다. 정말 저 웃는 얼굴에는 적응이 되지 않았다.

이런, 아주 잠깐 놓쳤던 헬가를 다시 바라봤다.

우리를 바라보고 있는 그녀 역시도 지금 이 상황을 매우 흥미롭게 관찰하는 중이었다.

무슨 기대를 하는 건지 모르겠지만, 헬가나 에이드가 생각하고 있을 그런 거 때문은 절대 아니었다.

사실 내가 에이드에게 함께 차를 마실 것을 권한 건 헬가의 수업을 땡땡이치기 위해. 그것 때문에 그와의 티타임을 선택한 건데, 일이 이상하게 돌아가고 있었다.

설마 헬가가 그냥 수업을 진행하겠다고 고집을 부릴 줄이야. 그리고 에이드의 입에서 그걸 또 같이 듣겠다는 말이 나올 줄이야.

모든 것들이 예상 밖의 일이었기 때문에 나는 그냥 가만히 앉아 있었다.

"그나저나 네가 웬일이야? 나랑 차를 다 마시고?"

솔직하게 말할까 말까를 고민하다가 거짓말을 하기로 했다.

"언제까지 이곳에 있을지는 모르겠지만, 일단 그쪽이 주인인 이상 조금은 친해져 두는 게 좋을 거 같아서요."

"……참 솔직하구나."

완벽하게 거짓말은 아니었다.

어떻게 보면 사실인 부분도 있으니까. 그리고 인정하고 싶지는 않지만, 이렇게 그와 함께 있는 것도 이제는 꽤 익숙해졌다.

아주 가끔이었지만 혼자 있을 때보다도 더 안심이 될 때조차 있었다.

"뭐 좋아. 그런 점에 내가 첫눈에 반했지."

또 나왔다.

종종 그의 말에 아무렇지 않게 섞여 나오는 과거형. 물론 이번에 사용된 과거형은 최근이 될 수도 있지만, 그가 사용하는 이상한 과거형일 수도 있었다.

"……저기……."

내가 입을 열자, 그의 눈이 반짝였다.

마치 내 입에서 어떤 말이 나올지 기대하고 있다는 표정으로.

이번뿐만이 아니었다. 종종 무언가를 기대하는 그의 눈빛을 볼 때마다 내 마음은 복잡하게 엉키기 시작했다.

지금까지는 그냥 넘어가거나 모르는 척을 했는데. 아무래도 안 되겠다. 계속해서 이런 상태로 있다가는 마음 이전에 머리가 어떻게 되어 버릴 거 같았다.

더는 미룰 수가 없게 되었다.

원래는 그가 또다시 나에게 기억을 잃었다느니 그런 말을 잠깐이라도 입 밖에 내면, 그때 관심 없는 척하며 좀 더 자세히 물어볼 생각이었다.

그러나 그는 일전에 내가 말도 안 되는 소리 하지 말라고 했을 때부터 지금까지. 단 한 번도 '기억상실'이나 '기억'에 대해서는 입도 뻥긋하지 않았다.

너무 말을 잘 들어도 문제다.

이렇게 된 이상 내 쪽에서 물을 수밖에 없었다.

일단 대놓고 물어보는 건 좀 그러니까…… 그래, 서재에서 이야기의 벽을 본 일을 솔직하게 말하는 것으로 시작하자.

"제가 예전에……."

그런데 그때.

"끄아아아악."

깜짝이야.

갑작스러운 누군가의 외침에 놀란 나는 재빠르게 뒤를 돌아봤다.

그러고 보니까 지금 이 방에는 나와 에이드, 그리고 헬가 이렇게 셋만 있는 게 아니었다.

한 명이 더 있었다.

머리끝부터 발끝까지 온통 새하얀 여인, 아이린. 그녀가 넓은 방구석에 박혀 있었다.

"아이린? 괜찮아요?"

"……아……하하…… 괜찮아요. 문제없습니다. 엘리샤 님……."

말은 그렇게 해도, 전혀 괜찮아 보이지 않는 그녀의 얼굴이 안쓰럽게만 느껴졌다.

워낙 새하얀 얼굴 때문일까. 눈 밑으로 드리워져 있는 다크서클이 더더욱 부각되어 보였다.

그녀는 며칠 전부터 찰싹 달라붙어 있는 사람 중 한 명이었는데, 대충 들어보니까 우리는 꽤나 친한 사이였다고 한다.

아니, 그 이상한 과거형. '였다고' 한다. 물론 믿을 수가 없지만.

그녀의 스펙은 어마어마했다.

한마디로 백장미와 어울릴 거 같은 아름다운 외모를 갖고 있으면서도, 전체 국민의 5%에게만 주어진다는 계절의 능력 중 하나인 '눈(雪)'을 다스리는 능력자. 그리고 황제의 오른팔. 즉, 측근.

말 그대로 대단한 여인이었다.

나한테 이렇게나 대단한 친구가 있었을 줄이야.

하지만 정말 미안하게도 나에게는 우리가 친구였던, 아니 만났던 기억조차 없었다. 그래도 일단은 본인이 그렇게 우기고 주위에서도 인정을 했으니까.

일단은 지금부터 다시 시작하는 친구 관계로 정리했다.

새하얀 눈을 내리는 아름다운 능력을 갖고 있는 그녀는 차가운 능력과는 달리, 성격이 아주 활발했다. 게다가 붙임성까지 좋아 자주 나의 말 상대가 되어 주고는 했다.

어떨 때보면 헬가보다도 더 마음에 드는 구석이 있었다.

정말 옛날에 내가 그녀와 친한 친구였다면 꽤나 마음이 맞아 잘 어울려 다녔을 거 같았다.

그만큼이나 마음이 든든한 친구였다.

아, 다만 오늘처럼 이렇게 비가 내리는 날을 제외하고는.

"전혀 안 괜찮아 보이는데?"

"괜찮아. 저 녀석은 비가 오는 날만 되면 꼭 저러니까."

오랜만에 카일룸에는 비가 내리고 있었다.

나는 가끔씩 내리는 이 비를 좋아하지만, 아이린은 그렇지 않은 모양이었다.

그녀는 비를 싫어했다.

전에 한번 비 오는 날 같이 나가자고 했던 적이 있었는데, 거절도 그냥 거절이 아닌 기겁을 하는 그녀를 보고서야 알 수 있었다.

그 정도로 비를 싫어한다는 아이린을 위해, 나는 재빠르게 창문에 다가가 문을 닫았다.

"이제 괜찮아요?"

"엘리샤 님♥"

또 이렇게 달라붙기 시작했다. 그러니까 제발 이런 애정 표현은 자제 좀 해 달라니까.

내 뒤로 다가온 아이린이 다시 경직되는 게 느껴졌다.

투명한 창 너머로 시원하게 비가 내리는 게 보였다. 비를 맞는 것으로도 모자라, 바라보는 것조차도 그녀에게는 힘겨운 모양이었다.

"응?"

커튼을 치기 위해 손을 뻗었는데, 창밖에 반짝이는 무언가가 재빠르게 스쳐 지나갔다.

"엘리샤 님? 왜 그러세요?"

"아니…… 방금 뭔가를 본 거 같아서……."

그러나 다시 집중해서 밖을 봤을 때는 아무것도 없었다. 그냥 비가 내리는 정원이 보일 뿐. 반짝이는 건 하나도 없었다.

"잘못 본 거겠지."

커튼을 쳤다.

"그런데 정말 요즘 들어 너무 자주 오지 않아? 원더랜드에는 비가 잘 안 내린다고 하지 않았어?"

예전에 헬가에게서 카일룸의 날씨에 대해 설명을 들은 적이 있었다.

그때 분명 이곳에는 비가 잘 내리지 않는다고 했던 거 같은데.

내 질문에 헬가가 고개를 크게 끄덕였다.

"네. 이곳 카일룸은 기본적으로 맑은 날씨예요. 물, 불, 바람과 같은 마법사들을 두고 있기 때문에 다른 곳들과 달리 날씨는 중요하지 않아요. 맑은 날이 40정도면 비 오는 날은 겨우 2정도? 참고로 눈은 1."

눈 내리는 일은 비보다도 더 희소하다는 말에 아이린이 당당히 V자를 들어 보였다.

그나저나 그 자주 내리지 않는다는 비가 요즘에는 뭐 이리 계속해서 내리는 건지 모르겠다.

덕분에 비를 싫어하는 아이린은 벌써 며칠째 이 성의 내부에서만 지냈고 좀 전처럼 난리도 아니었다.

"그나저나…… 헬가는 항상 그 장갑을 끼고 있는 거 같아."

갑자기 방에 들어온 일리야가 일이 밀렸으니 그만 놀라며 황제인 에이드와 화이트래빗인 아이린을 데리고 가 버린 탓에 지금 방 안에는 나와 헬가, 이렇게 단둘이 남아 있었다.

자신과 차나 더 마시자는 말에 자리에 앉아서 커피 잔을 쥐고 있는 그녀의 손을 바라보다가 물었다.

그녀는 늘 새하얀 장갑을 끼고 다녔다. 혹시 결벽증이 있는 게 아닐까 싶을 정도로. 그녀는 정말 장갑에 집착을 보였다.

"아~. 이거요?"

자신의 장갑을 바라보던 그녀가 작게 웃었다.

"제 능력이 추적자잖아요? 제 의지와는 상관없이 손에 닿기만 하면 타깃으로 지정이 되어서…… 이미 지정한 타깃에 대한 정보를 잃지 않기 위해 끼고 있는 거예요. 물론 이건 일반적이지 않은 특수한 장갑!"

뭐? 자주 끼고 다니는구나, 했는데 그냥 아주 끼고 있는 거였어?

"……잠깐. 그럼 손은 안 씻어?"

나의 돌발 질문에 당황한 건지, 헬가는 말이 없다.

여전히 대답이 없는 상태에서 갑자기 화제를 바꾸기 위함인지는 몰라도 벌떡 일어났다. 그러고는 자랑스럽게 한 손을 들어 보이며 외쳤다.

"참고로 이 손에 마킹되어 있는 게 엘리샤 님이랍니다~."

그래. 그러니까 지금 이 손 때문에 그동안 나의 모든 탈출 시도가 물거품이 되었다는 거구나…… 그리고 120년은 씻지 않은 손.

열심히 그녀의 손을 노려보고 있는데, 부스럭거리며 자신의 주머니를 뒤지던 그녀의 손에 반짝이는 무언가가 딸려 나왔다.

그것은 나침반이었다.

"나침반?"

"네. 이게 있어야 마킹한 것들의 위치를 알 수 있어요."

"……거참. 고작 능력 한 번 사용하는데 필요한 도구들이 너무 많네. 차라리 안 하고 말지."

"이건 단순한 '도구'가 아니거든요!"

내 말에 헬가가 발끈하기 시작했다.

"잘 들으세요. 이건 '멘티'라고 하는 거예요. 개인이 갖고 있는 능력을 실체화시킴으로서, 마력을 더 섬세하게 조절할 수가 있지요."

그러고는 또다시 헬가의 설명이 시작되었다.

"참고로 개인의 능력을 실체화시킨 모양이나 모습은 사람마다 다 달라요. 마력 보유자들 중에서도 상위 랭킹만 가능하지요."

"그 말은……."

잠깐. 어쩐지 말에서 가시가 느껴지는 거 같았다.

"……나는 시도조차 못 한다는 뜻이구나……."

푸엘라인 나에게는 애초에 해 볼 수도 없는 일이었다.

아, 서럽다. 서러워. 아무런 능력도 없다는 게 정말 서럽다.

갑자기 기분이 우울해졌다.

그러거나 말거나 명예를 회복했다는 건지 헬가는 신이 나 있다. 그녀가 으스대기 시작했다.

"이제 아셨지요? 제가 얼마나 대단한지!"

결국에는 저 말이 하고 싶었던 거구나.

한참 그녀를 노려보니 그제야 그녀가 웃음을 멈추었다. 그러고는 몇 번인가 헛기침을 했다.

"흐음…… 엘리샤 님. 엘리샤 님께서는 '푸엘라'라고 하셨지요?"

지금 사람을 약 올리려는 건가. 별로 대답하고 싶지 않아서 가만히 있다가 대충 고개만 몇 번 끄덕여 주었다.

"마지막으로 검사를 받은 게 언제셨어요?"

마력 검사라…… 그러고 보니 안 한 지 꽤 됐네.

이곳 카일룸에 오는 배 안에서, 닥터 클로에게 검사를 받았던 게 마지막이었다.

"음…… 이곳에 오기 직전에 한 번 했으니까…… 한 다섯 달 전인가?"

"어? 그러면 여기 오신 뒤로는 한 번도 안 받아 보신 거네요?"

그러고 보니까 카일룸에서 지내느라 잊고 있었는데, 원래라면 나 같은 푸엘라들은 일주일에 한 번씩은 검사를 받아야 했다.

그 점 하나는 마음에 드네.

"그럼 말 나온 김에 해 보시는 게 어떠세요?"

"싫어."

유일하게 그거 하나가 마음에 든다고 생각하던 참이었는데.

"기계에 들어가면 삑―하고 검사 결과가 나오면 모를까……
혈액이라니……."

몸서리를 치며 말했다. 생각만 해도 싫었다. 겨우 한 번의 검
사를 위해 뽑아내야 하는 피의 양이란.

내 말을 듣고 있던 헬가가 이해가 간다는 표정으로 웃는 게
보였다. 그녀가 고개를 끄덕였다.

"하긴. 그러고 보니 저도 학생 때 검사 날만 되면 도망가고 싶
었지요."

나를 설득하려던 헬가는 갑자기 추억 회상에 빠져들었다.

아니, 그것보다도. 나는 깜짝 놀랐다.

"헬가도 학생이었어?"

말해 놓고 보니 이상했다.

당연히 그녀 역시도 한때 학생이었던 적이 있었겠지.

"물론이지요! 저도 아카데미의 학생이었는걸요? 아카데미의
장학생은 카일룸에 와서 일을 할 수가 있지요."

좀 더 그녀의 이야기를 들어 보니까 카일룸에서 일하는 사람
들은 모든 분야에 있어서 최고의 위치에 있는 수재들이라고 했
다.

그렇다는 건 지금 내 눈앞에 있는 그녀 역시도 엘리트라는 건
데, 이건 믿을 수가 없다.

"아. 그러면 일리야랑 아이린도? 다 같은 동기야?"

그래. 모든 걸 기억한다는 사기적인 능력의 일리야와 엄청난

스펙을 자랑하는 화이트래빗, 아이린이 엘리트라는 건 받아들일
수 있었다.

하지만 넌 아니야. 헬가.

내 질문에 그녀가 재빠르게 고개를 저었다.

"아니요. 아니요. 그 둘과 저는 달라요. 저는 자원해서 온 거거
든요."

"장학생이었다면 굳이 여기 말고도 하고 싶은 일을 할 수 있었
을 텐데……."

왜 온 거야? 이곳 카일룸이 밖에서 볼 때야 멋있지, 안이라고
해 봤자 별거 없고 또 성격 나쁜 황제 비위 맞추려면 고생이 이
만저만이 아닐 텐데.

스스로 원해서 왔다는 그녀를 이해할 수 없다는 눈으로 바라
보았다. 그러자 헬가가 잠시 머뭇거렸다.

"사실은 누굴 만나기 위해 온 거였어요. 이곳이 아니면 만날
수가 없었거든요."

그녀의 자원 이유가 상당히 흥미로웠다.

"아, 혹시 일리야?"

생각해 보면, 늘 내가 볼 때마다 둘은 함께 붙어 다녔다.

말을 안 해서 그렇지 대충 둘은 연인 사이구나, 하고 어느 정
도 예상은 하고 있었는데.

그런데 돌아오는 헬가의 반응이 이상하다. 그녀는 나를 이상
한 표정으로 바라보고 있었다.

"그러고 보니까…… 제가 일리야랑 둘이 있을 때면 가끔씩 이상한 눈빛으로 보시던데…… 도대체 엘리샤 님은 저와 일리야가 어떤 사이라고 생각하시는 거예요?"

오히려 그녀가 물었다. 그제야 나는 뭔가 엄청난 착각을 하고 있었다는 걸 깨달을 수 있었다.

"둘이 연인 관계 아니었어?"

충격이다. 나는 이렇게 충격을 받았는데, 헬가는 뭐가 그렇게 웃긴 건지 엄청나게 웃기 시작했다. 사람 민망하게…….

한참을 웃던 그녀가 배를 붙잡고, 힘겹게 말했다.

"하하…… 그럴 리가 없잖아요. 저랑 일리야가 연인 사이라니……."

그게 그렇게까지 웃을 일인가?

문득 일리야가 너무 불쌍하다는 생각이 들었다. 아무리 헬가는 마음이 없다고 해도, 일리야의 생각은 또 다를 수도 있지 않은가.

같은 직장 동료 사이에서 싹 트는 사랑을 무시해서는 안 된다.

"음. 좀 더 자세히 말하면 일리야와 제가 아무런 관계가 아니라고도 할 수 없겠지만요."

"그건 또 무슨 소리야? 그렇다는 거야, 아니라는 거야?"

확실히 해 주기를 바랐다.

그렇게 좋아하는 건 아니지만, 그래도 지난 몇 달간 나눈 우정이 있는데.

그녀가 두 남자 사이에서 양다리를 걸치는 그런 여인이 아니기를 바랐다.

"제가 사랑하는 사람은…… 아주 자유로운 사람이에요."

그 말을 하는 헬가의 표정이 밝다. 원래부터 잘 웃는 그녀였지만, 이번만큼은 아주 특별한 미소였다.

상대를 향한 마음이 그대로 우러나올 정도로 행복해 보이는 미소였다.

"그렇구나."

"결혼식 때도 가만히 있지를 않아서, 얼마나 고생했는데요."

응? 방금 본인은 아무렇지 않게 넘어가듯 말했지만, 나는 내 귀에 들어온 말을 그냥 넘길 수가 없었다.

"헬가 결혼했어?"

너무 놀라서 목소리가 저절로 높아졌다. 빽— 소리를 지르듯 내질러 버렸다.

그런 내 반응이 재미있는 건지 얼마간 웃던 그녀가 고개를 끄덕였다.

"이래 봬도 유부녀랍니다~."

"난 한 번도 못 본 거 같은데?"

이곳에서 지낸 지도 벌써 다섯 달하고도 며칠이다. 그리고 이곳에서 벗어나겠다고, 위치 파악을 위해 온 성 안을 돌아다닌 지도 꽤 되었다.

이 정도면 적어도 한 번쯤은 만났어야 하는데, 나는 지금까지 헬가의 남편이라는 사람을 만난 적이 없다. 스쳐 지나간 적도 없었고, 본 적도 없다.

애초에 그녀가 유부녀였다는 것도 지금 처음 안 사실이었다.

"지금은 좀 먼 곳에 있거든요."

행복한 미소가 사라지고, 이번에는 약간의 아쉬움과 그리움이 보였다.

출장이라도 갔나? 역시, 자칭 엘리트 장학생이라는 헬가의 남편답게 그 역시도 엘리트인 모양이다.

부부가 이 카일룸에서 일을 하다니, 왠지 멋져 보였다.

그나저나 헬가의 남편이라니 어떤 사람일지 궁금했다.

"언제 돌아 와?"

"언젠가는 돌아오겠지요."

이게 지금 사랑하는 남편을 기다리는 부인의 반응이란 말인가.

"잠깐. 그럼 일리야는 뭔데?"

또다시 거론된 일리야의 이름에 헬가는 깜빡했다며 들고 있던 잔을 내려놓았다.

"아, 모르셨구나. 저는 또 에이드 님께서 알려 주신 줄 알았지요."

내가 여기서 더 알아야 할 게 있었구나.

물론 요즘 들어 그와의 관계가 아주 약간이나마 가까워진 감이 있었지만, 그녀가 생각하는 정도로 마음을 연 것은 아니었다.

"일리야는 뭐랄까…… '살아 있는 생명체'라고 하기에는 좀 무리가 있다고나 할까요? 정확히 말하면, 제가 갖고 있는 이 나침반에 가깝다고 할 수 있지요."

지금 이건 또 무슨 소리래?

일리야가 살아 있는 생명이 아니라니? 좀 전에 무서운 기세로 방에 들어와 황제와 화이트래빗을 데리고 나갈 정도로 대단한 그가?

사람 취급도 못 받고 그렇다고 기타 다른 동물도 아닌 물건에 비교하다니.

얼마나 일리야를 싫어하면…… 하고 속으로 중얼거리던 나는 뒤늦게 그녀의 손에 들려져 있는 그 '물건'이 보통의 것이 아니었다는 걸 깨달았다.

"혹시 멘티?"

설마 싶어서 물었는데 표정이 밝다.

"맞아요. 일리야는 특수한 멘티예요."

이럴 수가! 일리야가 나침반과 같다니. 사실 헬가가 유부녀였다는 소식 다음으로 충격적인 이야기였다.

"멘티라는 건 보통 '물건'으로 형성되지만, 극소수의 마법사는 살아 움직이고, 지능까지 갖고 있는 멘티를 소환할 수 있어요. 예를 들면…… 황제와 화이트래빗 같은 특수한 마법사들."

"아. 그럼 에이드도 일리야 같은 멘티를 소환할 수 있겠네?"

"그럼요. 아, 하지만 웬만해서는 실체화시키지 않으세요. 저역시 몇 번 못 봤고요."

"왜? 편할 거 같은데."

일리야의 일 처리 능력을 모르는 사람은 없을 것이다.

누군가의 멘티에 불과한 그가 그 정도인데, 황제의 멘티라면어떨까.

그의 성격이라면 진즉에 소환시켜 놓고 자신이 해야 하는 일을 다 떠넘기고도 남았을 텐데. 의외였다.

내가 지금 무슨 생각을 하고 있는 건지 눈에 훤하다며 헬가는고개를 절레절레 저었다.

"에이드 님과 성격이 정 반대거든요. 맡겼다가는 오히려 일이늘어난다고나 할까요."

그와 정반대의 성격이라니. 상상이 되지 않았다.

착하다는 건가? 아니, 그건 또 아닌 거 같다. 그렇다고 지금의에이드가 나쁜 건 아니었으니까.

"아까 일리야와 아주 관련이 없지도 않다는 뜻은 혹시……."

"네. 일리야는 멜로의 멘티예요. 그래서 저와는 잘 알고 있지요."

멜로? 처음 들어보는 이름이어서 그런지 뭐라 반응을 하기가어려웠다.

내가 고개를 갸웃거리고 있자, 헬가가 한쪽 손에 끼워져 있던장갑을 슬쩍 벗었다.

장갑 속에 보이는 그녀의 손등에는, 어느 이름 하나가 새겨져 있었다.

"화이트 멜로! 예쁜 이름이지요? 하하. 제가 학생 때 이름 가지고 많이 놀렸었어요. 뭐든지 기억하는 엄청난 능력을 갖고…… 어찌나 건방지게 굴던지!"

응? 한없이 다정하게만 느껴졌던 헬가의 목소리가 어느 순간부터 화를 내는 톤으로 바뀌더니 표정 역시도 목소리를 따라 변했다.

"하도 사람을 무시해서 자주 싸웠지요. 거의 대부분은 제가 이겼지만."

싸워?

서로를 너무나도 사랑하지만 일 때문에 떨어져 있는 바람에 애틋함이 느껴지는 부부 사이일 거라는 내 예상은 보기 좋게 빗나갔다. 그래도 알고 있다. 말은 저렇게 해도 그녀는 웃고 있으니까. 분명 생각만 해도 좋은 거겠지.

그 모습을 보니, 정말 오랜만에 또다시 떠오르는 이가 있다.

그레이스.

한때는 무섭게만 느껴졌던 그녀의 잔소리가, 오늘따라 왜 이렇게 그리운지 모르겠다.

보기만 해도 심장이 떨리던 오드아이 역시 그립다.

정말 보고 싶다. 그레이스.

*   *   *

"엘리샤, 그만 일어나."

부드러운 목소리가 들려왔다. 그 뒤를 이어 따스한 손길이 뺨에서 느껴졌다.

요 며칠 동안 그레이스를 그리워해서 그런가?

꿈속에서나마 만날 수 있다는 게 어디야.

그녀를 보기 위해 무거운 두 눈을 떴다. 하늘에서는 새하얀 눈이 내리고 있었다.

그런데 그 하늘 아래에 서 있는 건 익숙한 그레이스의 검은 머리카락이 아니었다.

내 눈앞에는 금발의 남자가 부드럽게 미소 짓고 있었다.

얼굴은 새하얗고, 눈은 파랗고. 아, 에이드다.

눈 뜨기 무섭게 그는 금방 짓궂은 표정으로 바뀌더니, 내 볼을 꼬집기 시작했다.

이제는 꿈속에서까지 괴롭힘을 당하는구나.

그레이스가 아니라는 사실에 기운이 빠진 나는 반항할 힘조차 없어 가만히 있었다.

내가 아무런 반응을 보이지 않자, 금세 흥미를 잃은 건지 그가 손을 떼었다. 그러고는 물었다.

"추운데 왜 또 나와 있어?"

몸을 일으켜 앉았다. 꿈이다 보니 춥다고 생각해 본 적은 없었는데, 그 말을 들으니 또 추운 거 같기도 했다.

멍하니 그를 바라보고 있으니, 그가 익숙하게 나를 번쩍하고 안아 들었다.

"돌아가자."

내가? 당신이랑?

나를 뚫어져라 바라보던 그가 약간 인상을 찌푸렸다. 보지 않아도 지금 내가 어떤 표정을 짓고 있을지 예상이 됐다.

보나 마나 '내가 왜 당신이랑 가야 하는데?' 같은 표정이었겠지.

걸음을 멈춘 그는 생각보다 순순히 나를 내려주었다.

하지만 그 찌푸린 표정은 여전하다. 그에게는 인상을 쓴 얼굴이 어울리지 않았다.

한참을 나를 바라보던 그가 말했다.

"말했잖아. 우리는 평생 함께라고."

"우리가?"

그럴 리가 없다는 목소리로 내가 물었다.

"그래. 죽어서도 함께야."

그 말과 함께 만족한 미소를 보이던 그는 곧이어 내 입술에 부드럽게 입을 맞추었다.

갑작스러워서 미처 반응하지 못한 것도 있었지만, 여러 가지 복잡한 감정을 이유로 나는 아무런 저항도 하지 못했다. 아니, 안 했다고 하는 게 더 맞겠지.

하얀 배경에 갑자기 검은색이 일렁이기 시작했다.

순간, 머리가 지끈거리며 엄청난 고통이 밀려왔다. 마치 바닥에 머리를 찧었을 때의 아픔처럼.

그 참을 수 없는 고통에 나는 눈을 떴다. 다행히도 새하얀 배경이 아닌, 익숙한 천장이 눈에 들어왔다.

"역시 꿈이었나……."

그것참, 이상한 꿈이다.

고개를 살짝 돌리니 바로 옆에 있는 창문 너머로 서서히 해가 뜨는 게 보였다.

아직 더 잘 수 있겠구나. 행복한 미소를 지으며 이불을 돌돌 모아, 옆으로 돌아누웠다.

"……."

하얀색.

분명 내 기억에는 침대며 이불이며 할 거 없이 전부다 새하얀 색이었던 거 같은데. 이런 금색은 절대 섞여 있지 않았던 거 같은데. 하룻밤 사이에 이불이 바뀌었나? 그럴 리가.

천천히 손을 뻗어 눈앞에 보이는 그 익숙한 금색 털 뭉치를 덥석 붙잡았다.

내 방에 침입한 금빛 털의 고양이일지도…….

"으윽……."

아, 고양이는 아닌가 보다. 고양이라면 사람처럼 울 리가 없다.

뭔가 심상치 않은 기운을 느낀 내가 몸을 일으켰다. 그리고 그 금발의 정체를 파악하기 위해 조심스럽게 다가가 고개를 숙였다.

역시나. 금발의 새하얀 얼굴. 그 푸른 눈은 지금 감겨 있어서 보이지 않았지만, 에이드가 확실했다.

"……왜 여기에 있는 거지?"

멋대로 숙녀의 침실에 침입했다는 사실에 화가 밀려왔지만, 처음 보는 그의 잠든 모습에 대한 흥미가 아주 조금 더 컸다.

그나저나, 왜 여기서 자는 거지? 잘 거면 제 방에 가서 자든가. 잠들어 있는 모습도 불편해 보였다.

옷차림을 보니까 아침 일찍 일어나 기어들어 온 거 같은데, 어차피 이렇게 남의 방에 들어와 잘 거면 푹 자지.

이렇게나 내가 부스럭거리고 있는데도 깨지 않는 걸 보면 정말 피곤한 모양이다.

그동안 하도 당한 게 많아 이번 기회에 괴롭혀 주고 싶었지만 피곤한 거 같으니까 이번만큼은 참아 주기로 하지.

침대에서 내려와 이불을 끌어다가 그에게 덮어 주었다. 그리고 가만히 그를 바라봤다.

요즘 들어 내가 이상했다.

어쩌면 그의 말대로 이건 납치가 아닐지도 모른다는 말도 안 되는 생각이 이따금씩 들고 있었다.

그는 납치범치고는 위협적이지 않았다. 봐라. 지금도 이렇게 무방비하게 잠들어 있지 않은가. 자는 사이에 내가 나쁜 마음이라도 먹으면 어쩌려고.

물론 막무가내로 나를 다룬 것에 대해서는 괘씸했지만. 다짜고짜 나를 이곳에 묶어 두고 돌아가지 못하게 한 그의 방식에는 분명히 문제가 있었다.

헬가와 일리야, 그리고 아이린까지도. 그들은 이미 나를 알고 있는 눈치였다. 그리고 결정적으로 그 '이야기 벽'에 적혀 있던 나와 같은 이름의 여인과 에이드의 이야기.

또 방금 전과 같은 최근 들어 꾼 꿈.

말도 안 되는 이야기일 수도 있지만…… 어쩌면…….

*　　*　　*

하도 머리가 복잡해서 책이나 좀 읽을까 하고 밖으로 나왔다.

5층에 있는 가장 큰 서재에 가려고 했지만, 그곳은 지금 대청소 중이라는 시녀의 말에 나는 문 앞까지 갔다가 돌아와야 했다.

이제 어디로 가면 좋을지 모르겠다. 물론 이럴 때는 내 방으로 돌아가는 게 가장 좋겠지만, 지금 그 방에는 놈이 있다.

어떻게 몰래 빠져나왔는데. 다시 들어가면 깰 게 분명했다.

자고 있다면 몰라도, 지금 이 복잡한 정신 상태에서 제정신인 그와 마주하는 건 되도록 피하고 싶었다.

잠시 고민하던 나는 일전에 들어갔던 에이드의 방에도 작은 서재가 있다는 걸 떠올리고는 그곳으로 향했다.

허락도 없이 제 방에 들어갔다고 뭐라 한 소리를 들을 수도 있겠지만, 만약 그가 그렇게 나오면 나 역시도 할 말이 있으니 문제없다. 현재 이 방의 주인께서는 내 방에서 취침 중이시다 보니, 들어가는 내 걸음에는 망설임이 없었다.

예전에 봐 두었던 또 다른 문을 열고 안으로 들어갔다.

그 안에는 두 개 정도의 책장이 있었고, 각 책장마다 책들이 꽉꽉 채워져 있었다.

5층의 어마어마한 서재에 비하면 조촐한 규모였지만, 그래도 심심풀이 정도는 되겠지.

무슨 책을 읽으면 좋을까 고민하고 있는데, 유난히 눈에 띄는 책 한 권이 있었다.

여러 색상의 표지들 사이에 끼어 있는 유일한 검은색 책. 책등이며 표지까지 검은색으로 뒤덮여 있었다.

심지어는 제목까지 없어서 어디가 앞인지 뒤인지조차 알 수 없었다.

제목 없는 책이라······. 이보다 더 흥미로울 수가.

아무것도 없었던 표지와는 달리, 속표지에는 제대로 제목이 적혀 있다.

고대의 마법

'고대'부터가 딱 봐도 재미없을 거 같았다.

대충 빠르게 팔랑팔랑 페이지를 넘기고 있는데 갑자기 중간에서 탁하고 멈추었다. 중간에 끼워져 있던 책갈피가 툭 하고 떨어졌다.

새로운 장이 시작되는 그 페이지의 소제목이 내 시선을 사로잡았다.

오클레임

예전에 에이드가 늘 걸고 다니는 열쇠 모양의 목걸이에 대해 물었을 때 그의 입에서 나왔던 이름이다.

막연히 열쇠의 이름이겠거니 했는데, 알고 보니 고대 마법의 한 종류였나 보다.

"어디보자……. 오클레임. 아주 오래전에 존재했던 마법으로, 높은 마력을 지닌 자들만이 사용할 수 있는 마법이다. 보통 '열쇠' 모양으로 나타나는데, 그것에……."

응? 그것에?

긴 글을 술술 읽어 내려가던 내 숨이 턱 막혔다.

"……직접 기억을 담거나, 그것이 기억을 연결해 주는 매개체가 된다."

열쇠? 기억을 담는 그릇?

복잡한 머리를 정리하고자 서재를 찾았는데, 오히려 더 복잡

해졌다. 반면, 확실해지는 것도 하나 있다

에이드에게는 '오클레임'이라 불리는 기억을 담는 도구가 있고, 꽤나 오랫동안 그것을 소중히 여겨 온 거 같다. 그리고 그때 그가 나에게 말했다.

'나중에…… 때가 되면 돌려줄게.'

단순한 말실수일 수도 있겠지만, 그렇게 여기기에는 너무 이상했다.

모든 것이 처음인 나와 달리 다른 이들은 나의 존재에 대한 거부감이 없었다.

그들은 처음부터 나에 대해 알고 있었던 것처럼 대했고, 심지어 아이린과 헬가의 경우에는 내가 모르는 내 이야기를 할 때도 있었다. 그리고 이야기의 벽…….

정말 운 좋게, 나와 같은 이름과 얼굴을 가진 여인이 과거에도 존재했을 가능성이 얼마나 될까?

"혹시……."

이쯤 되면 바보가 아닌 이상, 눈치챌 것이다.

스스로 생각해도 어이없는 가설 하나가 머릿속에 떠올랐지만, 더 어이가 없는 건 이미 내 마음은 그쪽으로 넘어갔다는 것이다.

내 마음속에서 더 이상 그것은 가설 따위가 아니었다.

할 수 없다. 확인을 하는 수밖에.

드디어 제대로 사실과 마주해야 하는 때가 온 것이다.

결심을 했으니 움직이는 건 어렵지 않았다. 자리에서 벌떡 일어난 나는 재빨리 내 방을 향해 달려갔다.

다행히도 방 안은 여전했다. 그는 여전히 내 방, 내 침대 위에서 잠들어 있었다.

조심스럽게 그를 향해 다가갔다.

그때 보았던 오클레임이라는 물건을 다시 보고 싶었다. 이번에는 좀 더 자세히.

하지만 그는 나에게 주지 않으려고 할 테니까. 잠들어 있는 지금 이 때가 기회였다.

살금살금. 조금씩 타깃을 향해 다가갔다. 조금 더. 조금만더…….

이제 거의 다 됐다. 조금만 더 손을 뻗으면…….

"……엘리샤. 더 이상 자는 척하기 힘들어서 그러는데……."

이런, 자고 있던 거 아니었어?

갑작스러운 목소리에 놀란 나는 고개를 들었다. 온통 그의 목에 집중되어 있던 시선이 곧 즐겁다는 듯 휘어져 있는 푸른 눈과 부딪혔다.

언제부터였는지는 모르겠지만, 그가 나를 지켜보고 있었다는 사실에 민망해져서 재빨리 멀어졌다.

순식간에 얼굴이 화끈 달아올랐다.

"그래서……."

천천히 몸을 일으킨 그는 침대에 앉아, 뭐가 그렇게 웃긴 건지

킥킥거리고 있었다. 아, 정말 창피하다.

"왜 그렇게 무서운 표정으로 날 덮치려고 했던 거야?"

허. 어이가 없어라.

말이 이상했다. 물론 내가 오해를 살 만한 행동을 했다지만, 이건 그냥 듣고 넘어갈 이야기가 아니다.

"덮치다니, 누가요? 아무리 잠이 덜 깼어도 말은 바로 해야지요."

너무 당황했나. 목소리의 음이 위아래로 떨렸다. 그는 여전히 웃고 있다.

만약에 나와 그 사이에 정말 과거라는 게 있었다면, 그 과거 속의 나와 그가 도대체 어떤 사이였을지 정말 궁금해지기 시작했다.

"엘리샤."

웃을 때는 언제고, 그가 손을 내밀며 말했다.

하지만 미쳤어? 내가 오란다고 가게? 이게 이제는 사람을 애완동물 취급하고 있나…….

"옳지. 착하다."

내가 미쳤지. 그래, 인정한다. 요즘 들어 내가 이상하다.

그가 내민 손에 가만히 내 손을 얹었다. 의외로 순순히 말을 듣는 나의 태도에 그 역시도 조금은 놀란 거 같았다. 하긴, 나도 놀라운데 그라고 다를까.

하지만 그것도 잠시, 양 입가가 쭉 찢어지며 바보같이 웃는다.

웃으며 나를 올려다보던 그가 두 팔을 벌렸다.

"오랜만에 한번 안아 봐도 될까?"

"아직 잠이 덜 깨신 거 같은데요."

"그래도 허락받고 있잖아. 얼마나 신사적이야."

나는 안 된다는 말은 하지 않았다. 하지만 그렇다고 허락을
한 것도 아니었다.

그가 웃으며 제 앞에 서 있는 내 허리에 팔을 감았다. 그리고
조심스럽게 나를 안았다.

나는 그냥 그렇게 가만히, 그의 품에 안겨 있었다.

너무 가깝다. 그의 머리가 내 배에 닿아 있다.

아직 아침 식사 전이라 배가 고픈데. 뱃속에서 꼬르륵거리는
소리가 날까 걱정됐다.

"……왜 그렇게 늘 웃는 거예요?"

그를 내려다보고 있는 내 눈과, 나를 올려다보고 있는 그의 눈
이 마주쳤다.

이제는 반사적으로 웃는 그에게 물었다.

"네가 안 웃으니까."

"……."

헬가에게 들은 바로는, 지금의 그는 옛날과 아주 많이 다르다
고 했다.

예전에는 피도 눈물도 없는 황제라고 불렸으며, 혹자는 그를
폭군이라 부르기까지 했다고 한다.

그래. 지금 나를 끌어안고 좋아 죽겠다는 표정을 짓고 있는 이 인간이…… 말도 안 돼.

믿기지가 않았다. 지금 그는 허리까지 내려오는 내 머리를 가지고 놀고 있었다. 툭툭 치고 잡아당기고 저 혼자 즐겁게 노는 꼴이 고양이가 따로 없다.

애도 아니고. 재미있나? 그러고 보니까 너도 나랑 같은 금발이잖아. 물론 내가 더 길기는 하지만. 부럽냐? 부러우면 너도 길러 보지그래?

"그럼 앞으로도 안 웃어야지."

"왜?"

웃지 않겠다고 선포하자 허리에 둘러져 있던 그의 팔에 힘이 들어갔다.

"……그냥요."

내가 웃으면 당신이 안 웃을 테니까요. 그 말이 입 안에서만 맴돌았다.

"그나저나 아까 정말 뭘 하려고 했던 거야?"

아, 잊은 줄 알았는데 아니었구나.

마치 엄청 나쁜 짓을 하려다가 걸린 거 같아 내 입은 다시 딱 다물어졌다. 어떻게 솔직하게 말해. '당신이 전에 보여 줬던 열쇠를 훔치, 아니. 잠깐 빌리려고 했습니다.'라고 말해?

이 위기를 넘어갈 방법을 궁리 중인데, 갑자기 에이드가 기분 좋다는 듯 웃었다.

"다음부터는 내가 눈 뜨고 있을 때 해."

뭘. 도둑질을?

"……."

아니, 지금 그는 엄청난 오해를 하고 있는 게 분명했다.

내가 하려던 건 주인의 허락 없이 잠시 물건을 빌리려는 행동이었다. 그런데 그걸 주인이 보는 앞에서 대놓고 가져가 버리면 무슨 소용인가.

"드디어 엘리샤가 나한테……."

저 혼자 감격까지 하고 있는 이 남자를 보니 아무래도 안 되겠다는 생각이 들었다.

일단 이 오해를 풀어야 했다.

"당신이 가지고 있는 '열쇠'를 보려고 그랬습니다."

결국에는 이렇게 스스로 말하게 되는구나. 미수로 끝난 일에 대해 솔직하게 털어놓은 나는 조심스럽게 그의 반응을 살폈다.

비웃거나 통쾌하게 웃거나 또는 화를 낼 줄 알았던 그의 표정은 잔뜩 굳어 있다. 화를 내려는 건가 싶었지만, 놀란 눈을 보니 그건 아닌 모양이었다.

잠시 동안 말이 없다. 아무 말이 없었지만, 나를 안고 있는 손은 여전했다.

나와 마찬가지로 그 역시 무슨 말을 해야 할지 모르겠다는 표정이었다.

크게 확장된 그의 푸른빛에 내 모습이 비쳤다.

조심스러웠지만, 그는 지금 나에게서 무언가를 기대를 하고 있는 게 분명했다.

하지만 호들갑 떨지는 않았고, 침착하게 감정을 정리하고 있었다. 기대가 클수록 실망도 크다는 말이 있으니까.

늘 이랬나?

지금까지 나만 생각하느라 그를 신경 쓸 겨를이 없었다. 오직 나만이 불쌍한 피해자라며, 그를 이해해 보려고 시도해 본 적도 없었다.

아무래도 때가 된 거 같다. 이제는 그에게 말을 해야 했다.

아직 확신할 수는 없지만, 그와 나 사이에 무언가가 있었던 건 확실했다.

내가 기억하지 못하는 것이 어떤 건지는 모른다. 하지만 더 이상 그 혼자서만 맞서게 할 수는 없다. 나 역시 진실을 마주해야 했다.

"······서재 안에서 어떤 벽을 봤어요."

역시나. 나를 꼭 끌어안고 있던 그가 움찔하는 게 느껴졌다. 고개를 내리니 아까보다 더 놀란 그의 눈이 나를 바라보고 있다.

"거기에 내 이름이랑 당신의 이름이 적혀 있더군요. 당신도 알고 있나요?"

"······당연하지. 내가 쓴 거니까."

대답을 하는 그의 목소리가 갈라졌다.

"그럼 거기에 왜 제 이름이 함께 적혀 있는 거예요?"

그는 더 이상 나를 올려다보고 있지 않았다. 여전히 나를 안고 있었지만, 이젠 그의 고개가 숙여져 있다.

"내가 이름을 쓸 때, 너도 그 자리에 함께 있었으니까."

"그런데 어째서 저는 기억하지 못하는 걸까요?"

"못된 마녀가 우리를 괴롭히고 있는 중이거든."

이제는 그의 이야기에 마녀까지 등장하기 시작했다.

정말 말이 안 되는 이야기인데.

더 말이 되지 않는 건, 이제는 내가 그의 말을 믿고 있다는 사실이었다.

허리에 둘러진 그의 팔을 떼고, 허리를 숙여 그와 눈높이를 맞췄다.

"나는 정말 기억을 잃은 건가요?"

이번이 정말 마지막 확인이었다. 그 역시 이를 눈치챈 건지, 흔들림 없는 눈빛으로 고개를 끄덕였다.

"내가 예전부터 그렇다고 말했잖아."

"……."

"이제야 겨우 믿어 주는 거야?"

그래. 이제야 모든 게 확실해졌다. 나는 기억을 잃었고, 그는 나를 기억하고 있다.

"……당신은 나를 사랑했나요?"

다시 시작된 질문에 잠시 멈칫하던 그가 환한 웃음을 지으며 대답했다.

"당연하지."

"그럼…… 저도 당신을 사랑했나요?"

미안하지만, 나는 기억을 잃은 상태이다. 그러다 보니 과거의 내가 그를 어떻게 생각하고 있었는지 역시 알 리가 없었다.

지금까지 잘 대답했으면서, 이번에는 대답하는 데 상당한 시간이 걸렸다.

그 침묵에 나는 그제야 이해가 됐다. 부부나 연인이었냐는 내 질문에 미소만 지으며 둘 다 아니라고 답했던 그를.

다른 질문으로 대화의 흐름을 바꾸려고 했다.

"기억은 영원히 못 찾을 수도 있는 건가요?"

"안 되지, 그건. 내가 널 얼마나 기다렸는데."

그래도 만약이라는 경우가 있지 않은가.

만약 잃었다는 그 기억이 평생 돌아오지 않으면? 그러면 어쩌지? 갑자기 몰려오는 불안에 나는 심호흡을 하며 마음을 진정시켰다.

그런 나를 바라보던 그가 그 큰 손으로 내 얼굴을 감싸 쥐었다.

"괜찮아. 만약에 정말 네가 120년 전의 나를 기억하지 못한다고 해도 이제 상관없어. 정말이야."

"……정말요?"

"앞으로 120년 동안 새로운 기억을 만들어 가면 되지. 그리고 걱정하지 않아도 너는 반드시 기억을 되찾을 거야."

"어떻게 그렇게 확신할 수 있는 거죠?"

"네 기억의 일부가 나한테 있으니까."

"네? 아……."

곧 그가 무엇을 말하고 있는 건지 알 수 있었다.

기억을 담는 그릇이라는 오클레임. 에이드가 자신의 목에서 그것을 풀었다. 그러고는 그것을 나에게 내밀며 물었다.

"기억을 되찾을 각오가 되어 있어?"

말없이 그 열쇠를 바라봤다.

내가 잊었다는 기억이 뭔지. 그리고 그 잊은 기억 속에 숨어 있는 게 무엇인지.

설령 그것이 나에게 좋지 않은 기억일지라도 모른 채로 있는 것보다는 나았다.

"네."

그가 목걸이를 내 목에 걸어 주었다.

그날 밤. 나는 꿈을 꾸었다.

내 앞에는 아주 큰 하얀색의 문이 보였다. 나는 그 문 앞에 서 있었다.

멍하니 문을 바라보던 나는 뭐 이런 재미없는 꿈이 다 있나 투덜거리며 문고리를 잡아당겼다. 그러나 꿈속에서 본 그 문은 잠겨 있는 건지, 꿈쩍도 하지 않았다.

내 뒤로는 온통 새까맣다. 뒤로는 돌아가는 길이 없고, 앞에는 잠긴 문이라. 막막하다.

정말 뭐 이런 꿈이 다 있나 싶을 정도로 할 수 있는 게 아무것도 없어서 털푸덕, 자리에 주저앉았다. 그 상태로 거대한 문을 올려다보았다.

'저 문에 딱 맞는 열쇠가 있으면 참 좋을 텐데.'라는 생각이 들기 무섭게, 재빨리 내 목을 짚어 보았다.

이럴 수가! 분명 꿈인데?

에이드가 걸어 준 오클레임이 지금 내 목에 걸려 있다.

눈앞에는 잠긴 문, 내 손에는 열쇠.

다음으로 할 행동이야 뻔했다.

혹시나 하는 생각에 설레는 마음으로 자리에서 일어난 나는, 내 손에 들려 있던 열쇠를 열쇠 구멍 안에 밀어 넣었다.

'짤깍.'

잠금이 해제되는 소리가 들려왔다. 그리고 내 앞을 가로막고 있던 문이 서서히 열리기 시작했다.

〈다음 권에 계속〉